dtv
premium

Margaret Skjelbred

Die Perlenkönigin

Roman

Aus dem Norwegischen
von Sigrid Engeler

Deutscher Taschenbuch Verlag

Von Margaret Skjelbred
sind im Deutschen Taschenbuch Verlag erschienen:
Lerchenherzen (25230)
Windgesang (20682)
Elfenecho (24340)

Die Übersetzung wurde von NORLA gefördert.

FSC
Mix
Produktgruppe aus vorbildlich bewirtschafteten Wäldern und anderen kontrollierten Herkünften

Zert.-Nr. GFA-COC-1298
www.fsc.org
© 1996 Forest Stewardship Council

Der Inhalt dieses Buches wurde auf einem nach den Richtlinien des Forest Stewardship Council zertifizierten Papier der Papierfabrik Munkedal gedruckt.

Deutsche Erstausgabe
Januar 2006
Deutscher Taschenbuch Verlag GmbH & Co. KG,
München
www.dtv.de

Titel der norwegischen Originalausgabe:
›Gulldronning, Perledronning‹

Umschlagkonzept: Balk & Brumshagen
Umschlaggestaltung: Stephanie Weischer
unter Verwendung einer Fotografie von
© Visum/buchcover.com/Michael Ebert
Satz: Fotosatz Reinhard Amann, Aichstetten
Gesetzt aus der Sabon 11/13,5·
Druck und Bindung: Kösel, Krugzell
Gedruckt auf säurefreiem, chlorfrei gebleichtem Papier
Printed in Germany · ISBN 3-423-24509-3

I

Ich habe oft gedacht, Kind sein ist wie unter einer Käseglocke leben. Die Welt ist nie größer als das, was du gerade siehst. Bewegst du dich, bewegt sich die Käseglocke mit. Möglich, daß sich das Muster verändert, aber die Käseglocke bleibt die gleiche. Aber vielleicht ist es für uns Erwachsene nicht anders, nur daß die Käseglocke, die wir mit uns nehmen, größer und geräumiger ist?

Meine Käseglocke war so klein. Und sie bewegte sich nicht. Jeden Morgen wachte ich im selben Bett auf, und jeden Abend schlief ich dort ein, mit meiner Hand in Großvaters Hand und mit seiner Stimme im Ohr, so monoton und einschläfernd wie der ewig plätschernde Bach hinter der Scheune.

Es gab nur gestern, heute und morgen. Die Tage waren alle gleich und dabei völlig verschieden, und genau in diesem Zusammenhang zwischen Gleichheit und Unterschiedlichkeit wuchs ich langsam zu einem bewußten Ich heran. Das ging schrittweise und unmerklich vonstatten, so wie ein Baum wächst, und nicht wie ein Schmetterling, der, erstaunt über seine Verwandlung, vorsichtig die Verpuppung aufbricht.

Und doch passierte etwas in diesem Sommer, meinem achten Sommer, das sich eher mit dem Schmetterling und dem Aufbrechen der Verpuppung vergleichen läßt als mit dem langsam und stetig wachsenden Baum. Ich erfuhr, daß ich meine eigene Geschichte hatte. Aber noch nicht gleich.

2

»Erzähl mir eine Geschichte«, sage ich. Nein, das sage ich nicht, ich rufe es. Und so wie ich mein Verlangen vorbringe, ist das keine Bitte und kein Wunsch, sondern ein Befehl. Fordernd ist meine Stimme, kurz und bündig, der Tonfall eines verwöhnten Kindes. »Großvater, komm und erzähl mir eine Geschichte.«

Ich sitze auf einer Steintreppe – und daran erinnere ich mich ganz genau – ich sitze auf der steinernen Treppe vor der Küchentür, wo ich bestimmt schon Hunderte Male gesessen habe, aber an dieses Mal erinnere ich mich. Dieses eine Mal ist zu einer Erinnerung geworden, zu einem Bild, nicht von mir selbst als dem eines siebenjährigen Mädchens auf der Vortreppe, wie es mein Großvater sehen mag, als er sich dem Haus nähert, sondern einem inneren, so wie ich selbst es gesehen haben mag, gesehen und gehört und geschnuppert und gefühlt.

Die Vormittagssonne hat den flachen Stein, auf dem ich sitze, gewärmt. Alle seine Vertiefungen und Buckel, jedes Detail kannte ich damals, denn in der langen Wartezeit hatte ich wieder und wieder den Zeigefinger über die Unebenheiten gleiten lassen. Heute kann ich mich kaum noch an sie erinnern.

»Erzähl, Großvater, los, erzähl!«

Ich habe lange dort gesessen. Meine Geduld ist zu Ende, nichts davon ist mehr übrig als zitternde, ungeduldige Erwartung. Unruhig rutsche ich auf dem Treppenstein hin und her, aber ich stehe nicht auf, um Großvater entgegenzurennen. Denn dann breche ich die Verabredung, und tue ich das, dann gibt es keine Geschichte. So ist das eben.

Er stellt das Fahrrad an der Scheunenauffahrt ab. Von meinem Platz aus kann ich sehen, daß sein Hemdrücken ein zusammenhängender dunkler Fleck nassen Schweißes ist. Nein, das sehe ich nicht. Ich sehe den nassen Fleck, weiß aber nicht, denke nicht daran, daß es Schweiß ist, überlege nicht, wie schnell er wohl geradelt ist, daß er wie ein Verrückter die steilen Hügel hinaufgestrampelt sein muß, um so schnell wie möglich zu mir nach Hause zu kommen. Das denke ich erst viel später.

Ich sehe ihn mit den Fahrradtaschen näher kommen, und ich weiß, daß ich brav gewesen bin. Die ganze Zeit habe ich still gesessen und gewartet. So lange, ich kann mich kaum erinnern, daß es ein *Vorher* gegeben hat – einen Morgen und davor eine Nacht und wieder davor noch einen Tag, einen, an dem ich nicht auf der Vordertreppe gesessen und gewartet habe, weil es nämlich kein Einkaufstag war – also diese ganze Zeit über habe ich still dagesessen und dem Hahn, der über den Hof stolziert, geholfen, auf die Hühner aufzupassen, damit nicht der Fuchs kommen und sie holen kann.

Ich habe den Fuchs nie gesehen. Aber ich weiß, daß es ihn gibt, denn er ist ein Teil von Großvaters Geschichten. »Es war einmal, da mußten Reineke Fuchs und Teddy Theo ... Es waren einmal ein Fuchs und ein Hase ... Es war einmal ein Fuchs, der ging zum König, weil er... Es war einmal...«

»Erzähl, Großvater, erzähl! Erzähl! Erzähl!«

»Wart ein Weilchen. Goldkönigin, Perlenkönigin, hör mir jetzt gut zu«, sagt Großvater und stellt die Fahrradtaschen ab.

Aber ich habe keine Zeit. Ich habe keine Zeit mehr, um ihm auf den kleinen Vers zu antworten, den wir so oft benutzen: *Zartes Blümlein, Wiesenblümlein, hör mir jetzt gut zu! Willst du meine Liebste sein, bekommst du einen Mantel fein, aus Samt und Seide, mit Perlengeschmeide.* Ich will nicht deine Liebste sein, und ich will keinen Mantel fein, aus Samt und Seide, mit Perlengeschmeide! Ich will eine Geschichte!

Aber ich weiß ja, daß er erst alle Einkäufe wegräumen muß. Ich weiß, daß er Wasser trinken muß aus der zerbeulten Blechkelle am Waschbecken, daß er schnell sein Hemd ausziehen und es über den blaugestrichenen Stuhl am Küchentisch hängen muß. Daß er sich Gesicht und Oberkörper mit einem Frotteehandtuch abtrocknen muß, das er anschließend ebenfalls über den Stuhlrücken wirft. Das alles weiß ich ja. Und meine Freude, die große vertraute Gestalt alle die bekannten Bewegungen machen zu sehen, mischt sich mit der kribbelnden Erwartung weicher Karamelbonbons, die sich mit der Zunge formen und an den Gaumen drücken lassen, wo sie festkleben und von wo aus sich der süße Geschmack in alle Winkel des Mundes ausbreitet. Die Vorfreude auf den Geschmack der weichen Karamelbonbons ist fest verbunden mit der Vorfreude auf Großvaters Schoß, auf Großvaters Arme, die einen umfangen, und auf sein Kinn, das ganz leicht oben auf dem Kopf ruht, und auf seine Stimme, die in monotonem Singsang erzählt: Es war einmal ... Und das alles verschmilzt zu einem Gefühl von Nähe, so warm und stark, daß mir vor Ungeduld die Tränen in die Augen schießen.

Wie so oft im Sommer sitzen wir oben auf der Treppe. Der Treppenstein ist unermeßlich groß – der ist gewaltig, sagt Großvater immer, und gewaltig ist unermeßlich. Ein gewaltiger Troll war es denn auch, der den Stein gebracht hat, Großvater hat es mit eigenen Augen gesehen. Als er in einer Sommernacht aus dem Fenster sah, hat er jedenfalls im Dämmerlicht gerade noch den Schatten von etwas unermeßlich Großem gesehen, das beim Nebenhaus um die Ecke verschwand.

Das war eines Nachts vor unvordenklichen Zeiten, das war, bevor ich geboren wurde. Vor unvordenklichen Zeiten ist für mich die Zeit, ehe ich auf der Welt war, denn an die Zeiten kann ich nicht zurückdenken, sagt Großvater, weil ich sie nicht erlebt habe, und niemand kann sich an etwas erinnern, das er nicht erlebt hat. Großvaters unvordenkliche Zeiten liegen noch weiter zurück, weil er schon länger lebt als ich, und deshalb kann er weiter zurückdenken und hat mehr Erinnerungen. Ich kann unmöglich begreifen, wieso Zeit etwas ist, das hinter einem liegen kann, und nicht nur vor einem, wie unendliches Warten.

»Aber ich kann mich an den Troll erinnern«, protestierte ich damals, »als du nämlich von dem Troll erzählt hast, habe ich mich an ihn erinnert, und jedesmal, wenn ich auf dem Treppenstein sitze und warte, denke ich an den Troll.«

Das stimmt, ich denke an den Troll. Aber Angst habe ich nicht, denn Großvater hat gesagt, der Troll sei wieder in den Berg gegangen, und solange die Sonne am Himmel steht, könne er da nicht raus.

»Na ja, aber du hast ihn nicht gesehen«, sagt Großvater. »Ich habe ihn gesehen, und dann habe ich dir von ihm erzählt.«

»Aber wenn ich ihn doch gesehen habe«, beharre ich eigensinnig, »jedesmal, wenn ich an den Troll denke, kann ich sehen, wie er sich umdreht und mit seinem einen Auge über die Schulter blickt, mit dem einzigen Auge, das so groß ist wie der Zinnteller. Und dann nickt er und winkt, ehe er um die Hausecke biegt und verschwindet, genau wie du es erzählt hast.«

Da schmunzelte Großvater – wenn er das tat, dann lachte er leise vor sich hin, also nicht so wie sonntags, wenn ich ihn kitzelte, weil er lange genug Mittagsschlaf gehalten hatte. Er schmunzelte. Und dann sagte er: »Ja, du hast den Troll wohl genau so gesehen wie ich.«

Und da merkte ich, daß dies eine von den Geschichten war, an die ich nicht so ganz glauben sollte, genau wie manche von den Geschichten vor unvordenklichen Zeiten.

Aber ich glaube es doch. Also ich glaube und dann wieder glaube ich doch nicht an den Troll, wie der eines Nachts mit dem gewaltigen Treppenstein unterm Arm durch den Obstgarten gezockelt kam. Das war in der Nacht, als Großvater dem Trollkind geholfen hatte, dessen Schwanz in einer Felsspalte eingeklemmt war.

Es war einmal, als der Großvater unterwegs war und den Wald rodete, das war in seinen jüngeren Jahren – also ehe ich geboren war –, und da war der Großvater beim Roden des Waldes schrecklich fix. Er hat ganz allein gearbeitet, und als er sich hinsetzen wollte, um sein Vesperbrot zu essen, da fiel sein Blick auf etwas, das sich so komisch drehte und wendete, gleich neben dem Felsen. Eine Schlange war es nicht, das sah er gleich, aber sich winden wie eine

Schlange, das tat es, und es hing fest, das sah er deutlich. Da bückte sich Großvater und hob den Felsbrocken ein bißchen an – damals war er unermeßlich stark –, und sogleich verschwand die wunderliche Gestalt. Erst als er es in der Geröllhalde brummeln hörte und da ganz sicher jemand rief: »Danke! Danke!«, erst da begriff der Großvater, daß es ein Trollkind gewesen war, dessen Schwanz im Türspalt zu seinem Haus eingeklemmt gewesen war.

Das war eine von seinen freundlichen Geschichten, eine von den Trostgeschichten. Den ersten Teil, den von dem Trollkind und dem Türspalt, hat er mir wohl damals erzählt, als er die Küchentür zumachen wollte und ich noch meine Finger in den Türspalt gesteckt hatte. Dort innen, wo die Tür an den Türangeln aufgehängt ist. Da kann man sich so böse die Finger einklemmen, daß einem allein bei dem Gedanken daran alle Fingerkuppen weh tun. Der andere Teil der Geschichte, der vom Treppenstein, kam später.

Den hat er vielleicht an einem der vielen Nachmittage erzählt, wenn wir dort auf der Treppe saßen, er mit der Kaffeetasse und seiner Pfeife, die er mit dem guten englischen Tabak gestopft hatte, dem aus der runden Tabakdose auf dem Wandbrett. Ich kann die Wärme seines Knies spüren, das ist genau auf Höhe meines Kopfes, weil er in der Türöffnung sitzt, und der Treppenstein, auf dem ich sitze, ist so viel tiefer. Großvater sagt dann immer, daß uns eine Stufe fehlt, aber der Troll hat keine weiteren gebracht.

Eigentlich ist die Geschichte vom Treppenstein ganz falsch, denn vor unvordenklichen Zeiten wohnte Großvater gar nicht hier. Sondern das war Großonkel Arvid. Aber der wohnt auf den Galapagosinseln, auf der anderen Seite des

Erdballs. Was der wohl mit dem Treppenstein zu tun haben mag?

Hier gibt es nur uns beide, den Großvater und mich. Und den Treppenstein. Und den Baum auf dem Hof mit der Schaukel an dem niedrigen Ast und die Scheune mit dem Tor, das so in den Angeln jammert. »Wie die olle Trollfrau, die mit der Nase im Baumstumpf feststeckt«, sagt Großvater. Es gibt noch den Hofplatz, der vom Haus und der Scheune und von der Felskuppe mit der Wäscheleine und den Haselnußsträuchern zusammengehalten wird. Dann ist da noch der Weg, der hinter der Kurve verschwindet und im Nichts endet. Außerdem gibt es den Großvater und mich und unerschöpflich viele Geschichten. Das war nie anders und soll bis in alle Ewigkeit nie anders sein.

3

Er weiß, es ist an der Zeit. Daran führt kein Weg vorbei. Die Geschichten können sie nicht länger beschützen, nicht mehr in der Einsamkeit einschließen, ihn und das Kind, in dem schützenden Kokon von Vergessen, den er so sorgsam um sie beide gesponnen hat.

Mehr als zwei Jahre lang hat er gesponnen. Dünne, aber starke Fäden aus liebevoller Fürsorge und lebendig erzählten Geschichten hat er mit vorsichtigen Händen um das Leben des Enkelkindes gewickelt. Wie eine Seidenraupe, wenn sie ihre weißen Fäden spinnt und zu einem perfekt geformten Oval aufbaut. Jetzt ist es an der Zeit, sie wieder auszuwikkeln. Bei dem Gedanken bricht ihm der Schweiß aus, der wegen der physischen Anstrengung sowieso schon reichlich fließt.

Er *muß* all die Hügel hinaufstrampeln. Das Bild des Kindes auf der Treppe, so wie er es sitzen sah, als er sich zum letzten Mal umdrehte, ehe ihm ein Felsrücken die Sicht versperrte, treibt in dazu, mit aller Kraft in die Pedale zu treten, so daß hin und wieder das Hinterrad in dem lockeren Erdreich durchdreht. Das Bild ist ihm auf der Fahrt bergab ins Dorf und bis ins Geschäft gefolgt, während das Fahrrad bei der rasanten Fahrt in den Kurven seitwärts wegrutschte und der Wind ihm die Tränen waagerecht aus den Augenwinkeln hin zu den Ohren drückte. Am Tresen des Kaufmanns kann er sie immer noch spüren, die längst getrockneten Tränen, die eine kühle Spur hinterließen, wie der leichte Druck von Brillenbügeln. Das wiederum hatte ihn an ein Frauengesicht erinnert, eingerahmt von braunem Haar und ernsten, vielleicht vorwurfsvollen – nein, nicht vorwurfsvoll, niemals vorwurfsvollen – Augen hinter runden Brillengläsern. Die Erinnerung war kurz, aber so heftig und deutlich, daß dieses Gesicht einen Moment lang über dem Tresen des Ladens geschwebt hatte, zwischen allerhand nötigen und unnötigen Dingen, die an Haken unter der Decke hängen. Für eine kleine Weile hatte das Frauengesicht das Bild des Kindes auf der Treppe verdrängt. Aber es ist wieder vergangen, denn dieses Bild gehört den schlaflosen Nächten an, nicht den arbeitsamen Tagen. Die gehören dem Kind.

Keuchend umrundet er den Felsrücken, von der gewaltigen Anstrengung flimmert es ihm vor Augen, er fühlt den Puls als regelmäßiges Pochen in den Ohren. Aber jetzt kann er das Bein hintenüberschwingen – in einem Bogen über den Sattel, den Gepäckträger mit den festgezurrten Tüten und den vollgestopften Satteltaschen – und absteigen, denn er sieht das Kind, Gott sei Dank!, er sieht das Mädchen, das auf der Treppe sitzt, genau so, wie es dort saß, als er zum Einkaufen fuhr.

Sie sitzt auf der Treppe und starrt zur Kurve hin, zu ihm. Und er kann ihre Ungeduld spüren, sieht, daß ihre Geduld fast am Ende ist, und was wird dann passieren? Was wird an dem Tag passieren, an dem er nicht länger glauben kann, daß sie so sitzen bleibt, wie er sie verlassen hat, im Sommer draußen auf der Treppe, im Winter im Lesesessel, dem dicken braunen Sessel am Fenster? Wagt er dann noch, sie allein zu lassen? Muß er eines Tages erleben, daß eines der Schreckensbilder, die ihn auf dem Weg über die steilen Hügel so quälen, Wirklichkeit wird?

Das Kind leblos auf der Erde, weil es vom Ahorn oder von der Scheunenauffahrt gestürzt ist. Das Kind im Brunnen, mit dem Gesicht nach unten, die Haare wie Grashalme ausgebreitet im Halbdunkel unter der pyramidenförmigen Wölbung. Das Kind totgetrampelt von dem ungebärdigen Stierkalb, das ihn, den Kopf schräg auf den Holzplanken im Kälberkoben, traurig und so ganz frei von Schuld anstarrt. Das Kind, von heißem Wasser verbrüht oder mit Verbrennungen von verbotenen Streichhölzern, trotz all seiner eindringlichen Ermahnungen.

Oder einfach die leere Vordertreppe. Das Kind, das nicht dort sitzt, als er den Felsrücken umrundet, das nicht dasitzt und wartet, unendlich geduldig inmitten seiner zittrig ungeduldigen Erwartung weicher Karamellbonbons und einer spannenden Geschichte.

Eines Tages, hat er gedacht, als er nach dem beruhigenden Anblick des Kindes auf der Treppe von einem momentanen Gefühlsausbruch überwältigt angehalten hatte, als er den Oberkörper über die auf den Lenker gestützten Hände sinken und den Kopf schwer auf den Unterarmen ruhen ließ, in jenen kostbaren Sekunden, bevor sie ihn entdeckte, hat er gedacht: Eines Tages muß alles anders werden. Heute, denkt er, während er langsam den Arm hebt und winkt, ehe er das Rad weiterschiebt: Heute muß alles anders werden. Nein, nicht alles. Etwas.

4

»Erzähl, Großvater, erzähl!«

Ich sitze auf seinem Schoß, auf einem Oberschenkel, meine Füße stehen zwischen seinen Beinen. An der Unterseite meiner nackten Beine spüre ich den blauen Jeansstoff, vom vielen Waschen ist er ganz weich, geradezu flauschig.

Großvater sitzt auf dem gleichen mit Heu gefüllten Kissen, auf dem ich vorher gesessen und auf diesen Moment gewartet habe. Da lag ein gestreiftes Frotteehandtuch über dem Sackleinen, ein weiches, weißes Handtuch mit blauen und gelben Streifen. Ich habe die Streifen gezählt, also die, die ich sehen kann, die blauen Streifen und die gelben Streifen und die weißen Zwischenräume. Mit dem Finger habe ich sie erst auf der einen Seite von mir gezählt und dann auf der anderen. Ich habe mir Geschichten ausgedacht, Geschichten von Streifen als Wegen, von Streifen als Kindern – die blauen waren die Mädchen und die gelben die Jungen oder die gelben die Mädchen und die blauen die Jungen. Nach unzähligen Vormittagen auf dem Treppenstein kenne ich selbst die kleinste Einzelheit des Handtuchs – auf jeden Fall des Teils, der links und rechts von meinen Beinen vorschaut. Aber jetzt hängt es an seinem Platz, am Nagel auf dem Flur. Auch dieses Mal hat es mir gute Dienste geleistet.

An diesem endlosen Vormittag – vielleicht eine Stunde lang oder, wenn es hoch kommt, anderthalb – habe ich gewartet. Mein ganzes bewußtes Ich ist einzig und allein mit einer Sache beschäftigt: still auf dem Treppenstein zu sitzen und auf Großvater zu warten. Nicht aufstehen und nicht irgendwo hingehen. Nicht diesen warmen Flecken verlassen, kein einziges Mal darf der Po den Kontakt mit dem Handtuch verlieren. Jedenfalls nicht der ganze Po – Stert nannte ihn Großvater immer – nicht der ganze Stert auf einmal. Erlaubt war von einer Seite zur anderen rollen, oder die eine Backe anheben, wenn sich das Handtuch hinten an den Beinen feucht und klamm anfühlte. Sich dann seitlich zu einem trockeneren Fleck zu bewegen, war ebenfalls erlaubt. Aber nie, niemals durfte der Stert den Kontakt mit den Streifen des Handtuchs verlieren. Das würden die Hühner sehen.

Die würden das sogar sehen, wenn sie eigentlich damit beschäftigt waren, all das von der Erde aufzupicken, was ihnen als Nahrung dient. Die Menschen wissen davon nichts, die wissen nicht einmal, daß da im Gras oder zwischen den Sandkörnern auf dem Weg etwas zu finden ist. Die Hühner sehen aber alles. Selbst, wenn sie ganz hinten zwischen den Apfelbäumen picken oder hinter der Scheune um die Ecke. Oder im Hühnerhaus, dessen Tür immer offenstand, so daß sie hineingehen konnten, wenn sie Eier legen wollten. Ja, selbst wenn sie dort hockten und Eier legten. Und wenn sie anschließend gackernd wieder auf den Hof rannten, damit der Hahn sie lobte. Trotzdem hatten sie immer auch ein Auge für den Treppenstein und meinen Stert auf dem Handtuch. Großvater sagt, weil Hühner auf jeder

Seite vom Kopf ein Auge haben und um die Kurven sehen können.

Und der Hahn ist der aufmerksamste von allen. Er ist daran gewöhnt, auf die Hühner aufzupassen, die immer einfach so hierhin und dorthin flattern. Was bedeutet es denn schon für einen Hahn, auf ein Kind auf der Treppe aufzupassen, sagt Großvater.

Alle petzen sie dem Großvater, Hühner und Hahn. Sowie er das Fahrrad an der Scheune abgestellt hat, nimmt er als erstes eine Handvoll Mais aus der Dose, die an einem Nagel unter der Scheunenauffahrt hängt, und wirft die Körner den Hühnern hin. Die kommen gackernd aus allen Ecken angerannt, sobald er auf den Hof einbiegt. Und dann fragt er sie, ob ich still gesessen habe. Da gackern die Hühner und antworten, ja, das hat sie, deshalb werde ich jetzt eine richtig lange und spannende Geschichte erzählt bekommen. Am liebsten eine mit allem auf einmal, mit dem neunköpfigen Troll und dem Nöck und dem mutigen Prinzen und den stummen Prinzessinnen.

»Großvater, heute sollst du mir eine Geschichte von einem Schmetterling erzählen.«

Weil ich heute einen gesehen habe. Und der Schmetterling war so schön und flatterte so leicht dahin, daß mein Stert einen Augenblick lang den Kontakt mit dem gestreiften Handtuch verloren hatte und ich schon halb vom Treppenstein aufgestanden war, als mich die Hühner warnten und schleunigst zurück auf meinen Platz gackerten.

Aber davon erzähle ich Großvater nichts. Ihm erzähle ich nur vom Schmetterling, und davon, wie schön der mit seinen hellblauen Flügeln war und wie er hierhin und dorthin flatterte.

»Wohin ist er denn geflogen?« fragt Großvater.

»Der ist zum Brunnen geflogen«, sage ich, »aber da war er schon so klein, daß ich ihn nicht mehr sehen konnte.«

»Es war einmal ein Schmetterling«, beginnt Großvater. Er zieht mich höher auf seinen Schoß und hält mich mit dem Arm so fest, daß ich ein bißchen hin und her rutschen muß, um seinen Griff zu lockern.

»Es war einmal ein Schmetterling, der war so schön ...«

Ein Schmetterling, der war so schön. So heißt es immer im Märchen.

»War er blau?« frage ich. »Großvater, war er blau wie der, den ich gesehen habe?«

»Nein«, sagt er, und seine Stimme kommt von weit, weit her. Ich kann sie trotzdem hören, durch alle Zeitschichten hindurch. Sie ist wie eine Luftblase, die sich vom Boden eines Glases löst und wirbelnd zur Oberfläche aufsteigt. »Nein, er war nicht blau, sondern rot. Rot wie Tomaten.«

5

Es war einmal ... nein, dieses Mal klingt das nicht wie das »Es war einmal« der Märchen. Diese Geschichte stammt aus erinnerlichen Zeiten, wenn auch nicht meinen.

Håvard sitzt in der vorletzten Reihe. Nur an acht von elf Pulten sitzen Kinder, denn mehr Schüler gehen nicht in diese Klasse. Aber in die Grundschulklasse, die das Klassenzimmer an den anderen drei Wochentagen benutzt, gehen elf Kinder. Elf kleine Jungen und Mädchen sitzen an viel zu großen Pulten.

Er ist im ersten Jahr bei den Großen und bald groß genug für seine Schulbank. Aber noch ist es nicht soweit, noch ist er eher klein und pausbäckig. Das wird auch noch einige Jahre dauern, bis er in die Höhe schießt.

Sie haben gerade Rechnen und sind beim kleinen Einmaleins. Das jagt den meisten Klassenkameraden einen Schrecken ein; ihm nicht, denn er war schon immer gut im Auswendiglernen.

Aber als die Siebenerreihe abgehört wird, da hat auch er seine liebe Mühe. Weil er so gerne will, daß sieben mal sieben siebenundsiebzig sein soll. Er findet, das klingt so schön. Sieben mal sieben ist siebenundsiebzig. Siebzig. Wie sie zu Hause im Laden ja auch sagen. »Das macht eine Krone und siebzig Öre.« – »Hier sind zwei Kronen.« – »Danke schön. Und dreißig Öre zurück. Bitte sehr. Guten Heimweg auch.« – »Vielen Dank. Tschüs.« – »Tschüs, tschüs.«

Sieben mal sieben ist ... nein, er darf nicht sagen siebenundsiebzig ... Aber was muß er noch mal sagen? Sieben mal sieben ist ...

Und da plötzlich steht sie in der Tür, in diesem tomatenroten Kleid, in dem er sie in Erinnerung behalten wird. Der große Kragen liegt auf der blauen oder braunen oder grauen Strickjacke, das lange Haar ist aus der Stirn zurückgenommen mit einem weißen Band und der größten Schleife, die er je gesehen hat.

Elf Jahre. Sie war elf Jahre alt, als sie aus einem Ort hierher zog, dessen Namen er vergessen hat. Aber warum sollte er ihn auch behalten haben, es gibt so vieles anderes zu erinnern. Ihre schwarzen Schuhe mit den winzigen goldglänzenden Spangen, und ihre dünnen Beine in weißen Strümpfen. Weiße Strümpfe! Kann er sich an sie erinnern in anderen als weißen Strümpfen? In braunen, wie sie die anderen Mädchen und seine Schwester trugen, oder sogar schwarzen? Bestimmt nicht.

Weiße Strümpfe, immer weiße Strümpfe und das tomatenrote Kleid – denn sie hatte doch immer das tomatenrote Kleid an, oder etwa nicht? Er weiß es nicht mehr. Es werden doch viele Kleider gewesen sein, Kleider und Blusen und Röcke in allen möglichen Farben und Schnitten. Und unzählige Strümpfe, die schmutzig wurden und Löcher an den Knien bekamen, wenn er sie hinter sich auf den hohen Baum zog, dessen Laub sich wie eine große Muschel um sie schloß. Die Schleife ging wohl verloren? Doch, er erinnert sich, sie band die Haare immer mit einem roten Band im Nacken zusammen. Und er erinnert sich an den Ton, wenn er an einem Ende der Schleife zog, so ein Knistern. Dann hingen die Haare auf beiden Seiten des schmalen weißen Halses herunter. Wie sie den Kopf zurückwarf, und wie ihre dünnen Finger die Haare nahmen und mit dem roten Band wieder zusammenfaßten.

Sie war elf, und er war zwölf. Er hatte geglaubt, Mädchen seien dazu da, gehänselt zu werden. Man lachte über sie und trieb Schabernack, schubste sie und half ihnen lachend wieder auf, um ihnen dann einen Schneeball in den Nacken zu werfen. Mädchen waren ... Man konnte sie nicht richtig ernst nehmen.

Bei ihr war das anders. Lag das an ihrer Familiengeschichte? Die Eltern und Gunnhild waren mit dem Auto unterwegs nach Borgland gewesen. Sie fuhren am See entlang, es war Winter, dunkel. Ihre ungeduldige Stimme vom Rücksitz. Ellenbogen und Arm des Vaters, der sich zu ihr nach hinten lehnte.

Der endlose Moment zwischen Himmel und Erde, ehe das Auto durch das dünne Eis brach. Das Klirren des Eises.

Der Schrei der Mutter. Die Hände des Vaters um ihren Leib. Die Kraft, die sie nach oben schob. Der Druck des Wassers. Die Kälte. Die Angst. Die Stunden in der Dunkelheit. Die Einsamkeit.

Nein. Davon wußte niemand. Alle wußten nur von dem Unfall. Der hatte die Bewohner des Dorfs wochenlang erschüttert. Er hatte dazu beigetragen, daß die Leute sich öfter in ihren Häusern besuchten und daß im Laden die Geschäfte besser gingen.

»Hast du schon jemals so etwas Schreckliches gehört?«

»Und man hat sie immer noch nicht raufgeholt.«

»Liegen in dreißig Metern Tiefe, heißt es.«

»Was du nicht sagst! Aber das Mädchen ist heil herausgekommen?«

»Das ist ein Gotteswunder!«

»Ganz bestimmt! Und so ein hübsches Kind. Die reinste Schönheit.«

»Aber so anders und sehr zurückhaltend soll sie sein. Ja ja. Und womit kann ich dir heute helfen?«

»Ach, mir ist nur der Kaffee ausgegangen. Gib mir doch zweihundert Gramm.«

Das Unglück hatte Gunnhild verändert, natürlich. Aber das war es nicht allein. Vom ersten Tage an, von dem Augenblick, als die Tür aufging und er dorthin sah, als die Zahlen auf der Jagd nach neunundvierzig, dem Ergebnis von sieben mal sieben, immer noch durch seinen Kopf wirbelten, nicht siebenundsiebzig, der Zahl, die er zurück auf die Zunge zwingen mußte, als sich ihre Blicke da über den Köpfen der anderen begegneten – den Hinterköpfen vor ihm, denn inzwischen hatten sich alle zur Tür umgedreht, wo sie mit ihrer Tante stand, die sie zur Schule gebracht hatte – genau in dem Augenblick wurde er angezogen von ihrem Ernst. Die etwas schweren Augen unter dichten Wimpern und die ernsten, immer ernsten dunklen Brauen. Die weiße Stirn, die glatte Haut.

Warum dachte er bei ihr immer an Tomaten? Tomaten sind nichts Ernstes an sich. Seine Großmutter hatte eines Tages aus der Stadt Tomaten mitgebracht. Er weiß bis heute nicht, woher sie die hatte, aber an die braune Papiertüte, in die sie eingepackt waren, erinnert er sich noch gut. Es waren viele, bestimmt vier oder fünf Stück, die sie vorsichtig aus der Tüte nahm und auf den Küchentisch legte. Die ganze Familie hatte sich versammelt, um die Tomaten zu bestaunen. Es war das erste Mal, daß eines der Kinder Tomaten sah, ja vielleicht sogar für ihre Großmutter das erste Mal.

Håvard hat die Tomaten der Großmutter als perfekt in Erinnerung. Rund, rot, gleichzeitig hart und weich und glatt wie ... wie ... nein, es gab nichts, womit man ihre Glätte hätte vergleichen können. Denn noch hatten seine Hände nicht über die glatte Haut Gunnhilds gestrichen, dort wo die Strümpfe enden, nein nein, nicht die weißen, sondern die dünnen, die sie später trug. Da kannte er sie noch gar nicht, und da hatte er noch nicht den Ernst in ihren Augen gesehen, der sogar blieb, wenn sie lächelte. An Tomaten war nichts Ernstes.

Aber warum trug sie immer das rote Kleid? Rot ist doch so eine fröhliche Farbe. Daß Freude einfach zu Rot gehört, fand er, zu Freude und Erwartung, wie bei Großmutters Tomaten. Wie kann jemand ein tomatenrotes Kleid anhaben und trotzdem traurig sein?

»Sie muß jedenfalls nicht Trauer tragen«, sagte die Frau über den Tresen hinweg zu seinem Vater, der für sie ein Kilo Zucker in einer weißen Papiertüte abwog, und zu seiner Mutter, die neugierig dazugekommen war und sich mit irgend etwas Unnötigem zu schaffen machte.

»Nein, das soll dem armen Kind wenigstens erspart bleiben.«

Als könnte man einem Kind Trauer an- und ausziehen.

6

»Aber Großvater«, sage ich, »du vergißt ja zu erzählen! Wo bist du in deinem Kopf gerade gewesen?« Denn ich weiß, daß Großvater in seinem Kopf an vielen Orten sein kann, genau wie ich auch.

»Ich war bei einem Mägdelein, das hatte ein rotes Kleidchen an«, sagt Großvater, als er wie von weither zurückkommt. Da weiß ich, daß er in einer Geschichte gewesen ist, denn in denen heißt es »ein Mägdelein«. Aber ich will keine Geschichte von einem Mägdelein in einem roten Kleidchen hören, ich will die Geschichte vom Schmetterling mit den roten Flügeln. Am allerliebsten wären mir blaue Flügel, aber rote sind auch schön. Ich weiß gar nicht, ob außerhalb von Geschichten rote Schmetterlinge fliegen.

»Du sollst jetzt aber von dem Schmetterling erzählen«, sage ich so streng und vorwurfsvoll, wie es nur eine Siebenjährige vermag. Und dabei drehe ich mich halb zu ihm um. Ich hatte mich in seinen Arm geschmiegt und über den Hof geschaut, bereit, den Blick auf die Scheune und die Apfelbäume frei zu machen für die Bilder vom flatternden

Schmetterling. Ich lege meine Hände – denk nur, so klein waren meine Hände einmal! – links und rechts auf seine Wangen und drücke so fest, daß sich der Mund halb öffnet und ein Rechteck mit kleinen Beulen auf beiden Seiten bildet. Und ich schüttele seinen Kopf ein bißchen und sage: »Großvater. Wenn ich meine Geschichte nicht bekomme, bleibe ich vielleicht beim nächsten Mal nicht still sitzen. Wenn du zurückkommst, bin ich vielleicht weggelaufen. Und was machst du dann, Großvater?«

Er schaut mich groß an und sieht so ängstlich aus, daß ich mich aufrichten und ihm beide Arme um den Hals legen muß. Und da stehe ich, ein sieben Jahre altes Kind auf einem Treppenstein, und der Kopf des Großvaters ruht auf meiner Schulter. Für einen kleinen Moment ist er so schwer, daß meine Knie unter dem Gewicht beinahe nachgeben.

Aber dann hebt er den Kopf, packt mit seinen großen Händen meine Oberarme und hält mich von sich weg. Wir starren uns lange in die Augen, so lange, bis ich merke, daß das, was ich gesagt habe, zu dem Unaussprechlichen gehört, und ich bin kurz davor, in Tränen auszubrechen. Da zieht er mich wieder an sich, und jetzt lege ich meinen Kopf an seine Schulter, aber ob der für ihn genauso schwer ist, weiß ich nicht.

»Mein Kind«, sagt er mir ins Ohr, »mein Kind, mein Kind, mein Kind.« Und dann erzählt er vom Schmetterling.

»Es war einmal ein Mann, der fing einen Schmetterling.«

»Und der war rot«, falle ich ein, denn nun weiß ich, daß er rot sein muß und nicht blau, wie ich vorher geglaubt habe.

»Der war rot wie ... wie Tomaten«, sagt Großvater verträumt, »rot wie Tomaten und wunderschön.«

»Wo ist er hergekommen?«

»Der kam von nirgendwo her. Der kam einfach eines Tages angeflogen und setzte sich auf seine Hand. Da fing der Mann den Schmetterling, und als er ihn eine Weile betrachtet hatte, sah er, daß es ein winzigkleines Mädchen in einem roten Kleidchen war. Es hatte dünne Beinchen in weißen Strümpfen, und an den zierlichen Füßchen trug es schwarze Schuhe, nicht größer als ein Sandkorn.«

»Als zwei Sandkörner«, korrigiere ich.

Großvater lacht und schnappt sich meine nackten Füße mit einer Hand.

»Ja natürlich waren es zwei«, sagt er und spielt mit meinen Zehen, bis ich mich vor Lachen winde, »es hatte zwei Füße und zwei Arme, zwei Hände und einen kleinen Bauch ...« Wie er sie beim Namen nennt, sucht er sich nach und nach meine Körperteile, und er kitzelt mich und nimmt mich in den Arm und albert so lange herum, bis ich schließlich von seinem Schoß springen, seine beiden Hände festhalten und ein ernstes Wort mit ihm reden muß.

»Großvater! Jetzt sei aber mal lieb! Du sollst doch erzählen!«

Und da ist Großvater wieder lieb und erzählt von dem schönen Schmetterlingsmägdelein, das den ganzen kalten Winter über bei dem Mann bleibt. Es fliegt in dem kleinen Zimmer umher, in dem er ganz allein wohnt. Wenn er ißt, sitzt es auf seinem Tellerrand, und wenn er Mittagsschlaf hält, liegt es in seinen Haaren. Aber nachts schläft es in einer Streichholzschachtel, denn er wagt nicht, es mit in sein Bett zu nehmen, aus Angst, er könne es im Schlaf zerdrükken.

Es ist so klitzeklein und zerbrechlich, sagt Großvater, daß der Mann befürchtet, es könnte in Stücke gehen, wenn er es nur anpustet. Aber das tut es nicht; wenn sein Atem zu kräftig wird, flattert es einfach ein Stückchen weg. Und allmählich lernt er in seiner Nähe so vorsichtig zu atmen, so vorsichtig, daß es gar nicht weggepustet werden kann.

»So?« frage ich und hauche ihm ins Gesicht. Und Großvater nickt und haucht mir auch ins Gesicht, und das duftet nach Kaffee und Tabak und kitzelt an meiner Wange. Und dann fragt er, ob ich nicht bald mein Brot haben will und meine Milch. Es sei Zeit fürs Abendessen.

»Aber Großvater!« Ich bin bestürzt. Er hat die Geschichte ja noch gar nicht fertig erzählt, und ich kann mich nicht erinnern, daß er jemals bei einer Geschichte mittendrin aufgehört hat. Ich will doch wissen, wie sie endet, und – meine Stimme wird ganz ungeduldig – ob es nicht weiterging wie in anderen Märchen, ob er es geküßt hat und der Zauber augenblicklich verschwand, denn die böse Fee hatte es nur verhext. Und da zeigte sich, daß es eine Prinzessin war, und sie feierten Hochzeit und fuhren nach Hause zu ihrem Schloß, und alle im Königreich freuten sich mit ihnen. »Großvater, ist es nicht so gewesen? War es nicht so?«

»Nein«, antwortete Großvater, »es ist nicht wie im Märchen weitergegangen. Denn eines Tages öffnete er das Fenster, und da flog der Schmetterling hinaus in den kalten Winter und verschwand.«

»Warum flog der weg?«

»Ich weiß es nicht. Der war wohl nicht für ihn bestimmt.«

»Was bedeutet das?«

»Das bedeutet, daß er ihn gar nicht erst hätte fangen sollen. Denn der war eigentlich nicht zum Fangen bestimmt.«

»Tat es ihm leid?«

»Ja«, sagt Großvater langsam. So langsam, daß ich merke, diese Geschichte ist für ihn genauso neu wie für mich. Gleichzeitig sehe ich aber an seinem Gesicht, daß sie es nicht ist. Die Gedanken bringen ihn weit weg, aber nur für einen Moment. Schon ist er wieder bei mir auf der Treppe. Er blickt in mein ernstes Gesicht und zieht mich hoch auf seinen Schoß.

»Zuerst hat es dem Mann sehr leid getan«, sagt er. Und ich seufze erleichtert, als ich merke, daß nun eine Fortsetzung kommt. Denn die Geschichte soll doch nicht so traurig enden.

»Erst tat es dem Mann sehr leid. Aber nach einer Weile entdeckte er in seinem Zimmer einen neuen Schmetterling.«

»War der auch rot?«

»Nein, der war braun, oder nein, der war wohl vor allem grau.«

»War er schön?«

Großvater überlegt.

»Ja, der war schön. Vielleicht nicht so schön wie der erste, aber er war klein und hübsch und hatte rote Pünktchen auf den Flügeln. Und eine Brille trug er«, sagt er, und da jubele ich begeistert. Aber im nächsten Augenblick protestiere ich, denn ein Schmetterling kann doch keine Brille tragen, das sollte Großvater wissen.

»Doch«, beharrt er, »dieser Schmetterling trug eine winzige runde Brille mit Bügeln, die sich um die kleinen Fühler wanden. Der war ... doch, er war sehr schön.«

»Wo ist der hergekommen?«

»Ich weiß es nicht ... eines Tages war er einfach da ... Bestimmt ist er die ganze Zeit über dagewesen.«

»Und wie ging es dann weiter?« frage ich ungeduldig.

Und ich schüttele sein Kinn, heute ist es ja ganz hoffnungslos mit Großvater. Immerzu muß er aus seinem Kopf von ganz innen wieder herausgeholt werden. »Wie ging es weiter mit dem kleinen Schmetterling?«

Ich kann meinem heftigen Tonfall die Ungeduld anhören, kann sie durch die Schichten der Zeit hören bis hier und jetzt. Ich kann den unbeirrbaren Glauben heraushören, daß auch diese Geschichte gut ausgehen muß, wie es bei Großvaters Geschichten seit unvorstellbar langer Zeit immer war. Ich kann meinen Wunsch heraushören, daß sie bald fertig sein soll, damit ich losrennen und noch ein bißchen schaukeln kann, während Großvater mir meine Brote schmiert. Ich will mein Brot essen und die Milch trinken. Ich will, daß die Geschichte zu Ende gehen soll. Der Tag soll zu Ende gehen. Die Geschichte, der Tag, alles – alles soll gut enden.

Großvater sieht mich nicht an. Er starrt in die Ferne und nach innen. Noch nie habe ich ihn so traurig gesehen und mit seinen Gedanken so weit weg. Er streicht mir geistesabwesend übers Haar.

»Der starb«, sagt er leise. »Der Schmetterling starb, weil der Mann nicht gut genug auf ihn aufgepaßt hat.«

Und ich spüre, daß etwas für immer vorbei ist, und fange an zu weinen.

7

Sie gehörte nicht zu ihm. Gunnhild gehörte nicht zu Håvard, sie gehörte zu niemandem. Zumindest am Anfang. Als wenn sie anders wäre, mit ihrem ernsten Gesicht. Niemand bewarf sie mit Schneebällen, niemand zog sie auf. Worte konnten sie nicht treffen, sie lebte in ihrer eigenen Welt, wenn sie auf dem Heimweg nach der Schule neben ihm ging.

Wenn sie geredet hätte, wenn sie wie die anderen Mädchen drauflosgeschwatzt hätte, wenn sie wie die anderen Mädchen so komisch und unvermittelt drauflosgehopst wäre, daß auch ihr der Schulranzen gegen den schmalen Rücken schlug, wenn über ihr Gesicht diese jähen Umschwünge gehuscht wären, bei denen ein Jungenherz sich wie zwischen Licht und Schatten hin und her gerissen fühlt – wäre er dann weniger von ihr angetan gewesen?

Trauer hatte er schon früher erlebt. Als sein kleiner Bruder an Scharlach gestorben war, da hatte er seine Mutter aufgelöst gesehen: Sie hatte gejammert und geschluchzt, sich die Haare gerauft und die Arme blutig gekratzt. Bei den Mahlzeiten war sie vom Tisch aufgesprungen und hatte sich aufs Bett geworfen, und der Vater, dem die Tränen vom Bart tropften, war ihr gefolgt, um sie zu trösten. Die größeren Geschwister hatten auch getrauert, er hatte das in den Augen des Bruders gesehen und an den Händen der Schwester gespürt, wenn sie ihm morgens und abends beim An- und Ausziehen half. Aber er selbst war noch zu klein gewesen. Das war die Trauer der Großen gewesen, die der Erwachsenen und der beinahe Erwachsenen. Er selbst hatte eher Angst verspürt als Trauer. Und den Schrecken und die Unruhe vor diesem Entsetzlichen, das die Mutter und die anderen in der Familie aus dem Alltag riß. Vielleicht vermißte er seinen Bruder ganz zu Anfang ein bißchen, aber Trauer war das nicht. Schon nach wenigen Tagen hatte er vergessen, wie der Bruder ausgesehen hatte.

Die Trauer eines Kindes hatte er nie erlebt, diese ganz

eigene, unbegreifliche Traurigkeit, die er jetzt an Gunnhild bemerkte. Wenn sie still nach der Schule auf dem Heimweg waren, nebeneinander auf der schmalen Landstraße gingen, mit den Ranzen auf dem Rücken, ihrer dunkelblau, sein eigener, von den Geschwistern geerbter bereits verblaßt, dann war dieses Unbegreifliche ebenso intensiv zur Stelle, als wäre noch ein Dritter bei ihnen, ein unendlich trauriger Gefährte, der mit ihnen zusammen ging, auf ihrer Seite und auf seiner, aber nie zwischen ihnen. Es war, als sei es ihm damals schon so vorgekommen, als könne nichts zwischen sie treten, zwischen Gunnhild und Håvard. Ihre Namen schienen ebenso zusammenzugehören wie sie selbst.

Wie konnte er das glauben? Nichts, was sie sagte – und sie sprach ohnehin nicht viel –, konnte ihm ein Zeichen gegeben haben, daß er für sie etwas Besonderes war. Nicht einmal später, viel später auf dem Baum gab sie ihm dieses Gefühl. Dennoch wußte er es, oder glaubte es zu wissen.

Schon am ersten Tag auf dem Heimweg, als sie in dem roten Kleid neben ihm ging und ihn an Tomaten erinnerte, wußte er das. Als sie zu ihrer Abzweigung kamen, brauchte sie nur eine kleine Kopfbewegung zu machen, die weiße Schleife wippen zu lassen, schon trottete er mit ihr zusammen nach Borgland hinauf. Dort wohnte sie. Sie war die Nichte der Frau auf Borgland und sollte dort wohnen, nachdem sie ihre Eltern verloren hatte. »Sie wird den Hof wohl übernehmen«, meinten viele.

Wie weiß man, ob man einen Menschen kennt? Als sie sich auf der Treppe umdrehte und ihm die Andeutung eines Lächelns schenkte, ehe sie die Tür hinter sich schloß, wußte er, daß er sie kannte, daß er sie immer gekannt hatte. Dieses dunkle Lächeln war ein Teil von ihm, etwas, das ihn immer begleitet hatte. Er hatte immer gewußt, daß er anders war, oder nein, sein Leben, etwas an seinem Dasein war anders, irgendwie dunkler und rätselhafter als bei der lärmenden Schar auf dem Schulhof, anders als die mitteilsame, neugierige Mutter und der ewig lächelnde Vater, stets diensteifrig über den Tresen im Laden gebeugt, als die Schwester und der Bruder in ihrer halberwachsenen Schnoddrigkeit.

Es war etwas, womit er für sich allein sein wollte, und er wußte auch gar nicht richtig, was es war, abgesehen davon, daß es ihm wie eine schwere Stille in ihm vorkam. Darüber sprach er nie mit irgend jemandem, nicht einmal mit der Großmutter, die so alt war, daß sie wohl auch das verstanden hätte. Aber dafür gab es keine Worte, es ließ sich nicht mit Worten ausdrücken, nicht einmal in Gedanken, das, was er spürte, konnte nur erkannt werden. Erkannt – und wiedererkannt.

Bei Gunnhild hatte er es wiedererkannt. Als sie sich am allerersten Tag auf der obersten Stufe umdrehte, hatte er gesehen, daß auch sie sich am Rande dieses Sonderbaren bewegte, für das es keine Worte gab. Dieser unerklärlichen Einsamkeit, die einen mitten im lautesten Spiel packen konnte. Dann warf er einen Ball urplötzlich beiseite und wandte den Kameraden den Rücken zu. Es machte ihm nichts aus, daß sie ihn seltsam fanden.

Dann ging er zu seinem Baum und saß viele Stunden lang still auf dem Ast, mit einem Bild im Kopf. Er sah sich selbst auf einem großen Ball sitzen, das war die Erdkugel. Die Arme hatte er um die Knie geschlungen. Er saß auf der Oberseite, nicht ganz oben, sondern etwas weiter unten auf der Rundung, wo, wie er wußte, Norwegen lag, und der Ball, der die Erdkugel war, drehte sich nicht, obwohl er wußte, daß sie es eigentlich tat. Ganz allein saß er da, zusammengekauert, der Kopf ruhte auf den Knien, so saß er auf diesem Ast, den Rücken an den Baumstamm gelehnt. Der Erdball schwebte, losgerissen von allem, in einem Raum so groß und dunkel, daß es nicht zu ermessen war. Ob in diesem Raum Sterne waren, wußte er nicht, denn er hob nie den Kopf, um nachzusehen.

Das alles hatte er nicht gedacht, als sie sich umdrehte und gelächelt hatte, ihr irgendwie nur halbes Lächeln – er hatte gedacht, daß er sie zum Baum mitnehmen wollte, daß sie dorthin passen würde, auf den großen Ast, im Schatten unter dem dichten Laub. Sie hatte die Tür schon geöffnet, als er die Hand zu einem verlegenen kleinen Gruß hob – nicht den Arm, nur die Hand, in einer ein bißchen unentschlossenen Bewegung, weil er das Gefühl hatte, winken sei zu kindlich. Und er sagte nichts, denn er hatte nichts zu sagen, das für ihren Ernst erwachsen genug war.

Er hatte einen Blick in den Flur werfen können, auf die dunklen Wände, die von einem weißen Türrahmen unterbrochen wurden und von einer geschlossenen Tür, einer Jacke an einem Haken, darüber eine Schirmmütze. Diesen Flur hatte er nie betreten. Er kannte niemanden, der dort drinnen gewesen war, weder die Eltern noch einer der Freunde. Nicht einmal die Großmutter, die schon so alt war, daß sie sich an die Zeit erinnerte, als Die Alte auf Borgland regierte.

Es war, wie einen Blick in etwas Verbotenes, Unerreichbares zu werfen, etwas Fremdes und Erschreckendes und gleichzeitig Lockendes. Etwas, das einen anzog, beinahe wie das Große Dunkel. Als die schwere Tür hinter Gunnhild zufiel, blieb er lange stehen und schaute dorthin, ehe er sich umdrehte und widerstrebend die Allee wieder hinunterging. Er dachte an die Großmutter, die Elfen gesehen hatte.

8

»Großvater«, sage ich, »erzähl mir von der Königstochter, von der im Blauen Berg, und du mußt ganz genau wie immer erzählen.«

Ich spreche energisch und streng mit ihm, denn mir gefällt gar nicht, was da bei uns eingedrungen ist und sich in den Wänden festgesetzt hat und auf dem großen Ahorn, was sich auf dem ganzen Hof breitgemacht hat. Das, was anders ist und was mich erschreckt und was doch irgendwie mit Großvaters Geschichten zu tun haben muß.

Er hat mir eine Schaukel gebaut, eine größere als meine alte, die an dem niedrigen Ast hing. Diese hängt auf der anderen Seite des Baums an dem höheren Ast. Ich hatte lange gedrängelt, daß ich so eine Schaukel haben will, schon seit dem letzten Jahr, als der Baum im Sommer Nasen hatte, die ich mit Daumen und Zeigefinger aufklappen und mir auf die eigene Nase setzen konnte.

Aber ich war zu klein, und deshalb habe ich keine neue und größere Schaukel bekommen. Inzwischen habe ich vergessen, daß ich mir eine gewünscht habe, und bekomme sie trotzdem. Eines schönen Tages nimmt er einfach die Leiter von der Scheunenwand und klettert mit einem dicken Seil über dem Arm hinauf. Ich weiß sofort, was jetzt passieren wird. Aber der Jubel, der aufsteigt, um zu dem Freudenausbruch zu werden, den Großvater erwartet, kommt nicht bis nach oben in den Hals, da, wo die Stimme sitzt. Er bleibt irgendwo im Bauch stecken und wird zu einem Klumpen. So etwas habe ich noch nie gefühlt, nicht einmal wenn ich viele Stunden lang allein auf dem Stein gesessen und an die Trolle und Hexen gedacht habe, während Großvater irgendwo anders gewesen ist.

Aber ich freue mich über die Schaukel. Ich umarme ihn und sage danke, Großvater, du bist so lieb. Und ich lasse mich von ihm anschubsen, bis er keine Lust mehr hat und sich mit Kaffeetasse und Stummelpfeife auf der Treppe niederläßt.

Jetzt soll er mir vom Troll erzählen und von der Königstocher im Blauen Berg. Die still und stumm dagesessen und gesponnen hat, so lange, bis der Soldat gekommen ist und um sie gefreit hat. Und da hat er sie bekommen und nach der Hochzeit obendrein noch das halbe Königreich.

»Nein«, sagt Großvater und klopft die Pfeife an der Stufe aus, steht auf und verschwindet im Haus. Das ist so ungewöhnlich und kommt so unerwartet, daß ich vor lauter Verblüffung nicht mal gekränkt aufschreien kann. Als er wieder auf der Treppe steht, hält er ein großes Paket in der Hand, das ist eingeschlagen in Packpapier. Den Bindfaden, mit dem es verschnürt ist, schneidet er mit der Küchenschere auf. Dann gibt er mir das Paket, damit ich es aufmachen kann.

Ich weiß nicht, woher er das hat, denn ich kann mich nicht erinnern, daß er mit so einem großen Paket vom Laden gekommen ist. Wie kann es ins Haus gelangt sein, ohne daß ich es gemerkt habe?

Ich bekam doch nie Pakete! Abgesehen von den weißen Tüten mit den Karamelbonbons. Die fischte Großvater jedesmal aus der Hosentasche und überreichte sie mir zusammen mit einer Geschichte als Belohnung fürs Stillsitzen auf der Treppe an den Laden-Tagen.

Jetzt starre ich Großvater mit aufgerissenen Augen an. In seinem Gesicht sehe ich meine eigene Feierlichkeit und gespannte Erwartung gespiegelt. Aber gleichzeitig sehe ich etwas anderes, einen Ernst oder vielleicht sogar eine Traurigkeit, die mir angst macht, so daß ich ihm das Paket schon wieder hinschieben will. Aber dann lächelt er und nickt mir zu, ich soll es aufmachen. Er zieht an der Pfeife und bläst den Rauch aus einem Mundwinkel. Da setze ich mich neben ihn und nehme das Paket auf den Schoß.

Das Papier ist hellbraun und glatt, es ist genau wie das, worin immer die Würste eingeschlagen sind und der Fleischteig, nur viel dicker. Ich reiße das Papier nicht auf, sondern falte es behutsam auseinander. Denn wenn ich auch gespannt bin, was sich wohl in dem Paket befinden mag, bin ich mir seines Wertes bewußt. Noch nie habe ich ein so großes und glattes Stück Papier in Händen gehalten, und in meinem Kopf hat ein Teil schon angefangen, das großartige Bild zu planen, das darauf entstehen soll.

Und das Paket? Habe ich irgendeine Vorstellung, was da drin sein könnte? Sehe ich eine große Puppe vor mir mit goldenem Haar und Augen, die sie auf- und zuklappen kann? Einen kuscheligen Spielzeughund mit langen Ohren und traurigen Knopfaugen? Oder ein dickes Buch mit wunderbaren Bildern auf glänzendem Papier? Wohl kaum, denn all diese Dinge kenne ich ja nicht. Mein Alltag besteht aus Tannenzapfenkühen und Borkenschweinen, einem selbstgezimmerten Puppenhaus mit Tisch und Stühlen, zierlich geschnitzt, ausgestopften Wollsocken-Katzen, zusammengeknoteten Lumpen-Hunden. Abgesehen von einer Puppe, die ich einmal zu Weihnachten bekommen habe. Die ist aus Celluloid, sagt Großvater. Sie hat aufgemalte braune Locken und trägt ein Pünktchenkleid, weiße Söckchen und rote Lackschuhe. Sie ist so wunderschön, daß sie eigentlich fast nur zum Anschauen ist, und nie bin ich auf die Idee gekommen, mir noch etwas Größeres und Schöneres zu wünschen.

Nein, ich habe keine Ahnung, was in dem Paket sein könnte. Deshalb bin ich auch weder froh noch enttäuscht, als ich einen karierten Schulranzen auspacke, nur grenzenlos verwundert. Das heißt, ich weiß doch nicht, daß es ein Schulranzen ist. Mit dem Wort Schule verbinde ich nichts. Vielleicht habe ich es schon mal gehört, aber nur als Teil von Großvaters Geschichten, genau wie Prinz und Prinzessin, Troll und Wichtel. Erst nachdem ich den Ranzen bekommen hatte, gingen alle die kleinen Prinzessinnen in die Schloßschule, ehe sie zum Spinnen in den Blauen Berg gesetzt wurden.

Ich habe ihn noch, und auch wenn die Farben verblaßt sind und die Riemen abgenutzt – seinen Glanz hat er nie verloren.

Ich finde also diesen wundersamen Gegenstand, den ich bekommen habe, schön und spiele verwundert mit seinen blanken Spangen, weiß aber gar nicht, was man damit anstellt. Erst als ich ein bißchen später mit dem Ranzen auf dem Rücken hinter Großvater durch den Laubwald stapfe, weiß ich, das ist ganz einfach ein Tornister. Und die kenne ich gut, wenn ich sie mir auch nie so rechteckig vorgestellt habe oder so kariert. Oder so wunderbar neu und fein.

Warum ruft diese Erinnerung – er und ich unterwegs durch den Wald, mit einem großen und einem kleinen Rucksack auf dem Rücken, und mit Gummistiefeln an den Füßen, weil der Waldboden an vielen Stellen immer noch sehr feucht ist und wir ein Stück weiter unten einen Bach durchqueren müssen, dessen Wasser sich durch die grünen Stiefel hindurch eiskalt um die Knöchel preßt –, warum ruft sie eine andere Erinnerung hervor, ebenso eisig wie der fröstelige Griff um den Fuß?

Sie läßt mich nach deiner Hand greifen – nein, nicht damals, aber im Hier und Jetzt. Als ich den Arm vorstrecke und vorsichtig die mageren Knöchel berühre, die totenbleich auf der weißen Bettdecke ruhen. Und mir wird mit einem Mal bewußt, daß es lange her ist, seit ich Geborgenheit oder Trost suchend eine Hand nach dir ausstreckte. Jetzt brauchst du mich, die wenigen Male, wenn du so weit bei Bewußtsein bist, daß du überhaupt jemanden brauchst. Einmal sagtest du, um dorthin zu gelangen, wo du jetzt seiest, müßte ich durch alle Tage gehen. Erst heute wird mir allmählich wirklich klar, daß du nicht dort sein wirst, Großvater, wenn ich dort angelangt bin.

Ich weiß noch, daß du mir von dem unendlichen Weltall erzählt hast, wo die Planeten langsam ihre Bahnen ziehen und, sobald das Licht der Sonne auf sie fällt, zu leuchtenden Sternen werden. Als ich fragte, ob es dort draußen Menschen gäbe, hast du auf der Stelle die merkwürdigsten Wesen erdichtet, mit Unmengen von Armen und Beinen und ich weiß nicht wie vielen Köpfen, mit Stielaugen und Ohren, die wie riesige Schnecken aussahen. Du hattest mich in eine Decke eingewickelt und hinausgetragen und auf die Stufe gesetzt, damit ich die Herrlichkeit der ganzen Welt sehen konnte – einen Sternenhimmel, so glitzernd, so unermeßlich schön, wie er nur in einer ganz stillen, klaren und kalten Winternacht sein kann. Aber als ich fragte, ob Gott dort draußen sei, zogst du mich nur dichter an dich und antwortetest, du wüßtest es nicht. Denn wenn es um Gott ging, reichte deine Phantasie nicht aus, auf jeden Fall nicht, wenn es um den Gott des Universums ging. Jetzt kann ich es nicht lassen und mache mir meine Gedanken, ob du ihn gefunden hast. Oder erfunden? Denn vielleicht ist er am leichtesten dort zu finden, wo du jetzt bist, auf der Schwelle zwischen der großen Einsamkeit, die wir Das Leben nennen, und der noch größeren, zu der wir Der Tod sagen.

An dem Tag, als wir gemeinsam mit unseren Rucksäcken durch das Dickicht stapften, wollte er mir die Herrlichkeit der ganzen Welt zeigen. Er wollte mich auf einen hohen Berg bringen und sie mir zeigen und mir eine Geschichte erzählen, sobald wir oben angekommen waren. In meinem Rucksack hatte ich eine Flasche mit Saft und ein Vesperbrot, Großvater trug unsere Ausflugsdecke und die Thermoskanne mit Kaffee in seinem. Ich kann mich nicht an den Weg nach oben erinnern, nur daran, wie das kalte Wasser des Bachs meine Knöchel umklammerte.

Die Geschichte von Jesus, den der Teufel versucht, bringe ich damit in meiner Erinnerung nicht in Zusammenhang. Vielleicht hat er sie an dem Tag nicht erzählt. Aber ich weiß noch, daß er mich hochhob und mir den Ort mit dem Laden und dem Gemeindehaus und dem weißen Schulgebäude zeigte. Und ich erinnere mich, daß ich auf seinem Arm saß und weinte, weil alles so groß war, so weit weg und gleichzeitig so erschreckend nahe. Ich weinte, weil alles die ganze Zeit dagewesen war, der Ort mit den roten, weißen, gelben und grünen Häusern, mit den Wegen, die sich wie hellbraune Bänder zwischen ihnen erstreckten – alles war die ganze Zeit über dagewesen, und ich hatte nichts davon gewußt.

Aber jetzt wußte ich es. Ich saß auf Großvaters Arm, und er streichelte mir den Rücken und sagte, ich müßte wissen, jetzt sei es für uns Zeit, aus dem Berg zu kommen, für ihn und für mich. Aber ich wollte nicht, und ich wollte doch, und ich weinte, weil ich nicht wußte, was ich mehr wollte. Als er mich schließlich absetzte und die Ausflugsdecke aus dem großen Rucksack holte, damit wir uns daraufsetzen konnten, da erzählte ich ihm von der fremden Frau.

9

Ich weiß nicht, warum ich nicht früher davon erzählt hatte. Warum war ich ihm nicht laut schreiend entgegengerannt, als er mit den vollen Satteltaschen vom Laden zurückkam? Wieso brachte ich es fertig, so still auf dem Treppenstein zu sitzen, ohne den Drang zu verspüren, in seine Arme zu stürzen?

Und warum fürchtete ich mich so schrecklich? Es war nur eine ganz normale Frau – später dann habe ich mir überlegt, daß sie vom Jugendamt gewesen sein muß, oder vom Schulamt oder von einer anderen Behörde –, eine ganz normale Frau in einem graublauen Kostüm, die sich auf dem unebenen Weg etwas unbeholfen fortbewegte und der eindeutig warm geworden war, nachdem sie die steilen Hänge hinaufgestiegen war. Aber ich hatte nichts mit ganz normalen Frauen zu tun, die Damen, die ich kannte, waren kinderlose Königinnen und böse Stiefmütter aus Großvaters unzähligen Geschichten. Nicht weil er versucht hatte, vor mir zu verbergen, daß es andere gab ... oh doch, damals schon! Unermüdlich, Großvater, hast du dich angestrengt, um die Welt dort draußen vor mir zu verbergen. Und vielleicht hast du dich sogar noch mehr bemüht, mich vor ihr zu verstecken. Hast du wirklich geglaubt, die dort draußen würden mich vergessen? Nein. Und das wolltest du auch gar nicht, die sollten mich nicht vergessen. Aber sie sollten sich auch nicht an mich erinnern – noch nicht.

Und deshalb bekam ich solche Angst. Denn intuitiv wußte ich, daß ich ein Findelkind war. Ich war ein ausgesetztes Kind, das Großvater im Wald gefunden und zu sich nach Hause getragen hatte, in seinen abgetragenen grauen Wollpullover eingewickelt, der so schön nach Wald und

Feuer und Pfeifentabak roch. Manchmal meine ich mich erinnern zu können, an die schaukelnde Reise auf Großvaters Arm, als die Baumgipfel an meinen Augen vorbeisegelten, die, wie Großvater immer erzählte, neugierig und ein wenig erschrocken aus dem Pullover hervorschauten. Und ich kann einen kühlen Luftzug über der Nasenspitze spüren, die, wie er immer sagte, wie ein hellrotes Himbeerbonbon hervorgeschaut hatte, so süß und rosa, daß er Lust bekam, hineinzubeißen, um zu probieren, wie sie schmeckte. Und anschließend die obligatorische wilde Jagd zwischen Tischen und Stühlen oder quer über den Hof, wenn es Sommer war: »Nein, Großvater, nicht, nicht beißen!« – »Doch doch doch, Großvater, probier doch mal, ob ich süß bin!« Bis er nicht mehr konnte und sich erschöpft auf einen Stuhl fallen ließ oder auf den Treppenstein, und ich kletterte auf seinen Schoß, um eine neue Geschichte darüber zu hören, wie ich zu ihm gekommen war.

Und ich habe sie alle geglaubt. Wenn er erzählte, wie er mich in einer eben aufgeblühten Rose in dem Busch auf dem Felsen hinter der Scheune gefunden hatte – an dem man sich so doll stechen konnte und dessen Dornen kleine Striche hinterließen, aus denen Blutströpfchen hervorquollen, wie bei Schneeweißchen und Rosenrot –, konnte ich mich erinnern, wie er mich hochgehoben und mir einen Kuß auf die Stirn gegeben hatte, damit ich ein richtiges kleines Mädchen werden würde, nicht nur eine verzauberte Prinzessin.

»Aber ich *bin* eine Prinzessin, Großvater! Und du bist ein Prinz. Jetzt bekommst du einen Kuß, und dann bist du wieder klein. – So, jetzt bist du klein.«

Gab es Zeiten, in denen wir nicht gespielt haben? Ja. Der Tag, an dem ich den Schulranzen bekam, als Großvater mich mit auf den hohen Berg nahm, um mir die Herrlichkeit der ganzen Welt zu zeigen, und ich ihm anschließend von der fremden Frau erzählte, da haben wir nicht gespielt. Da fing es an, da begann der lange Weg heraus aus dem Berg. Ich habe es damals nicht begriffen, habe aber nachher gespürt, daß der Weg für ihn nicht nur schwerer, sondern auch weiter war als für mich.

Jetzt erzähle ich Großvater von der Frau. Ich versuche, keine Geschichte daraus zu machen, deshalb fange ich nicht an mit »Es war einmal«. Denn ich spüre, daß jetzt Schluß ist mit den Geschichten, jedenfalls mit vielen von ihnen. Etwas ganz Neues wird kommen, und davor fürchte ich mich, und deshalb weine ich.

Die Frau kam, als Großvater im Laden war.

»Als ich zum letzten Mal im Geschäft gewesen bin?«

»Ja, das war, als du Eier gekauft hast, weil die Hühner keine legen wollten. Und du hattest mir gezeigt, wie man aus der hübschen Schachtel Männchen basteln kann. Weißt du noch?«

Ich sitze auf dem warmen Treppenstein und warte auf Großvater. Das gestreifte Handtuch fühlt sich verschwitzt und feucht an, deshalb muß ich mich hin und her bewegen, bis ganz an den Rand des Handtuchs, aber doch nie so weit, daß mein Stert den Kontakt zu dem weichen Stoff verliert. Nur einen ganz kleinen Moment erliege ich der Versuchung und schiebe den ganzen Po auf die warme Treppe. Aber kaum habe ich das gemacht, kräht der Hahn schon warnend. Die Hühner kommen von allen Seiten gackernd angeflattert, und schuldbewußt schiebe ich den Stert ganz schnell wieder zurück aufs Handtuch.

Erst merke ich gar nicht, daß die ganze Aufregung und

das Gegacker nichts mit der unerlaubten Verschiebung meines Hinterteils zu tun haben. Ich glaube aufrichtig, daß der Hahn aufgebracht aus dem Graben bei der Kurve angerannt kommt, wo er friedlich zwischen Löwenzahn und Hirtentäschelkraut herumspazierte und pickte, um mich an die unverbrüchliche Absprache mit Großvater zu erinnern. Und als die Hühner fragend gackern und die Hälse recken, dauert es, bis ich merke, daß sie dieses Mal ihren Blick nicht schräg zu mir hinüberwerfen, sondern zu der Gestalt, die ziemlich schnell um die Kurve kommt und sich Haus und Treppe nähert.

Es ist eine Gestalt. Es dauert eine Weile, ehe ich begreife, daß dies ein lebendiger Mensch ist, weder eine lockende Waldfee noch ein Trollweib, das den Kopf unter dem Arm trägt, wie im Märchen vom Schmierbock. Ich glaube, ich hätte mich weniger gefürchtet, wenn es eine von beiden gewesen wäre. Denn alle beide, Waldfeen und Trollweiber, hatten bis jetzt in meinem Leben mehr Platz eingenommen als lebendige Menschen. Bestimmt habe ich nie darüber nachgedacht, ob es andere Menschen gibt außer Großvater und mir. Warum sollte ich! Ich brauchte niemanden.

Aber gewußt haben muß ich es doch? Wenn Großvater mit vollgepackten Fahrradtaschen vom Laden wiederkam, werde ich mir doch wohl Gedanken darüber gemacht haben, wo alle die Sachen herkommen? Ich weiß es nicht. Daran erinnere ich mich nicht mehr.

Ich erinnere mich nur noch an die Angst. Wie eine Klaue packte sie an einer Stelle in der Brust zu, wo nach Großvaters Erzählungen mein Herz klopfte. In der Brust und im Bauch, wo auf dem Fluß der Gedärme kleine Boote herumsegelten, beladen mit allem, was ich am Frühstückstisch durch den Mund mit jedem Schluck zu ihnen hinuntergleiten ließ. Jetzt war der Fluß in Aufruhr geraten, er schäumte und drohte die Boote durch meinen Hals wieder hinauszuwerfen. Ich erinnere mich an das schreckliche, erstickende Gefühl, in einer Falle gefangen zu sein.

Die Absprache vom Treppenstein war unverbrüchlich, die hatte es immer gegeben. Wenn das Haus hinter mir angefangen hätte zu brennen, ich glaube, ich wäre sitzen geblieben. Etwas anderes war unmöglich. An dem Tag, an dem ich mich von dem Stein erhob, ehe Großvater nach Hause kam, an dem Tag, an dem ich mich von Haus und Treppe wegbewegte, würde etwas – nein, nicht etwas, alles, alles das, worauf mein Leben gebaut war – versinken wie beim Märchenschloß, wenn der Zauber bricht.

Und genau das tat ich jetzt. Ohne nachzudenken, stand ich auf und rannte mit wild klopfendem Herzen quer über den Hof durch die erschrockene Hühnerschar und die Scheunenauffahrt hinauf. Dort legte ich mich hin und schmiegte mich geschickt wie die Katze, wenn sie sich über den Hahn geärgert hatte, unter dem Scheunentor hindurch. Ohne nachzudenken, flog ich wie der Wind über den Scheunenboden, und mit den Bärenkräften des Schrekkens gelang es mir, den schweren Deckel des Mehlkastens anzuheben und hineinzuschlüpfen. Der Deckel fiel mit dumpfem Knall zu, als wäre es die schwere Tür vom Blauen Berg.

Der Mehlkasten wird für das Kälbermehl benutzt, das Großvater immer in einem Eimer mit Wasser mischt und dem Kalb gibt, wenn wir eins haben. Jetzt haben wir keins, und der Mehlkasten ist so gut wie leer, nur in der einen Ecke liegt noch ein bißchen Mehl. Als ich hineinplumpse, wirbelt es auf, aber da der Deckel zugefallen ist, kann ich den weißen Staub nicht sehen, nur spüren, wie er in der

Nase kitzelt, daß ich niese. Wie bin ich froh, daß es lange her ist, seit Großvater den Sack mit dem Mehl dort unten abgeholt hat, bei dem, was er Hauptstraße nennt.

Für mich sind Hauptstraße und Laden fast das gleiche, nur dehnt sich die Zeit auf dem Treppenstein nicht so lange hin. Von dem Moment an, wenn er mit dem kleinen Handkarren, der hinten am Fahrrad befestigt ist, in der Kurve verschwindet, bis er mit den Mehlsäcken wieder auftaucht, dauert es weniger lange. Trotzdem ist Hauptstraße fast ebenso lang wie Laden, weil er mehrmals gehen muß, so daß es mehrere Verschnaufpausen nacheinander auf dem Treppenstein werden. Mein Begriff von der Welt, von ihrer Größe und von Zeit, läßt sich in Geduld messen.

Aber jetzt presse ich automatisch die Fäuste auf Mund und Nase und versuche verzweifelt, das Niesen darin zu fangen, als ich höre, wie das Scheunentor in den Angeln quietscht. Ich höre, eine Menschenstimme – die erste, an die ich mich erinnere, abgesehen von Großvaters –, eine Menschenstimme, die heller ist als seine. Sie weckt etwas, was keine Erinnerung ist, sondern ein Gefühl großer Freude und noch größerer Angst. Prüfend ruft sie in den leeren Raum:

»Hallo? Bist du hier? Willst du nicht herauskommen und guten Tag sagen?«

»Nein«, antworte ich aus der Tiefe des Mehlkastens.

Da höre ich Schritte auf dem Scheunenboden, Schritte, die spitz sind und hart, die klingen so merkwürdig dort draußen, als seien sie gleichzeitig schwer und leicht. Ich kauere mich in dem Mehlkasten zusammen und versuche, den Hintern unter mir einzuziehen, denn es ist lange her, seit ich so klein war, daß ich mich verstecken konnte, ohne daß mein Po zu sehen war.

»Hallo?« fragt die Stimme, und dann klopft es dreimal auf den Deckel über mir, »hallo, hallo?«.

Die Stimme sagt nicht: »Jetzt komme ich und hole dich«, und es ist auch nicht die Stimme vom Troll, aber trotzdem schreie ich von unten aus dem Dunkel, halb erstickt von Mehl und Entsetzen:

»Ach, hol mich nicht, ich bin noch so klein! Wart bloß so lange, bis der andere Bock Brausewind kommt, der ist viel größer als ich, den kannst du nehmen!« Für einen Augenblick habe ich ein ganz schlechtes Gewissen, wenn ich an den armen Großvater denke.

Aber da öffnet sich langsam der Deckel, und der Troll, der keiner ist, und gleichzeitig doch einer ist, schaut so erstaunt, daß ich selbst der allergrößte Bock Brausewind sein muß. Als der Troll einige Zeit später im Wasserfall versinkt, habe ich alles genutzt gehabt, was mir zur Verfügung stand an Speeren und Riesensteinen.

Zitternd sitze ich auf der Scheunenauffahrt, nachdem ich schreiend, tretend, kratzend herausgetragen worden bin, und sehe die Frau in einer Wolke von Kälbermehl in der Kurve verschwinden. Und ich rolle mich auf den Bauch und schlage und trete ins Leere. Ich schluchze und klappere mit den Zähnen, so lange, bis ich vollständig leergeweint bin und mich erschöpft über den Hof schleppe und wieder auf den Treppenstein setze. Aber erst habe ich mich eifrig bemüht, das Mehl aus den Kleidern zu klopfen. Denn inmitten dieses Gefühls gedankenleerer Traurigkeit, das mich ausfüllt, weiß ich doch, daß Großvater von all dem hier nie erfahren darf.

Aber er weiß es. Ich sitze auf der Decke und schaue über die Herrlichkeiten der ganzen Welt, während ich Großvater von der Frau erzähle, und ich spüre, daß er schon davon weiß. Und zum allerersten Mal ahne ich ein ganz kleines bißchen, wieviel Fürsorge und Schutz in meinen Stunden auf dem Treppenstein liegen. Nicht nur vor den offenkundigen Gefahren wie dem Brunnen und dem Baum und allem anderen, was Hahn und Hühner sehen können, sondern Fürsorge und Schutz vor etwas ganz anderem, etwas, das mit dem anderen zu tun hat, mit den Herrlichkeiten der Welt und der fremden Dame.

Und plötzlich, weil ich beim Erzählen – selbst noch so lange danach – wieder diese gleiche sonderbare Empfindlichkeit spüre, diese Mischung aus Wut und Traurigkeit, die ich empfand, als ich auf der Scheunenauffahrt saß und die Frau in der weißen Mehlwolke verschwinden sah, frage ich und richte meine Augen ernst auf den Großvater:

»War das meine Mutter?«

10

»Großvater, wie groß ist die Welt eigentlich? Ist sie sehr groß?«

Seitdem er mir die Herrlichkeiten der ganzen Welt gezeigt hat, sind einige Tage vergangen. Ich stehe auf dem Küchenstuhl und halte das Gesicht nach oben und spüre, wie Großvaters große Hände mir Mückenöl auf Stirn und Wangen verreiben. Seine Fingerkuppen sind hart und ein bißchen rauh, und das Mückenöl riecht so schrecklich, daß ich die Nase rümpfe. Aber schön fühlt es sich trotzdem an, wie er vorsichtig seiner Hände auf meinem Gesicht bewegt. Er soll nicht aufhören. Gleichzeitig will ich, daß er endlich fertig wird, weil wir Flußbarsche angeln wollen. Das Bild von dem Korken, der auf der Wasserfläche schwimmt, habe ich tief innen in meinem Kopf, gleich hinter der Frage, wie groß die Welt ist, und hinter Großvaters Gesicht, zu dem ich hochschaue, das aber verschwindet, wenn ich die Augen schließe, damit das Mückenöl nicht brennt.

Und dann vergesse ich meine Frage über die Welt, denn so viele Bilder im Kopf zu haben, lauter Schichten nacheinander, das ist noch toller, das ist am tollsten. Genau wie Großvaters Fingerkuppen zu spüren, die über mein Gesicht und am Hals entlang streichen, da, wo es eigentlich kitzelt, so ein schönes Kitzeln, von dem ich den ganzen Rücken entlang Gänsehaut bekomme und zusammenzucke und lachen muß, und ich rufe: »Äh, Großvater, das kitzelt!« Und dann soll er den Kopf auf meine Schulter senken und pusten, daß es bis in die Füße kitzelt, bis in die Zehen, so daß ich vor Vergnügen schreie und bestimmt vom Stuhl gefallen wäre, wenn nicht seine großen Arme dagewesen wären, bereit, mich aufzufangen.

Aber das passiert nicht, denn nichts ist so, wie es seit unvordenklichen Zeiten war. In diesem Sommer ist alles anders, und das, was seit unvordenklichen Zeiten gegolten hat, gilt nicht mehr.

Großvaters Finger sind bei meinen Ohren angelangt. Sie streichen über den äußeren Rand der Ohren, und mit einer langsamen Bewegung streichen sie hinunter zum Ohrläppchen, und streichen nach oben und nach unten und wieder nach oben. Rauf, runter und wieder rauf. Bis ich mit strenger Stimme zu ihm sagen muß:

»Also Großvater! Jetzt bist du aber ganz weit weg!«

Aber alles ist so anders, und deshalb bleibe ich mit geschlossenen Augen stehen und spüre mein Ohrläppchen zwischen einem rauhen Daumen und Zeigefinger. Und eigentlich denke ich nichts. Ich fürchte mich nicht, und ich bin auch nicht traurig, nur vielleicht ein bißchen ernst, so daß ich völlig unvorbereitet bin, als das Nachtbild in meinen Kopf fällt und ich mich nicht wehren kann.

Ich habe die Augen geöffnet und schaue in Großvaters, und etwas in ihnen, etwas in Großvaters Blick, ein Ausdruck, den ich nicht verstehe oder nicht wiedererkenne, löst das Nachtbild in meinem Kopf aus. Ich öffne den Mund und schreie. Ich schreie und schreie und schreie. Großvater spürt, daß es das Nachtbild ist, und fängt mich auf.

Es ist dunkel. Es ist Nacht. Es geschieht vor unvordenklichen Zeiten, jedenfalls nicht in erinnerlichen Zeiten. Es geschieht in einer Zeit, die es nicht gibt. Heute weiß ich, daß ich noch keine fünf Jahre alt war.

Ich liege in einem Bett. Auf dem Bettzeug sind kleine Teddys. Kleine braune Teddybären, mit denen jemand über meinen Mund und die Nase streicht und sagt:

»Bä-ä-äh! Jetzt kommt der garstige große Teddybär und holt dich!«

Die Hände sind groß, aber wenn ich weine, kommen etwas kleinere und nehmen mich hoch. Aber nicht jetzt, nicht jetzt.

Ich liege in einem Bett mit Teddys. Es ist dunkel, ich höre Stimmen und dann diesen Schrei. Und ich fühle Hände, das sind die großen Hände, nein, nicht hier, aber sie können hierherkommen. Und wenn sie kommen ...

Eine schreckliche Angst geht mit diesen Händen einher, auch wenn sie nett sind. Die steckt in den großen Fingern mit den abgekauten Nägeln, die steckt in den runden Unterarmen mit den Adern, die sich unter der weißen Haut wie Schlangen winden. Die sitzt in dem Atem mit dem merkwürdig süßlichen Geruch, und in der Stimme, die sagt: *tickel tickel,* oder so etwas Ähnliches, die aber, wenn ich nicht lache, bä-äh sagt.

Ich liege in einem Bett mit Teddys. Nein, ich liege nicht in einem Bett mit Teddys, denn Teddys sind hier im Haus verboten. In dem Bett, in dem ich liege, hat der Bettbezug freundliche gelbe und blaue Streifen. Die erinnern mich an das Handtuch, auf dem ich immer sitze, wenn ich auf Großvater warte. In denen steckt keine Angst. Nicht am Tage, wenn ich auf dem blauen Bettvorleger stehe, der einem kleinen See gleicht, und mit den Fingern den Streifen folge, während der Kopf weite, weite Reisen unternimmt. An den blauen Streifen entlang zum Meer, wo die Nixen wohnen, oder zu fremden Ländern an den gelben Streifen längs. Zu fremden Ländern aus Großvaters Geschichten und die deshalb ganz ungefährlich sind.

Abends im Bett, wenn meine Hand in Großvaters großer Hand liegt, folgt mein Zeigefinger den Streifen, während seine Stimme wie monotone Wellen gegen die Ohrmuscheln anrollt. Und die Streifen werden zu Straßen, auf denen das tapfere Schneiderlein entlangwandert, oder zu Flüssen, auf denen Däumelinchen auf seinem Seerosenblatt treibt, oder zu Leitungen, auf denen sich die Schwalben ausruhen können auf ihrer langen, langen Reise von etwas, das Süden heißt, hin zu etwas, das Norden heißt. Wie sichere, regelmäßige Bänder liegen die Streifen da, sie verbinden mich mit dem Zimmer, mit Großvaters Händen und seiner Stimme, die säuselt und flötet, so daß ich glaube, ich werde nie mehr ins Nachtbild fallen.

Nein, »ich glaube« zu sagen ist falsch. Weder glaube ich noch weiß ich, denn das Nachtbild gibt es nur nachts. Tagsüber und abends existiert es nicht, ich habe keine Vorstellungen davon. Aber es gibt Sachen, bei denen ich vor Angst losschreie, nicht viele, aber einige. Eine davon sind Bilder von Teddys.

Denn im Nachtbild gibt es Teddys. Aufwachen und die Streifen auf dem Bettbezug sehen hilft nicht, denn sie sind verschwunden. Überall sind kleine braune Teddybären. Sie sitzen an der Decke und hinter dem Bett an der Wand, sie sitzen auf dem Bettbezug und rufen die Angst herbei, die Stimme und die Hände mit den abgekauten Nägeln. Und dann ist da so ein großer Nachttopf mit roten und blauen Blumen. Wenn der kommt, drückt er meine Brust zusammen, wie das tapfere Schneiderlein es mit dem Käse tut, und überall am Körper sickert der Schweiß hervor und läuft kalt und salzig über die Stirn in meine Augen. Der Nachttopf schließt meinen Atem im Hals ein, als hätte ich ein Stück vom vergifteten Apfel verschluckt, und meine Stimme ist verschwunden, verschwunden wie die der Prinzessin, wenn sie die weichen Härchen vom Wollgras spinnt, als ihr Kind im Schlangenhof liegt.

Aber Großvater hört mich trotzdem. Er hört mich immer, und seine Hände kommen langsam näher, mit gespreizten Fingern, die Handflächen nach oben gerichtet. Die haben keine abgekauten Nägel. Seine Stimme ist ein Sesam-öffne-dich, sie verjagt die bösen Geister, und nur der freundliche kleine Lampengeist darf bleiben, sicher eingeschlossen in die grüne Lampe an der Wand über meinem Kopf. Der Schirm ist immer nach oben gerichtet, damit mich das Licht nicht stört, aber jetzt dreht der Geist den Lampenschirm nach unten. Und der gelbe Schein verjagt alle Teddybären von der Bettdecke und holt die gelben und blauen Streifen wieder hervor. Der Nachttopf verschwindet, und die Tränen sitzen locker im Hals. Großvaters

Hände sind lieb und warm. Seine Finger haben Nägel mit gebogenen Halbmonden unten, manchmal ist schwarze Erde darunter, aber das macht nichts.

Das Nachtbild gehört zu den Nächten und dem Schlaf. Nicht einmal ein Schatten davon hat bisher den Weg bis in die helle, geborgene Atmosphäre gefunden, die mich am Tage umgibt. Es existiert ganz einfach nicht. Auch die Angst existiert nicht, abgesehen von den wenigen Sachen, die mir angst machen, ohne daß ich irgend etwas Schreckliches mit ihnen verbinde.

Es geht nicht um die Angst vor dem Brunnen. Großvater sagt, vor dem Brunnen *soll* ich Angst haben, denn er ist tief und dunkel und reicht bis ins Innere der Erde. Und wer weiß, was sich dort findet, sagt er, und hakt das große Hängeschloß ein. Er läßt es mit einem solchen Knall einschnappen, als wenn ein großes Tier enttäuscht das Maul zuklappt und die kleine Beute Hals über Kopf verschwindet.

Aber ich fürchte mich nicht vor dem Brunnen, nicht so. Ich weiß, daß der Brunnen gefährlich ist, aber der ist behütet gefährlich, wenn er mit geschlossenem Schlund wie ein friedlich schlafendes Tier dort liegt, gefährlich nur, wenn es geweckt wird, aber ich habe nicht die Absicht, es zu wekken. Er ist nicht so erschreckend gefährlich wie das Bild vom Teddybär in dem Buch, das Großvater schon vor langer Zeit weggeworfen hat. Nicht gefährlich wie der weiße Becher mit Rosen darauf, den Großvater auf den Boden getragen hat, ohne daß ich davon weiß ...

Es ist lange her, so lange, seit es Winter war, ja dazwischen können auch andere Sommer gewesen sein. Ich war so lange mit dem Schlitten immer wieder die Scheunenauffahrt hinuntergefahren, bis die Dämmerung sich über den Hof gelegt hatte, so daß die Lichter, die Großvater in Küche und Stube angemacht hatte, mich verlockten, ins Haus zu gehen. Im Windfang schlug mir der Kakaoduft entgegen, und bei der Wärme, die der Ofen in der Stube verströmte und die sich wie eine kuschelige Decke um mich legte, spürte ich mit einem Mal, wie durchgefroren ich eigentlich war. Meine Tasse, gefüllt mit Kakao, stand auf dem Küchentisch, und der Hahn schaute in die richtige Richtung – wenn der Hahn sich zu mir dreht, steht er ganz still, so wie er soll. Aber wenn er Großvater am anderen Ende des Tisches zugewendet ist, kräht er und schüttelt sein Gefieder, jedenfalls behauptet Großvater das. Der Kakao war ein bißchen zu heiß, aber Großvater schüttete Milch nach, bis es war, wie es sein sollte. Ich trank die Tasse auf einmal leer und schob sie ihm zum Nachfüllen hin.

Ich weiß nicht, woher der Kakaobecher kam, ob er bisher versteckt in einem Küchenschrank gestanden hatte oder ob Großvater ihn an diesem Tag im Laden gekauft hatte, als ich angegurtet im Bett saß – ich war damals noch angegurtet, denn Großvater verließ sich nicht darauf, daß mein Po es schaffen würde, an einem Platz stillzusitzen, solange er weg war.

Der Becher war einfach da, in Großvaters Hand, als er sich über den Tisch lehnte und dampfend heißen Kakao in meine Tasse goß, nein, nicht ganz voll, es mußte noch Platz bleiben für Milch. Ich starrte auf das weiße Porzellan, auf die roten und blauen Blüten. In meinem Kopf waren keine Gedanken, dort war kein Platz für Gedanken. Aber ein Bild legte sich schnell wie ein Blitz über die Blumen auf dem weißen Hintergrund:

Ein Strahl von hellgelbem, scharf riechendem Urin

schäumte von hoch oben auf den weißen Boden des Nachttopfs. Ein Griff im Nacken:

»Jetzt werd ich dich Mores lehren.«

Ich spüre noch, wie sich die Spucke in meinem Mund sammelt, und dann ergießt sich eine braune, säuerlich riechende, halb geronnene Masse aus meinem Mund. Sie legt sich über das Butterbrot auf dem Teller, über das Wachstuch auf dem Tisch, läuft über die Tischkante auf meinen Schoß, wo sie von der braunen Strumpfhose aufgesogen wird. Zäh tropft sie vom Rand des Wachstuchs auf den Fußboden. Verzweifelt versuche ich Atem zu holen, und dann weiß ich nichts mehr.

Aber wo bin ich jetzt? Die Erinnerungen liegen in meinem Bewußtsein nicht Schicht auf Schicht, so daß man wie in einem Buch zurückblättern könnte, sondern sie liegen durcheinander wie die Sachen in einer alten Spielekiste, irgendwo auf dem dunklen Dachboden der Erinnerung. Ich finde etwas, nehme es in die Hand, hebe es hoch – na schau mal, da ist es ja! Woher stammt denn das? Wann hab ich das denn bekommen, war das damals, oder vielleicht da? Und das hier, was ist das denn?

Großvater hatte mir vom Nachtbild erzählt. Nein, nicht von dem richtigen Nachtbild, das kenne nur ich allein. Aber er hat erzählt, daß in dem Sommer, als ich sieben geworden war, meine Alpträume zurückgekommen waren, nachdem sie nun schon lange Zeit ausgeblieben waren.

Fast jede Nacht kamen die Teddys und die großen Hände. Wortlos, ohne zu weinen, saß ich zitternd wie Espenlaub in meinem Bett. Espenlaub zittert nur, weil die Blätter auf Zehenspitzen auf ihren Stielen stehen und im Wind trippeln, sagt Großvater. Ungeduldig stehen sie auf den Zehenspitzen und strecken sich nach dem kleinsten

Windhauch, der von Norden nach Süden, von Osten nach Westen zieht.

»Nimm mich mit, nimm mich mit in fremde Länder«, säuseln und rascheln die Blätter im Wind. Sie bitten und betteln: »Nimm *mich*! Ach lieber Wind, kannst du nicht lieber *mich* nehmen!«

Aber sie müssen alle bis zum Herbst warten, bis sie das rote oder gelbe Reisekleid angelegt haben und der Wind genug Luft hat, um sie nach Norden oder Süden, Osten oder Westen zu pusten. Oder sie flattern an einem klaren Herbsttag mit einem Seufzer zur Erde, und der Wind streicht ihnen tröstend übers Haar und verspricht ihnen, daß im nächsten Jahr, vielleicht ... Und Großvater und ich sammeln die Blätter und malen mit ihnen bunte Geschichten.

Großvaters Geschichten sind überall. Wie eine weiche Wand stehen sie zwischen mir und der Welt, von der ich keine Vorstellung habe. Nichts ist zu klein oder zu groß, zu weit weg oder zu nahebei für ihn, als daß er – als daß wir – nicht eine Geschichte daraus holen könnten. Es sind lange Geschichten und kurze, traurige und fröhliche – Geschichten, die sind so spannend, daß uns die Haare zu Berge stehen – nein, nicht auf deinem Kopf, Großvater, du hast ja gar keine! Es sind Geschichten, die sind so alltäglich und normal, daß sie wie ein welkes Espenblatt auf einem stillen Fluß durch das Gedächtnis ziehen. Sie sind da, und dann sind sie weg. Sie hinterlassen keine Spuren.

In diesem Sommer gab es mehr Geschichten denn je. Wie ein freundlicher alter König saß Großvater mit seiner Pfeife auf der Schloßtreppe, brummelte seine Geschichte über meinen Kopf hinweg und lachte bei meinen sonderbaren Beiträgen laut auf.

Aber nicht immer gab es Gelächter. Nach und nach, wie

die Geschichten zu Geschichte wurden – meiner eigenen Geschichte –, nahmen die Tränen zu. Tränen und Angst und nächtliche Alpträume, die meinen Schlaf in Stücke rissen und mich völlig verstört in seine Arme flüchten ließen. Und dann schnell in den Lesesessel. Dort saßen wir eng umschlungen, und erschrocken versuchte ich, die Bilder zu verdrängen, die nach und nach immer länger und immer deutlicher durch meinen Kopf flimmerten.

Armer Großvater! Wie schlimm muß es gewesen sein, das hilflos mit anschauen zu müssen. Wie das Kind, das du so lieb hast, das dein Augenstern ist – du hast immer gesagt, ich sei dein Augenstern –, seinen verzweifelten Kampf gegen die bösen Geister ausficht, weit erschreckendere Gestalten, als du sie mit all deiner Phantasie je erfinden konntest. Aber du wußtest ja nicht, daß der Weg aus dem Berg heraus so lang und schmerzhaft werden würde. Denn du glaubtest nicht, daß ich mich erinnerte. Und ich glaubte es auch nicht.

II

Sie kam zu ihm, nicht umgekehrt. Später, in den schlimmen Jahren danach, drehten sich seine Gedanken immer im Kreis: Wenn sie doch nur nicht gekommen wäre! Ihn nicht in der Kurve abgepaßt hätte, dort wo der Weg zu ihrem Hof auf die Landstraße traf. Nicht so zufällig am Straßenrand gestanden hätte, über Nelkenwurz und Waldstorchschnabel gebeugt, in den Händen einen bunten Strauß Wald- und Wiesenblumen. Wenn nur nicht. Aber es hilft nichts. Es ist und bleibt seine Verantwortung, seine Schuld.

Die Gedanken hatten ihn in den ersten Jahren danach um die ganze Welt getrieben, wie zerrissen von dem entsetzlichen Schuldgefühl. Ihr Lächeln lag wie ein dünnes kleines Kleidungsstück im Koffer, das ihm jederzeit in die Hände fallen konnte. Hell und rein, mit zarten Fransen aus fröhlichem Lachen von ganz am Anfang – *vor* allem anderen.

Aber zuerst kommt ... *nach* allem anderen. Nach Gunnhild. Gunnhild mit dem roten Kleid und den ernsten Augen. Nein. Es ist nicht *nach* Gunnhild. *Nach* Gunnhild kann nichts kommen. *Vor* Gunnhild auch nicht. Sie ist das A und O. Anfang und Ende. Es war einmal ... Und wenn sie nicht gestorben sind ... Aber so dachte er doch gar nicht. Gunnhild *war* einfach. Sie war immer gewesen. Was gewesen? Ein Teil seines Lebens?

Während der ganzen Kindheit hatten sie zusammengehalten. Wie kann er nur so denken? Er war zwölf Jahre alt, als er sie zum ersten Mal sah. Ja, denn die kurzen Momente rechnet er nicht mit, wenn er und die anderen sie hatten sehen können bei ihren wenigen Besuchen auf Borgland. Bevor ihre Eltern starben. Sie kam nie zum Spielen ins Dorf. Die auf Borgland mischten sich nicht unter die Leute, das hatten sie nie getan.

Zwölf Jahre, ist das nicht fast eine ganze Kindheit? Im nachhinein scheint es ihm trotzdem unmöglich, sich daran zu erinnern, daß sie einmal nicht in seinem Leben gewesen war. Daß er bereits eine ganze unendlich lange Kindheit gelebt hatte ohne ihren Ernst, ohne diese rätselhafte, diese tomatenrote, harte und glatte Weichheit, wegen der er sich ihr nicht entziehen konnte. Nicht einmal *nach* Signe. Jedenfalls nicht, bevor es nicht wirklich *nachher* geworden war. Als es tatsächlich unwiderruflich und unwiederbringlich *nach* Signe war, erst da wurde ihm Gunnhild vollkommen gleichgültig. Aber da war es zu spät. Da war es *nach* … allem.

Während ihrer gesamten Kindheit und Jugend hatten sie zusammengehalten. Oder nein: Sie hatte sich an sich gehalten, und er hatte sich an sie gehalten. Wie Mond und Sonne, dachte er seither.

Und dann hatte sie geheiratet. Zuerst verlobte sie sich, natürlich, sie gehörte nicht zu denen, die es so eilig hatten. So wie er dann. Da ging es ganz altmodisch zu, mit Abholen im Auto zum Kino- und Theaterbesuch. Ach ja. Oh, wie sehr er das alles verachtete, wie grenzenlos er doch dieses ganze stinkvornehme Getue auf Borgland verachtete. Er und die anderen im Dorf.

Jedenfalls heiratete sie. Nachdem sie beide all die Jahre unzertrennlich gewesen waren. Nach all den Stunden auf dem Baum, den verschwiegenen nachmittäglichen Stunden, in denen das helle Sonnenlicht durch das dichte Laub gesikkert war und auf ihren weißen Strümpfen Muster gemalt hatte. Auf den bloßen Beinen. Auf schwarzen Hosenbeinen und auf hauchdünnen Nylonstrümpfen, die eng und glatt über der hellen Haut der Oberschenkel anlagen.

Stunden, wo wenige Worte sich wie Blätter lösten und friedlich zwischen ihnen zur Erde sanken, und andere, in denen sie viele und tiefsinnige Worte austauschten. Es gab sogar Stunden, nein, nicht Stunden, sondern Augenblicke, in denen er das Gefühl hatte, bis zu ihrem Ernst vorzudringen, hinter die dunkle Portiere, die ihn ständig von allem trennte, was sie sagte und tat, sogar von ihrem seltenen Lachen. Das war der Grund, warum sich die anderen von ihr fernhielten. Und warum er es nicht konnte.

Auch nachdem sie sich verlobt hatte, besuchte er sie. Er

brachte sie sogar dazu, noch einmal mit ihm auf den Baum zu klettern. Einige Jahre schon waren sie nicht mehr dort oben gewesen – oder wirkte das nur so lange? Damals, als er sie vor sich den Baumstamm hinaufschob, wie er es immer getan hatte, lachte sie sogar – ihr seltenes Lachen. Aber als sie oben waren, saß sie einfach da und drehte den glatten Goldring, während sie sich zerstreut und gleichgültig seine Vorwürfe anhörte. War er nicht gut genug? Nicht reich genug? Tüchtig genug? War seine Ausbildung nicht gut genug? Oder – er verzog verächtlich den Mund – seine Bildung?

Aber später konnte er sich nie erinnern, ob er denn die einfache und entscheidende Frage gestellt hatte: Liebte sie ihn genug? Spürte er damals überhaupt, daß nicht er der Mond war, sondern sie? Aber sie war ein Mond ohne Sonne. Sie drehte sich nur um sich selbst. Schön, unfruchtbar, ohne anderes nähren zu können als die eigene Einsamkeit. War sie wegen des Unfalls so geworden?

Und dann kam Signe. Ohne daß er es merkte, kam sie über ihn wie ein Seufzer der Erleichterung. Als wagte er endlich tief auszuatmen, nachdem er lange genug die Luft angehalten hatte.

Signe oder Das Lächeln wurde sie in der Schule genannt. Sie war mehrere Klassen unter ihm und hatte nicht zu denen gehört, mit denen er sich sonderlich viel beschäftigt hatte. Aber er erinnert sich an ihr Lächeln und ihren Spitznamen. Im übrigen hatte sie viele, und sie lachte über alle. Signe oder Der Tag, wenn sie morgens zur Schule kam. Signe oder Der Festtag, als sie konfirmiert wurde. Sie alle waren schlichte Seelen, und Signe lächelte und lachte gemeinsam mit ihnen.

»Haha, Signe-Festtag.«

»Danke gleichfalls, haha.«

Es hieß, ihr Lachen kullere wie die Erbsen, die aus der Tüte rollen. Aber daran hatte er nie gedacht. Lachte sie vielleicht mit ihm zusammen nicht so viel?

Und dann wurde sie Signe-Braut. Mit Wiesenblumen im Brautstrauß und einem Schleier über dem rotbraunen Haar. Mit etwas im Bauch, das ihr eine vorübergehende Blässe unter den Sommersprossen verlieh und weshalb sie in dem weißen Kleid noch dünner und durchscheinender wirkte. Etwas, von dem nur sie beide wußten. Signe-Kind! Und dann ihr gesegnetes Lächeln und ihr Blick zu ihm schräg nach oben. Am Ende wurde sie Signe-Tod. Still und weiß. Da lächelte sie nicht mehr. Am Tod ist nichts Gesegnetes. Jedenfalls nicht an ihrem.

Signe hatte etwas Selbstverständliches. Wenn sie mit ihren Blumen nachmittags am Wegrand stand und wartete – nach und nach wurde ja deutlich, daß sie das tat –, weckte sie in ihm kein anderes Gefühl als eben dieses. Ein Gefühl von Selbstverständlichkeit. Er hatte kein anderes Wort dafür. Selbstverständlich mußte sie dort an der Weggabelung stehen und darauf warten, daß er von der Sägemühle nach Hause ging. Selbstverständlich mußte sie von allem möglichen drauflosschwatzen, eben über lauter Selbstverständlichkeiten – jedenfalls, wenn man selbst mit seinen Gedanken ganz woanders ist und nicht so genau hinhört. Dabei mochte er den Klang ihrer Stimme. Er mochte das unbeschwerte Gespräch, selbst wenn er nicht ganz bei der Sache war. Binnen kürzester Zeit wäre es für ihn ganz undenkbar gewesen, daß sie nicht dort gestanden und auf ihn gewartet hätte, mit ihren Sommersprossen, der Brille und ihrem Lächeln. Und der Stimme und den selbstverständlichen Worten.

Signe sprach über Blumen. Noch von der kleinsten Pflanze am Wegrand und im Wald kannte sie den Namen und dazu eine Geschichte. Sie wußte, daß man die Huflattichblätter benutzen konnte, um Husten zu lindern. Signe zeigte ihm die Pünktchen auf den Blättern des Johanniskrauts und erzählte, daß die vom Teufel selbst stammten, weil er so wütend auf diese nützliche Pflanze war, die sowohl Krankheiten heilen wie Trolle und böse Geister verscheuchen konnte.

Warum hörte er ihr immer nur halbherzig zu? Er, der von klein auf solche Geschichten und Sagen geliebt hatte. Er wußte es nicht genau. Aber irgendwie kamen ihm ihr Reden, ihr Lächeln und ihre Art, in sich zu ruhen, wie ein Verrat, wie ein Treuebruch vor. Wenn er sie in einem dichten Wäldchen oder hinter einem abgelegenen Heuschober in den Arm nahm, geschah das immer mit so einer kleinen Wut, als wolle er jemanden bestrafen. Er wußte nicht, ob er selbst das war oder sie, oder vielleicht noch jemand ganz anderes. Trotzdem umarmte er sie. Und sie ließ es willig geschehen.

Aber er fühlte dabei nichts. Ihre Umarmungen lösten nicht den gleichen Sturm der Gefühle aus, als wenn er Gunnhilds dunkles Haar sah, die weiße Haut am Hals oder den geistesabwesenden Blick, der ihm zwar mit der Zeit immer fremder wurde, aber trotzdem so sonderbar bekannt vorkam. Es war ein Blick, der ihn von weither erreichte, während Signes Blick eher sehr nahe war. Selbstverständlich nahe. Vielleicht zu nahe.

Sie heirateten im Juni, nur vierzehn Tage vor der großen Hochzeit auf Borgland. Als die gefeiert wurde, waren sie schon auf dem kleinen Hof weit oben im Tal eingezogen, weit weg von all dem Trubel, der mit der anderen Hochzeit einherging. Das Anwesen gehörte Signes Familie und war seit Jahrzehnten verlassen. An den Nachmittagen und den späten Abenden hatte er neue Fenster eingesetzt und morsche Bretter ausgewechselt. Und Signe war darin herumspaziert und hatte ihr Lächeln an alle Wände gemalt, so daß es jedem, der den Kopf hereinsteckte, freundlich entgegenlächelte. Flickenteppiche kamen überall auf den Fußboden und an die neuen Fenster weiße Gardinen und auf die frisch gestrichenen weißen Fensterbänke nach und nach Geranien, Fuchsien und Veilchen. Ein gemütliches Zuhause, das Geborgenheit, Wärme und etwas Selbstverständlich-Alltägliches ausstrahlte. Warum konnte er es damit nicht genug sein lassen?

Genieße, was dir Gott beschieden, entbehre gern, was du nicht hast ... War ihm das Zitat damals eingefallen? Was dachte er, wenn er sein Fahrrad die letzten kurzen steilen Steigungen hinaufschob? Die Steigung war steil, aber bestimmt machte er nicht den Versuch, sie hinaufzuradeln, anders als später, wenn er sich so oft über andere Steigungen quälte, während ihm das Blut in den Ohren rauschte und er verzweifelt versuchte, nach dem Kind auf der Treppe Ausschau zu halten.

Wenn er Signe lächelnd in der Tür stehen sah mit ihrem immer runderen Bauch, was dachte er dann? Daß er sich mit dem hier zu begnügen hatte? Für den Rest seines Lebens mit der Arbeit in der Sägemühle und diesem kleinen Hof und diesem selbstverständlichen Lächeln. *Entbehre gern, was du nicht hast* ...

Gunnhild, sie war das Entbehrte. Wonach er sich immer gesehnt hatte. Jedenfalls hatte er das immer geglaubt. Das Dunkle und Rätselhafte, die Welt jenseits dessen, was er kannte.

Als Kind hatte er in seinem Zimmer am Fenster gesessen und den Mond angeschaut, der gelb und rund über den dunklen Bergrücken hing, die das Dorf nach allen Seiten hin umgaben. Eines Tages würde er eine Reise unternehmen, hatte er damals gedacht, eine Reise nicht nur hinaus in die Welt, sondern auch in etwas hinein, von dem er glaubte, daß es tief drinnen in seinem Kopf stecke. Etwas wie ein geradezu erschreckendes Dunkel, das etwas verbarg. Und genau deshalb wollte er eine Reise dorthin unternehmen. Was es war, wußte er nicht genau.

Als Gunnhild auftauchte, war es in erster Linie dieses Fremde, das er wiedererkannte und das ihn anzog. Als ob sich darin alle Möglichkeiten des Lebens verbargen. Etwas, in das er hineinwachsen wollte. Sie würden zusammen hineinwachsen, würden erwachsen und nachdenklich werden und sehen, wirklich *sehen*, wieviel mehr Möglichkeiten das Leben bot, als es hier schien. Tief unter ihrer gleichgültigen Ruhe verbarg sich eine Rastlosigkeit, und dorthinunter wollte er, er wollte herausfinden, welche Geheimnisse es waren, die sie nie preisgab, niemandem gegenüber. Denn er war dessen sicher: Würde er die Geheimnisse nicht aufspüren, würde es auch keinem anderen gelingen.

Signe hatte keine solchen geheimen Tiefen. Sie sehnte sich nicht nach etwas Unbekanntem und Blauem und Unerklärlichem, soweit er wußte. Und er unternahm auch wenig, um es herauszufinden. Signe hatte genug an der Erde, auf der sie ging und die ihr, wenn sie pfleglich mit ihr umging, zum Lohn Blumen schenkte und andere Pflanzen. Wenn sie abends unter dem Sternenhimmel standen, starrte sie mit glänzenden Augen hinauf und zeigte nach oben, wie Kinder es tun: Sieh nur, der direkt über dem Großen Wagen, das ist der Nordstern … und der große dort ist der Abendstern … und sieh nur den dort, der blinkt, welcher mag das sein? Die unendlich tiefe Dunkelheit zwischen ihnen sah sie bestimmt nicht. Signe, dachte er manchmal mit einem Hauch nachsichtiger Verachtung, Signe hat nicht die Phantasie, um sich zu sehnen. Aber was wußte er denn davon?

Signe sehnte sich nach dem Kind. Wenn sie abends schlafen gegangen waren, schmiegte sie manchmal ihre Hand in seine und legte sie auf den Bauch, wo das Kind unter der immer strafferen Haut strampelte. Aber er wollte die weichen Stubser nicht an den Fingerspitzen spüren, die Berührung weckte in ihm keine Gefühle. Das Kind dort drinnen war ihm fremd, gleichgültig, das war etwas, wovon er keine Vorstellung hatte. Sobald er glaubte, daß es möglich war, zog er seine Hand zurück und legte sie über die andere auf seinem eigenen, leicht eingesunkenen Bauch. Und dann schlief er, ohne sich je Gedanken zu machen darüber, daß hinter diesem selbstverständlichen – vorsichtigen – Lächeln, hinter den Sommersprossen und den alltäglichen Worten vielleicht auch eine andere Sehnsucht steckte.

Er selbst sehnte sich nur nach Gunnhild. Auf dem Weg zur Sägemühle und zurück radelte er an Borgland vorbei, und sah er sie dort oben, fand er alle möglichen Vorwände, um vom Rad abzusteigen, hoffend, sie würde zur Straße hinunterkommen. Oder ihn zu sich auf den Hof rufen. Wie ein kleiner Hund lief er sehnsuchtsvoll schwanzwedelnd am Rande ihres Daseins entlang, dankbar für jedes freundliche Tätscheln. Wenn sie sich hin und wieder trafen und ein paar neutrale Sätze wechselten, schien es ihm, als mache er sich sehr gut, er bewegte lebhaft den Kopf und warf mit alltäglichen Phrasen um sich. Aber anschließend verachtete er sich selbst für seinen Hundeblick.

Er sehnte sich nach dem Dunkel tief innen in ihrem Blick,

danach, davon eingesogen zu werden und das zu finden, von dem er glaubte, daß es zu finden sei. Er sehnte sich nach der Vertrautheit, von der er glaubte, sie habe einmal zwischen ihnen bestanden. Er sehnte sich nach den Gesprächen im Baum, dem Traum von den Reisen, nach den Gedanken über das Leben, nach allem, wovon er glaubte, sie hätten es geteilt. Wie konnte er das glauben? Gunnhild teilte nicht. Nichts. Mit niemandem.

Signe wollte alles mit ihm teilen. Das Kind im Bauch, die Topfpflanzen auf den Fensterbänken und die Mohrrüben im Gemüsegarten. Die Hühner, das Schwein, die Katze, die inzwischen Junge hatte. Das Kalb, das sie von zu Hause mitbekommen hatte, um es aufzuziehen. Ihr fortwährendes Geplapper über Alltägliches, über all das Unwichtige, das in ihren ereignislosen Tagen stattgefunden hatte. Und die Frage, wie es ihm ging. Wen hatte er unterwegs getroffen? Was hatte er erlebt und gehört?

»Was soll ich schon erlebt haben?« Er konnte ziemlich barsch antworten, besonders an Tagen, wenn er sich vorher mit Gunnhild unterhalten hatte. Aber Signe lächelte einfach und fragte ihn weiter aus, hungrig nach Neuigkeiten aus dem Dorf. Während der letzten Wochen ihrer Schwangerschaft war der Weg für sie zu beschwerlich. Außerdem war die Straße im Winter nahezu unpassierbar.

Warum war er in seinen Antworten, in seinen Berichten von Freunden und Bekannten so kurz angebunden? Kam ihm nie in den Sinn, daß sie sich vielleicht nach der Familie sehnte? Nach der Mutter, die er einmal unterwegs traf, ohne das zu erwähnen, als er nach Hause kam? Wie ein miesepetriger alter Geizhals saß er am Mittagstisch und rang sich mühsam den herzlichen Gruß ab, den er bestellen sollte. Schaufelte das leckere Essen in sich hinein wie ein reizbarer Troll, während er unwirsch auf ihr Geplauder antwortete. Warum war er so zu ihr? Gönnte er ihr nicht die kleine Freude?

Aber sie hatten auch schöne Tage miteinander. Ehe sie zu schwer wurde, kletterten sie gemeinsam auf den Berg hinterm Haus, um die Sonne untergehen zu sehen. Er hielt ihre schmale Hand und mußte erleben, eher widerwillig, wie ein Gefühl von Güte und Fürsorge aus dem Brustkorb in den Arm strömte, der sie geleitete. Bis in beide Arme, so daß er sich beinahe umgedreht und sie umarmt hätte, denn sie sah so zart und klein aus in ihrem dünnen, karierten Kleid. Und sie trug darunter doch sein Kind. Aber er begnügte sich damit, zu ihr hinunterzulächeln und sie zu fragen, ob es ihr bestimmt auch nicht zuviel würde. Ihren Geschichten hörte er nur mit halbem Ohr zu. Seine eigenen, von denen später so viele kommen sollten, waren in seinem Kopf noch nicht aufgetaucht. Und er hätte sie auch nicht mit ihr geteilt. Es mußte noch viel Zeit vergehen, ehe er begriff, daß er Signe viele davon verdankte.

Es waren dunkle, vertraute Nächte, nachdem sie es gut miteinander hatten, und da schien ihm beinahe, eine Tür habe sich einen Spaltbreit geöffnet. Dann war er kurz davor, ihr etwas von dem Merkwürdigen zu erzählen, das er in sich trug und von dem er immer überlegt hatte, ob es auch anderen so ging. Ihm und vielleicht Gunnhild. Aber über sie konnte er ja nicht reden. Er fühlte sich stets wie auf dem Sprung. Von etwas hinüber zu etwas ganz anderem. Aber er konnte sich nicht entschließen. Und dann holte sie vielleicht neben ihm tief Luft, so tief und glücklich, daß er ihr Lächeln hören konnte. Oder ihre Finger glitten langsam hinüber zu seiner Hand, so daß er spürte, sie war im Begriff einzuschlafen. Und dann wurde nichts daraus.

12

Wir sind jetzt zu der dunklen Geschichte gekommen, Großvater. Dem Teil, der zu dir gehört, nicht zu mir. Der stammt aus meinen unvordenklichen Zeiten, aber nicht aus deinen. Du hast Erinnerungen daran, die dich dein Leben lang gequält haben. Und es verging eine lange Zeit, ehe du sie mit mir teiltest.

Eigentlich haben wir sie nicht ganz geteilt, denn ich habe nur Bruchstücke deiner Geschichte erfahren. Ich weiß, daß Großmutter Signe gleich nach der Geburt meiner Mutter an Typhus starb. Ich weiß, daß sie hohes Fieber bekam, daß sie das Bewußtsein verlor und dir aus den Händen glitt – so lautlos und unmerklich, daß du nicht begriffen hast, was passierte, ehe es unwiderruflich vorbei war. Ja, unwiderruflich. Das ist der Tod.

Jetzt liegst du unter einer blauen Baumwolldecke und »ringst mit dem Tod« – so würdest du es ausgedrückt haben, wäre es in einer deiner Geschichten. Und genau das tust du, du ziehst dich langsam zurück in den unwiderruflichen Tod, nach dem du dich seit dieser ersten Zeit sehntest, als du nach Großmutters Tod ruhelos durch die Welt zogst. War es dieses ruhelose Sehnen, das dich um den Erdball schickte, von Norden nach Süden, von Osten nach Westen, wie ein Espenblatt, das der Wind vor sich her wirbelt? Und das Kind, das du zu Hause zurückließest, hast du manchmal an das Kind gedacht?

Wenn ich mich über dich beuge, ergreifst du meine Hände und hältst sie so fest, daß ich ganz verblüfft bin. Ich muß meine Hände vorsichtig aus deinen winden, damit du mir nicht die Knochen brichst. Unfaßbar, welche Kraft du immer noch in den Händen hast, so wie du hier liegst, weiß und abgemagert wie ein siebter Vater, der Urahn aus dem Märchen.

Für mich bist du besser gewesen als sieben Väter, und im übrigen auch als sieben Mütter. Eltern habe ich nie vermißt. Deshalb fällt es mir so schwer, dich loszulassen. Deshalb klammere ich mich an deine Hände, genauso fest wie du dich an meine. Aber nur für Momente. Meist liegen deine Hände ruhig auf der blauen Decke. Nur manchmal zuckt ein Finger leicht, dann lege ich mein Strickzeug beiseite, streiche dir leicht über den Handrücken und bewege deine Finger vorsichtig ein bißchen, um das unfreiwillige Zucken zu beenden.

Da liegst du nun und willst sterben, du hast nicht die Absicht, meinem Wunsch, dich zu behalten, nachzukommen. Obwohl du es mir versprochen hast, als ich klein war.

»Ich werde so allein sein, Großvater!«

»Du hast doch all die anderen, Perlenkönigin!«

»Aber das sind die anderen und nicht du!«

»Du hast doch den Prinz bekommen und das halbe Königreich und noch drei kleine Prinzessinnen obendrein. Was mehr könntest du dir wünschen?«

»Den steinalten zotteligen Troll wünsche mir obendrein«, weine ich.

13

»Jetzt sollst du mir vom Kätzchen auf Dovre erzählen!« befehle ich ihm.

Wir sitzen im Lesesessel, denn es regnet, und deshalb ist heute kein Tag für eine Treppengeschichte.

»Nasse Hinterteile brauchen wir nicht«, sagt Großvater, »davon kommen nur Erkältungen und sonstiges Elend.«

Aber wir zwei sind draußen im Regen gewesen und klatschnaß geworden. Es war ein dramatischer Tag, und meinem Gefühl nach habe ich eine aufbauende Geschichte verdient. Wir haben eines der Katzenkinder ganz hinten im Garten gefunden, nicht nur tot, sondern halb aufgefressen, vermutlich vom Fuchs, der sich sonst bei unseren Hühnern anschleicht. Von dem Anblick war ich natürlich ganz untröstlich, und wir mußten ein umfangreiches Begräbnisritual veranstalten, damit mein aufgewühltes Herz einigermaßen zur Ruhe kam. Nachdem wir das winzigkleine Grab wieder zugeschaufelt und mit einem richtigen Kreuz versehen hatten, mußten wir auf meine Bitte hin singen: ›Nein, sieh nur unsre Katz, die graue, hat vier Kinder, die liegen hier im Körbchen.‹ Keine glückliche Wahl, wie sich zeigte, denn ich brach wieder in Tränen aus, nachdem ich durch die Beschäftigung mit der Zeremonie ein wenig Abstand gewonnen hatte.

»Aber jetzt hat sie nur noch drei«, schluchze ich ganz niedergeschmettert. Und Großvater begeht den fatalen Fehler, meine mangelhaften Rechenkünste zu korrigieren.

»Zwei«, sagt er, »es sind zwei, denn sie hatte nur drei, nicht wahr?« Logik in einem so traurigen Augenblick, da verliere ich die Fassung.

»Aber ich *spiele*, daß es vier sind!« heule ich wütend und will Großvater ans Schienbein treten, aber er fängt meinen Fuß ab und hält mich fest, so daß ich nicht mehr treten kann, nur erschöpft gegen seine nasse Windjacke schluchzen.

Großvater trägt mich in die Scheune, und wir setzen uns auf einen großen Heuhaufen, der zwar vom letzten Jahr ist, aber noch wunderbar nach Sommer duftet. Wir graben uns ein, bis nur noch unsere Köpfe herausschauen, und während der Regen aufs Dach trommelt, erzählt er mir von den Indianern und den Ewigen Jagdgründen. Großvater ist Indianern begegnet, nicht in »Es war einmal«, sondern in dem, was Wirklichkeit heißt.

Aber ich will gar nichts von den Indianern in der Wirklichkeit hören, mit denen Großvater in unendlich großen Wäldern gemeinsam Holz gefällt hat, wo es sowohl Wölfe gab als auch noch Schlimmeres. Großvater wagt Bären nicht zu nennen, denn als er mir einmal in einem Bilderbuch einen sitzenden Bären zeigte, war alles verloren. Und ich frage auch nicht, wer denn »Schlimmeres« war, denn ich bin mehr daran interessiert, von den Indianern in »Es war einmal« zu hören.

Die Indianer streiften über die Prärie, sagt Großvater. Sie hatten Federn auf dem Kopf und im Gesicht Kriegsbemalung, nicht nur, wenn sie auf dem Kriegspfad waren, denn das war selten, sondern auch, wenn sie Feste feierten und ums Lagerfeuer den Regentanz tanzten. Und wenn sie alt wurden, starben sie und gingen in die Ewigen Jagdgründe ein.

Ich merke, daß Großvater gern über den Tod sprechen will, und frage ihn, ob er jemanden kennt, der in die Ewigen Jagdgründe eingegangen ist. Und ob er auch weiß, was die da machen. Großvater wird ganz still.

»Das Kätzchen«, sagt er schließlich, »das Kätzchen ist in die Ewigen Jagdgründe eingegangen. Dort wird es mit Garnrollen spielen und Mäuse jagen.«

»Aber es hat doch nur noch zwei Beine«, protestiere ich und bin kurz vor einem neuen Tränenstrom. »Und mit seinem Schwanz kann es auch nicht mehr spielen, den hat doch der Fuchs gefressen.«

Ich bin wegen des Katzenkindes immer noch sehr unglücklich. Aber Großvater tröstet mich. Er sagt, in den Ewigen Jagdgründen wachsen Beine und Schwanz gleich wieder nach.

»Mit einem Schwups«, sagt er, »sie wachsen mit einem Schwups wieder nach.« Und er versucht, meine Füße im Heu zu finden, aber ich habe keine Lust, herumzualbern.

»Kennst du noch mehr, die in die Ewigen Jagdgründe eingegangen sind?« frage ich.

»Ja«, sagt Großvater von weit her, »ich kenne viele. Nein, nicht so viele, aber einige.«

»Und wen?«

»Meine Mutter und meinen Vater. Sie wurden alt und starben, erst er und dann ein paar Jahre später sie. Das war, bevor du geboren bist. So schrecklich alt wurden sie im übrigen nicht.«

»Aber ein bißchen alt?«

»Ja, ein bißchen.«

»Alle werden doch wohl ein bißchen alt, bevor sie sterben?«

»Nein, nicht alle. Weißt du, das Kätzchen wurde nicht alt, das war ja erst ein kleines Kind.«

Plötzlich merke ich, daß meine Kleider kalt und naß sind und die Scheune so kalt, als wäre es mitten im Winter. Etwas Schlimmes legt sich in meinen Bauch, und ich krieche auf Großvaters Schoß und lege ihm die Arme um den Hals.

»Du wirst nicht sterben, bevor du alt bist, Großvater«, sage ich, und meine Stimme ist leise, als fürchtete ich, jemand könnte uns hören.

»Aber nein«, murmelt Großvater und drückt mich ganz fest an sich. »Ich werde uralt, das glaub mal. Ich werde ein mürrischer, steinalter Troll, und falls ich noch älter werde, dann werde ich wie in der Geschichte vom siebten Vater an deiner Stubenwand sitzen, direkt unter der Uhr, damit ich hören kann, wie die Zeit vergeht. Und jedesmal, wenn du die Uhr aufziehst, mußt du daran denken, mir eine Prise Schnupftabak zu geben, denn etwas Besseres können sich solche Alten gar nicht vorstellen.«

Und wieder spüre ich seine Hände, die wie ganz von allein anfangen zu kitzeln und Unfug zu treiben, obwohl seine Stimme immer noch von ganz weit her kommt.

»Großvater!« sage ich und sehe ihn streng an, damit er aufhört. Und dann drehe ich mich um und schiebe meinen Kopf unter sein Kinn, damit er den schweren Kopf auf meinem ausruhen kann.

»Kennst du noch mehr?« frage ich ins Blaue hinein, in die kühle, etwas staubige Scheunenluft.

»Ja«, sagt Großvater von oben, und sein Kinn ruht so schwer auf meinem Kopf, daß ich merke, wie meine Wirbelsäule zusammengepreßt wird. »Ja, ich habe noch einen gekannt – noch eine.«

»Und wer war das?«

»Das war deine Großmutter.«

»Aber die war alt.«

Mein Tonfall ist entschieden, als konstatiere ich etwas und lege allen Trost dahinein. Aber Großvater sitzt nur ganz still und hat die Arme um mich geschlungen, sein Kinn ruht noch auf meinem Kopf.

»Nein, mein Kleines«, sagt er schließlich, »sie war nicht alt. Sie war sehr, sehr jung.«

Erst da drehe ich mich um und wische die Tränen weg, die wie schwere Regentropfen auf meinen Kopf gefallen sind.

14

»Sie segelte auf dem stürmischen Meer des Lebens«, sagte der neue Pfarrer und zeigte mit diesem einen Satz, daß er genau das war – der Neuling. Denn kaum etwas konnte auf Signe wohl weniger zutreffen als das. Seglerin auf dem Meer des Lebens, auf den Wogen des Lebens. Signe, die wohl kaum je das Meer gesehen hatte. Nichts erinnerte weniger an ein kleines Schiff in aufgewühlter See als Signe.

Ihr allerletzter Ausflug zu dem kleinen See. Sie hatte hinten im Ruderboot gesessen und die Angelschnur gehalten, während er mit langsamen Schlägen am Rand des Schilfs entlangruderte. Nicht zu nahe, damit sich der Blinker nicht in dem kräftigen Schilfrohr verfing, aber auch nicht zu weit weg, denn dort am Rande des Schilfs und unterhalb des überhängenden Felsens stand der Flußbarsch. Es war kalt gewesen, oder vielleicht nicht kalt, aber kühl, wie es an klaren Dezembertagen ist, wenn die Sonnenstrahlen keine Kraft mehr haben. Sie hatte seine alte Lodenjacke angehabt, über einem dicken Pullover – der ebenfalls ihm gehörte, ihre eigenen Sachen waren ihr zu klein.

Er kann sich daran erinnern, wie er plötzlich den Eindruck hatte, als leuchtete sie, so unweiblich breitbeinig, wie sie dasaß, um für den schweren Bauch Platz zu haben. Ihre Finger hielten die dünne, durchsichtige Angelschnur, ihre Arme ruckten gedankenlos in rhythmischen Bewegungen, etwas schwerfällig und kurz, weil sie so dick angezogen war. Und ihr Gesicht, jetzt gegen Ende der Schwangerschaft, etwas rundlicher und rotwangiger als gewöhnlich.

Sie leuchtete. Plötzlich kann er sich daran erinnern, daß er das damals dachte. Oder doch nicht? Meint er heute, er hätte damals so gedacht haben müssen? Er müsse das gesehen haben? Daß sie dort saß und leuchtete, schwerfällig vom Gewicht seines Kindes, ihres Kindes.

Er hätte ihre Ruhe sehen müssen, hätte sie als das erkennen müssen, was sie war. Ihre große harmonische Ruhe, die sich selbst genügte, die sich nach nichts über den Augenblick hinaus sehnte. Sie, die unkompliziert im Hier und Jetzt ruhte, ohne die ewige, rastlose Sehnsucht danach, irgendwo ganz anders zu sein, wie er selbst sie so gut kannte. Aber er nahm das an ihr nicht als Ruhe wahr, als Harmonie. Oder doch, wahrnehmen tat er das schon, aber nicht als eine Stärke, eher als Mangel. Sie hätte nie im Baum sitzen können wie Gunnhild. Sie hatte keine Tiefe so wie Gunnhild.

Gunnhild. Gunnhild. Sie hatten sich vor der Kirche begrüßt. Sie mußte früh gekommen sein. Um mit ihm ein Wort zu wechseln, ehe er sich zu der übrigen Familie in die Kirche setzte? Bei einem solchen Gedanken, daß sie um seinetwillen gekommen war, hätte er in allen anderen Situationen Herzklopfen bekommen. Jetzt registriert er – ist es zum ersten Mal in seinem Leben? – nur Gleichgültigkeit. Also zeigt er doch einen gewissen Anstand.

Gunnhild mit einem tomatenroten Schal um den Hals, unter dem Pelzmantel zu sehen. Rot, auch wenn sie zur Beerdigung geht. Hat er sie je ohne etwas Rotes gesehen? Warum in aller Welt hat sie mit der roten Farbe weitergemacht?

Hat er tatsächlich während Signes Beerdigung darüber nachgedacht? Mit Signe in tödlicher Ruhe unter den Blumen auf dem weißen Sargdeckel, ihre Harmonie unsichtbar unter dem hohen Kirchendach schwebend, beflügelt, nicht von den schwulstigen Wendungen des Pfarrers, die so fehl am Platze waren. Sondern von jedem einzelnen Gedanken der trauernden Gemeinde an die Leblose im Sarg – an die eigene Sterblichkeit. Dachte er da an Gunnhild?

Nein, das tat er nicht. Nicht da und nicht in all den folgenden Jahren. Nicht der Gedanke an Gunnhild, an ihren roten und schwarzen Ernst trieb ihn um die ganze Welt – wie einen Segler auf dem Meer des Lebens, um den Pfarrer zu zitieren. Das, was ihn auf die jahrelange, rastlose Flucht vor sich selbst jagte, war der Gedanke an Signe und alle Wenns. Nein, nicht alle, nur an dieses eine Wenn: Wenn er nicht wieder angefangen hätte, nach Borgland zu gehen.

Tausendfach hat er später darüber nachgedacht, was Menschen dazu bringt, so zu handeln, wie sie es tun. Welche verborgenen, rätselhaften Motive können einen Menschen – konnten ihn – dazu bringen, sich auf höchst verantwortungslose Weise zu verhalten, in dem ewigen Sehnen nach etwas anderem, etwas Neuem und Besserem, etwas Wertvollerem? Etwas, das mehr wert war, sich danach zu sehnen, als dieses Alltagsglück, in dem einer umhergeht und stolpert, ohne es zu merken? Aber er sollte sich doch wohl sehnen? Doch, aber vielleicht dabei nicht vergessen, daß auch die anderen ihre Sehnsüchte haben. Und daß die für sie vielleicht ebensosehr glitzern, wenn sie auch anders sind?

Während der Beerdigung dachte er nicht so. Er dachte gar nicht. Hielt nur den Rücken an die harte Holzbank gepreßt und die Augen auf den Sargdeckel gerichtet, wo die Farbe Rot fehlte. Nein, nicht ganz. Signes Mutter hatte einen kleinen Strauß roter Rosen auf den Sargdeckel gelegt – denn Signe hatte rote Rosen so geliebt. War es so gewesen?

Ansonsten war alles weiß. Weiße Lilien und hellrote Rosen mit wenigen blaßgelben Freesien, auf dem Hintergrund glänzender grüner Blätter, deren Namen er nicht kannte. Die Mütter, seine und ihre, hatten gemeinsam die Blumen für den Sarg besorgt. Er hätte am liebsten Wiesenblumen gehabt, weil er sie mit Signe in Verbindung brachte. Große Sträuße mit Storchenschnabel, Margeriten, Butterblumen und Glockenblumen. Aber wer im Januar stirbt, kann keine Wiesenblumen auf dem Sarg erwarten.

Er saß in der Kirche zwischen den beiden Müttern, seiner eigenen und Signes, und es gab Augenblicke, da glaubte er zu fallen, wäre da nicht der leichte Druck der beiden Frauenschultern links und rechts von ihm gewesen. Sie hatten ihn in ihre Stärke eingebunden und gehalten. Eine Woche später reiste er ab. Weg vom Kind und allem.

15

»Großvater, jetzt will ich die Prinzessin auf der Erbse sein«, sage ich, »sofort und auf der Stelle.« Und Großvater erhebt sich mit der gebotenen Eile aus dem Lesesessel, wo er mit einem Buch gesessen hat, und hilft mir auf der Stelle, unser Bettzeug aus den Betten zu holen und ins Wohnzimmer zu bringen. Gemeinsam bauen wir auf dem Fußboden ein Prinzessinnenbett aus zwanzig dicken Decken und zwanzig Matratzen, und ganz obenauf kommt die karierte Wolldecke. Er muß mich hinaufheben, und stolz throne ich dort oben einen Augenblick, bis er es sich wieder im Sessel bequem gemacht hat und eben nach dem Buch greift. Aber dann muß er mich wieder herunterheben, denn wir haben ja die Erbse vergessen.

Er hat in diesem Sommer unendlich viel Geduld mit mir.

Das Nachtbild, das unsere Nächte in Stücke reißt, läßt ihn so geduldig sein, daß es sogar einer egozentrischen Siebenjährigen wie mir auffallen muß. Ich merke, daß die Grenzen schier unendlich gedehnt werden können, und das Wissen darum verleiht mir kein Gefühl von Macht, sondern von einer merkwürdigen Ohnmacht. Ohnmacht und Angst vor etwas, das ich nicht verstehe.

Aber das zeigt sich nur manchmal. Im Moment bin ich auf die fehlende Erbse fixiert und kommandiere Großvater in der Küche herum, der alles auf den Kopf stellen muß, damit ich sehe, daß es tatsächlich im ganzen Königreich nicht eine Erbse gibt. Das ist eine feststehende Tatsache, die sich weder mit Tränen noch mit Drohungen ändern läßt. Es gibt schon eine Erbse – das heißt, es gibt sogar viele in einer Dose. Aber die können wir dafür nicht brauchen, sagt Großvater, die nützen uns nichts, sagt er. Dennoch schreie ich so lange, bis die Dose geöffnet ist und ich mit eigenen Augen sehen kann, daß er recht hat. Keine Prinzessin, wie echt sie nun ist, kann gelb und blau werden von diesen weichen grünen Kugeln, die man zwischen Daumen und Zeigefinger so leicht zerquetschen kann, wie das tapfere Schneiderlein aus dem Käse das Wasser herausdrückt.

»Nein«, sagt Großvater, »die können wir nicht brauchen. Zwischen einer Märchen-Erbse und einer Dosen-Erbse ist ein Unterschied.« Aber er weiß doch Rat, und er nimmt die kleinste Murmel aus der Dose, in der ich sie aufbewahre, und sagt, die müsse genügen. Und das tut sie.

»Denn«, sagte er, »kann eine richtige Prinzessin von einer gelben Erbse gelb und blau werden, dann kann sie das bestimmt auch von einer blauen Murmel.« Ich bekomme das Sonntagskleid angezogen, werde wieder hinaufgehoben und bin zufrieden.

Eine lange Weile bin ich lieb und lasse Großvater mit seinem Buch in Ruhe. Ich verlange nicht, daß er der König ist, der das Tor öffnet und sagt »Meine lieben Freunde!«, oder der mürrische Prinz, der nicht eher zufrieden ist, als bis man ihm eine richtige Prinzessin vorführt. Oben auf den Matratzen, Kissen und Decken balancierend spiele ich alle Rollen selbst.

Das klappt sehr gut. Die Prinzessin schläft einen Augenblick, und als sie wieder aufwacht, ist sie gelb und blau. Aber als sie sich aufsetzt, etwas zu abrupt, um dem König und der Königin ihr Leid zu klagen, da kippt der ganze Berg mit dem Bettzeug um, und die Prinzessin geht kopfüber zu Boden.

Plötzlich befinde ich mich auf Händen und Knien auf dem lackierten Holzfußboden, und noch ehe ich auch nur einen Ton von mir geben kann, ist das Nachtbild da. Der Porzellannachttopf mit Blumen befindet sich direkt vor meinem Gesicht. Der Geruch der gelbbraunen Flüssigkeit sticht mir in der Nase, und der Griff um meinen Nacken ist so fest, daß es sich anfühlt, als sollte mein Kopf vom Hals abgezwackt werden. Alle Worte, die ich jemals konnte, verschwinden aus meinem Kopf in das Gelbe, Stinkende. Die Gedanken sind wie weggeblasen, als hätte ich nie einen einzigen gehabt.

Aber eine Sache ist neu. Das heißt, ich weiß ja nicht, daß da etwas Neues ist, denn die Schotten zum Nachtbild sind immer noch absolut wasserdicht. Ich habe keine Erinnerung daran, daß dies etwas ist, das ich schon einmal erlebt habe. Dennoch spürt ein Teil von mir, daß etwas neu ist. Das kann ich gerade noch bemerken, ehe der Griff um meinen Nacken das Essen – das Sonntagsfrühstück und die grünen Erbsen, die Großvater mich direkt aus der

Dose essen ließ – durch meinen Hals und auf den Fußboden preßt.

Großvater ist mit einem Satz bei mir. Er wiegt mich in seinen Armen, er trägt mich im Zimmer auf und ab, er streichelt meinen Rücken, paßt aber gut auf, nicht an meinen Nacken zu kommen.

Woher weiß er das? Daß er den empfindlichen Nacken nicht berühren darf, dort, wo noch immer die Hand wie eine glühende Klaue greift? Daß er sich in den Lesesessel setzen und mir seine Hände mit aufwärts gewendeten Handflächen entgegenstrecken muß. Daß er summen und reden muß, so daß seine Stimme durch die Bilder der Landschaft außerhalb von Raum und Zeit dringt, so daß ich mich selbst auf seinem Schoß wiederfinden kann, zusammengekauert, meine Handflächen fest gegen seine gepreßt.

Aber das Gefühl von etwas Neuem geht nicht weg, nicht gleich. Zum ersten Mal ist das Nachtbild nicht ganz außerhalb von Zeit und Raum. Doch, außerhalb der Zeit, aber nicht des Raums. Eine Andeutung von Raum ist da, eine Ahnung von Wänden, von etwas, das sich um das Nachtbild schließt und es vielleicht ein bißchen weniger unerträglich und erschreckend sein läßt. Denn da ist noch jemand im Raum. Außer mir, dem Nachttopf und dem Griff um den Nacken und der Stimme, die flüstert, er wird mich schon Mores lehren. Da ist eine Frau, die mir wohlgesonnen ist.

Später an diesem Tag nimmt Großvater mich mit nach draußen. Wir haben Flußbarsch zu Mittag gegessen, knusprig gebratene, halbmondförmige Fische, die so klein sind, daß ich jede Hälfte auf einmal in den Mund stecken kann, nachdem Großvater die Rückengräte entfernt und auf den

Tellerrand gelegt hat. Die Haut der Fische hat er schon vorher abgezogen. Aber auch wenn sie klein sind, haben wir mehr als genug zu essen, denn bei unserem Angelausflug am Abend vorher haben wir achtzehn Stück gefangen. Die Katzen bekommen auch reichlich.

Jetzt frage ich, ob wir wieder zum Angeln wollen, aber Großvater sagt nein, das wollen wir nicht, und ich darf das Prinzessinnenkleid anbehalten. Ich weiß noch nicht so richtig, wo er meine Kleider herbekommt, aber mir fehlt es nie an etwas, sogar ein schönes Sonntagskleid mit gefälteltem Oberteil und Rüschen und einer großen Schleife, die im Rücken gebunden wird, habe ich.

Das Nachtbild ist weg. Ich habe kein bißchen Erinnerung daran, bin nur etwas anhänglicher als sonst, ein bißchen ängstlicher, will Großvater nicht aus den Augen lassen. Also trotte ich dicht hinter ihm zum Schuppen, wo sein Fahrrad steht. Er sagt, wir beide wollen mit dem Fahrrad fahren. Ich bin voller Erwartung, aber vor allem erstaunt.

Aber erst als er ein Kissen auf dem Gepäckträger festgebunden und mich obendrauf gesetzt hat und wir den Hügel hinuntersausen und er ruft, ich soll aufpassen, daß die Füße nicht in die Speichen kommen, erst als ich dort sitze und seinen Gürtel fest gepackt halte, da verstehe ich überhaupt nicht, wieso ich nicht schon vor langer Zeit selbst auf die Idee gekommen bin. Das ist doch so klipp und klar, daß dieser kleine Metallsitz hinten auf dem Fahrrad nicht nur dafür gut ist, die Einkäufe vom Laden darauf zu legen. Ich strecke die Beine nach beiden Seiten und rufe, das müssen wir aber ganz oft machen, Großvater, jeden Tag wollen wir radfahren! Und er dreht den Kopf schräg nach hinten und ruft über die Schulter, daß wir das bestimmt noch oft machen, wenn auch vielleicht nicht jeden Tag.

Ich werde diesen Fahrradausflug niemals vergessen. Nicht, wenn ich steinalt geworden bin. Nicht, wenn ich so alt werde wie Flechten am Baum. Nicht, wenn ich so alt werde wie Großvater, der eingeschrumpft und eingetrocknet unter dem Laken liegt und Sterben übt, jeden Tag ist er ein bißchen weniger und ein bißchen weiter weg von mir, wie eine geliebte Gestalt auf einer langen und öden Landstraße, die einem langsam aus dem Blickfeld gerät. Großvater, Großvater, wo willst du denn hin!

»Wo wollen wir denn eigentlich hin, Großvater?« rufe ich hinter seinem Rücken. Meine Finger habe ich gut in seinen Gürtelschlaufen verhakt. Wir sind durch die Kurve gefahren und sausen den ersten Hügel hinunter. Na ja: Sausen ist vielleicht ein bißchen übertrieben, denn unsere erste Radtour war ein erster vorsichtiger Versuch. Aber ich habe noch nie auf etwas gesessen, das schneller fuhr als der Schlitten im Winter, wenn der Schnee glänzend und verharscht auf allen Hügeln liegt und der Mond über dem Scheunendach hängt. Inzwischen ist das so lange her, daß ich die Geschwindigkeit vergessen habe und den beißenden Wind, die Kälte und das alles.

Der Wind, der mir um die Ohren weht, ist sanft, mir tränen nicht einmal die Augen. Aber trotzdem ist die Geschwindigkeit so groß! Ist die Welt so groß! Alles ist neu und wunderbar, ist grenzenlos, und es ist noch schöner, als auf den Berg zu klettern und auf die Herrlichkeit der ganzen Welt zu blicken. Eigentlich könnten einem die Tränen kommen. Angst habe ich keine, ich bin nur so unglaublich neugierig.

»Wo fahren wir hin, Großvater, wo fahren wir denn hin!«

»Wir wollen uns hier in der Gegend ein bißchen anschleichen!« antwortet Großvater von oben.

»Wo sollen wir uns denn hier anschleichen?« frage ich erstaunt. Der Ausdruck verwundert mich an sich nicht, denn anschleichen kann ich mich gut. Beim Kalb habe ich mich angeschlichen, und bei den Hühnern und dem Hahn. Auch beim Schwein und bei den Katzen. Und wie oft habe ich mich nicht bei Großvater angeschlichen und ihn furchtbar erschreckt, so daß er in der Scheune einfach das Heufuder hat fallen lassen. Dann ging aber eine wilde Verfolgungsjagd durch die Scheune los. Er werde so kleine Lausebengel schon lehren, was es heißt, sich bei anständigen Leuten anzuschleichen und sie zu erschrecken!

Ernst sagt Großvater: »Wir zwei ziehen jetzt los und schleichen uns bei anständigen Leuten an.«

»Wollen wir beide kleine Lausebengel sein?« Vor Schreck lasse ich beinahe die Gürtelschlaufen los.

Da lacht Großvater so laut, daß es von den Bergen widerhallt.

»So ein bißchen«, sagt er, »ein einziges Mal spielen wir zwei ein bißchen kleine Lausebengel, du und ich.« Eine Hand läßt den Lenker los und tastet rückwärts nach meinem Kopf, und ich bin so glücklich, daß ich wie ein junger Hund mein Gesicht in seine Handfläche schmiege. Der vertraute Tabakgeruch steigt mir in die Nase.

Wir sind den ersten Hügel bis zur Senke hinuntergefahren, dort, wo die Brücke über den Bach führt. Noch kenne ich das alles, denn diesen Weg nehmen wir immer, wenn wir dem Bach bis zum See folgen. Ich erkenne den Geruch wieder, es riecht wohlbekannt nach feuchter Erde, nach kühlem Schatten und den großen halbverwelkten Huflattichblättern. Aber es geht noch weiter, über den zweiten Hügel. Dort ist das Gattertor, und auf diesem Weg bin ich noch nie gewesen.

Jetzt schiebe ich das Gattertor auf, und Großvater hält das Fahrrad und sagt mir, was ich tun muß. Kaum zu glauben, daß ich das tun darf. Das ist so außerordentlich und erschreckend, daß mir kurz schwindelig wird. Und mir ist übel, ich muß schnell das Gesicht abwenden, damit Großvater nichts merkt. Mit zitternden Fingern hake ich den Stahldraht ab und rufe, etwas zu lebhaft: »Das ist ja ein O – O! Großvater, schau doch, das ist ein O – O!« Denn im Frühling hat Großvater angefangen, mir die Buchstaben beizubringen.

Er hat angefangen, mir Buchstaben beizubringen, und auch wenn ich anfangs nur sehr widerstrebend mitgemacht habe, als wenn ich spürte, daß Buchstabenlernen bedeutet, sich der unbegreiflichen Unruhe zu nähern, die in der letzten Zeit in unser Leben eingedrungen war, wurde ich nach und nach richtig eifrig. Inzwischen kann ich die meisten und teile mein Wissen begeistert mit Großvater, ehe ich das O wieder einhake, nachdem er sein Fahrrad durchgeschoben hat.

Aber ich bin ein wenig zu gesprächig. Plappere ein wenig zu eifrig, verfalle sogar fast wieder in diese alberne Babysprache, während ich mich anstrenge, den Stahldraht ordentlich wieder an seinen Platz zu schieben. Natürlich durchschaut er mich, und als ich wieder auf den Gepäckträger steigen will, komme ich nicht an seinen Armen vorbei. Er legt das Fahrrad an die Seite, und wir zwei sitzen lange am Wegrand, bevor wir noch einmal aufsteigen und weiterfahren.

Denn das will ich doch! Ich will auf dem Fahrrad sitzen und mit Großvater in ferne Länder und Reiche fahren. Zu traurigen Prinzessinnen und den dreiköpfigen Trollen und zu Askelad, der so stark und mutig sein Schwert schwingt, daß die Köpfe rollen. Aber nein, Großvater sagt, dort wollen wir nicht hinfahren. Wir wollen uns doch bei anständigen Leuten anschleichen, und er beteuert, nein, mein Mädchen, das ist nicht gefährlich, und streicht mir übers Haar, ehe er mich wieder auf den Gepäckträger hebt.

Und so ziehen wir weiter auf unserem Schleichweg. Ich kann mich daran erinnern, daß wir das Fahrrad an den Wegrand legten und durch den Wald den Hang hinaufkletterten, bis wir zu einer Lichtung oberhalb eines kleinen Bauernhofs kamen. Auf dem Hofplatz spielten zwei Kinder in meinem Alter. Sie warfen sich einen Ball zu, genau wie Großvater und ich das auch immer machten. Es wundert mich, das ich mich nicht mehr daran erinnern kann, was ich bei ihrem Anblick fühlte. Ich kann mir das Bild als solches jederzeit vergegenwärtigen, aber welche Gefühle es in mir weckte, das habe ich vergessen. Vermutlich war ich überwältigt. Ich sah zum ersten Mal lebendige Kinder, jedenfalls seit es mir bewußt war. Ragna war das eine Kind, sie ist bis heute meine beste Freundin. Das andere war ihr Bruder Aksel.

16

In den weiten Wäldern Kanadas nannte er sich Howard, denn Håvard ist schwer auszusprechen und unmöglich zu buchstabieren. Und außerdem schien es ihm zu passen – Howard the coward –, aber das sagt er nicht laut. Feigling, Niete, Angsthase steht in den Wörterbüchern, die er in diesen Jahren so fleißig benutzt. Aber ein Angsthase ist er nicht. Wer die Selbstachtung verloren hat, für den gibt es keinen Grund mehr, Angst zu haben, findet er.

Trotzdem springt er schnell und geschickt zur Seite, wenn eine der großen Tannen beim Fällen in die andere Richtung zu stürzen droht. Und wenn er einem Bären über den Weg läuft, ist er nie so dumm, sich zu nahe heranzuwagen. In der Gegend gibt es viele Schwarzbären. Den braunen, größeren und weitaus gefährlicheren Grizzly sehen sie seltener.

Manchmal hält er einen Brief in Händen. Lange Schreiben von der Schwester über das Leben unter einem weitaus exotischeren Himmel, oder kürzere, eher nüchterne Berichte von der Mutter. Der Vater kränkele, schreibt sie, eine seltene Muskelerkrankung quält ihn in den letzten Jahren, und der Bruder habe sich nun entschlossen, den Landhandel zu übernehmen.

Aber in erster Linie schreibt sie vom Kind, um das sich Signes Eltern kümmern. Es soll Liv heißen, hatte er gebeten. Nicht Liv-Signe, wie es beide Großmütter gern gesehen hätten, sondern nur Liv. Er will nicht, daß sie Signe heißt. Das wird zu ... er weiß es nicht genau. Nein, das schafft er nicht.

Die Mutter schreibt von Liv. Alltägliche Schilderungen von allem, was es von einem Kind in den ersten Monaten zu berichten gibt. Alles, was er selbst hätte erleben sollen, woran er Anteil haben sollte. Spürt er den Vorwurf? Natürlich. Aber dazu verhält er sich völlig passiv. Wenn er ein seltenes Mal selbst schreibt, sind das nichtssagende kurze Berichte: Es ist kalt. Sie fällen viele Bäume. Er hat warme Kleidung und gute Stiefel. Er hoffe, allen geht es gut.

Die Liebe zum Kind, der Wunsch, es zu beschützen, liegt irgendwo in ihm begraben, eingefroren. Der Vorwurf der Mutter zwischen den Zeilen weckt in ihm höchstens so etwas wie gefühllosen Groll. Gefühllos wie die Fingerspitzen, die er nach einem Arbeitstag in der Holzfällerhütte auftauen muß. Wenn der stechende Schmerz einsetzt, geht er nach draußen und steckt die Hände in den Schnee.

Vielleicht stehen da gar keine Vorwürfe. Zu der Zeit war es ganz und gar nicht üblich, daß Väter die Fürsorge für Kinder übernehmen, jedenfalls nicht, solange es Frauen gibt, die ihnen helfen. Aber daß sie davonlaufen? Doch, auch das kommt vor. Und er schickt doch Geld. Er verdient als Holzfäller gut, und für sich braucht er nur wenig. Was er nicht nach Hause schickt, legt er auf die hohe Kante.

Im folgenden Winter, kurz bevor das Kind ein Jahr alt wird, berichtet seine Mutter in ihrem Brief, Signes Mutter sei an Hirnblutung gestorben und Signes Vater werde zu einem Verwandten umziehen.

Was sollen sie mit Liv machen? Dieser Satz ist wie der ganze übrige Brief in den charakteristischen Schnörkeln seiner Mutter geschrieben. Trotzdem scheint er auf dem Briefbogen zu pulsieren. Oder zittern seine Hände? Wegen ihres kranken Ehemanns sieht seine Mutter sich nicht in der Lage, die Verantwortung für ihr Enkelkind zu übernehmen. Sie selbst ist seit einiger Zeit nicht ganz gesund. Was also sollen sie mit Liv machen?

Die Frage hätte fieberhafte Hast ausgelöst haben sollen – packen, verabschieden, die Heimfahrt organisieren. Statt dessen geht er nach draußen und fällt die größte Tanne, die er finden kann, einen stattlichen Baum, der sich frei in den Nachthimmel streckt und eigentlich nicht hätte gefällt werden dürfen.

Anschließend sitzt er erschöpft und verschwitzt auf dem Baumstamm und hört, wie der Wind in den Bäumen rauscht. Und plötzlich empfindet er wie damals als Junge, als er das Gefühl hatte, auf der Erdkugel zu kauern und ins unendliche Universum hinauszustarren, das so einsam und leer war. Nicht einmal das Gefühl der Einsamkeit gab es da. Nur: Nichts. Und der Wind, überlegt er, der in den Wipfeln rauscht, der muß doch von irgendwoher kommen, ob er vielleicht von zu Hause kommt? Und falls der Wind einen Ton mit sich führen würde, ob er dann vielleicht seine Tochter lachen hören könnte?

Denn sie lacht doch wohl? Wie alt war sie? Zehn Monate? Nein, bestimmt schon elf. Konnte sie sprechen? Können Kinder mit elf Monaten sprechen? Natürlich können sie das nicht. Aber lachen können sie doch wohl? Ganz plötzlich kann er sich an das Lachen seines verstorbenen kleinen Bruders erinnern. Der war etwas über ein Jahr alt, als er starb. Doch, seine Tochter lachte bestimmt.

Nach der Geburt hatte sie Tag und Nacht geweint, nein, geschrieen hatte sie, während ihre Mutter im selben Zimmer mit dem Tode rang. Die Hebamme war sofort nach der Geburt ins Dorf zurückgefahren. Ein Unwetter war im Anzug, sie hatte einige Hochschwangere und Gebärende zu betreuen und konnte nicht riskieren, dort draußen in der Abgeschiedenheit wegen schlechten Wetters lange festzusitzen.

Signes Mutter, die einige Tage zuvor mit dem Pferd gekommen war, um bei der Geburt behilflich zu sein, und die eigentlich noch etwas bleiben wollte, merkte schnell, daß mit Signe etwas ganz und gar nicht stimmte. Wegen des Fiebers hatten sie nicht gewagt, die Tochter ins Dorf zu bringen, um dort zu gebären. Das Fieber stieg im Laufe des ersten Tages erheblich, so daß die Mutter kurzentschlossen das Kind mitnahm, sie wollte gleich den Arzt zu Signe schicken. Håvards Bruder konnte ihn fahren.

Wenn nur der Weg in dem zunehmenden Sturm nicht zuwehte.

Während die Schwiegermutter sich fertig machte, hielt er seine kleine Tochter. Das stärkste Gefühl, oder auf jeden Fall das Gefühl, an das er sich später erinnern konnte, war das von etwas Unwirklichem. Als passierte gerade etwas, woran er nicht richtig beteiligt war, als geschähe etwas wie hinter einer dünnen Schicht, hinter einem durchsichtigen Film. Oder als sähe er das kleine Kind, das mit den Ärmchen rudernd in dem pelzgefütterten Schlafsack steckte, sein kleines Kinn, das jedesmal, wenn es Luft holte, um zu einem neuen Schrei anzusetzen, wie im Frost zitterte – als betrachtete er das Kind durch eine Glasscheibe. Durch sie bis zu dem Kind vorzudringen war ihm unmöglich, und er versuchte es auch gar nicht. Er hielt es etwas von sich ab, wie ein neugeborenes Ferkel. Emotionslos, aber vorsichtig. Teilnahmslos, aber nicht ohne Verwunderung darüber, wie einzigartig das Leben ist.

Aber er erinnert sich an die Stille anschließend, als die Tochter weg war. Die Stille, die in den Wänden hing, als sei alles Lebendige auf und davon gegangen. Zurückgeblieben waren nur er und der Tod. Und Signe. Signe, die sich unruhig unter den Decken hin und her warf. Nachthemd und Laken waren sofort immer wieder durchgeschwitzt. Er hatte sie gewaschen, hatte die Wäsche gewechselt, hatte den Schweiß getrocknet. Und als sie dann nichts mehr halten konnte ... und Blut austrat ... Aber da waren – da müssen schon mehrere Tage vergangen gewesen sein.

Wie lange kann ein Mensch Warten aushalten? Wenn er doch weiß, daß es zu spät ist? Stunde für Stunde hatte er bei ihr gesessen und ihre Hand gehalten und geweint. Auch noch, als er merkte, daß sie gestorben war. Nicht einmal, als das entsetzliche Unwetter nach mehr als zwei Tagen und Nächten etwas nachließ und der Arzt zusammen mit seinem Bruder endlich gekommen war, wollte er sie loslassen. Daß sie tot sein sollte, daß es nicht länger möglich sein sollte, sie zu erreichen, schien ihm ganz und gar undenkbar. Was sollte denn nun aus all dem Ungesagten werden? Aus all dem, was er nicht gesagt hatte, solange sie es hatte hören können? Und als der Doktor erst feststellte, daß es Typhus gewesen war …

Gedankenloses, unvernünftiges, unüberlegtes Tun, Unbedachtheit eines Augenblicks – wie aufrichtig wünschte er sich, eines dieser Fehler schuldig zu sein. Die lassen sich alle entschuldigen. Wenn er wenigstens einen Hauch von Gedankenlosigkeit in seinem Tun hätte finden können, einen Hauch von Unvernunft. Eine winzige Unbedachtheit in diesem überwältigenden Gefühl von Schuld hätte entdecken können. Wenn er doch nur etwas anderes hätte spüren können als pure, unverfälschte, unbarmherzig drückende Schuld.

Es war ihm unmöglich. Aus einem einfachen Grund: weil er schuldig war. Hätte er nicht angefangen, statt bei Signes Eltern auf Borgland die Milch zu holen, dann hätte er keine Typhusbakterien in der blanken Milchkanne mitgebracht. Damit die Milch die Wärme hielt, trug er die Kanne stets sorgfältig eingeschlagen in ein dickes handgewebtes Tuch im Rucksack nach Hause. Weil Signe die Milch stallwarm liebte. War es nicht umsichtig und liebevoll von ihm, daran zu denken?

Als Kind hatte Signe mit ihrem Emaillebecher im Kuhstall gesessen und gewartet, während die Hände ihrer Mutter die Milch mit rhythmischen Bewegungen aus dem Euter der Kuh zogen. Solche warme Milch, die nach Kuhstall und

Kühen schmeckte, mochte Signe am liebsten. Wenigstens ein bißchen laue Stallwärme konnte er ihr doch mitbringen.

Eingewickelt ins Tuch trug er in den letzten Schwangerschaftswochen seinen lauen Ablaß nach Hause zu ihr. Das Kalb, das ihnen Signes Eltern mitgegeben hatten, war inzwischen zwar groß, aber doch noch immer eine Färse, und deshalb waren sie abhängig von Milch aus dem Dorf. Er radelte nach der Arbeit immer bei Signes Eltern vorbei.

Aber nachdem es angefangen hatte zu schneien und er für den Weg zur Arbeit und zurück den Bus nehmen mußte, wurde ihm mit der Zeit der Umweg zu ihrem Hof zu lang. Es war von der Hauptstraße so weit bergauf, und oft war der Weg zum Hof nicht geräumt. Er mußte mehrere hundert Meter durch tiefen Schnee stapfen. Die Skier stellte er ja immer an der Bushaltestelle ab; sie erst zu holen, hätte eine zusätzliche Verzögerung bedeutet. Es war für ihn so viel einfacher, den kleinen Abstecher hoch nach Borgland zu machen. Zeit sparte er außerdem. So kam er schneller nach Hause zu Signe.

Selbstbetrug – wie geschickt kann man in Sachen Selbstbetrug werden? Sehr geschickt, das wußte niemand besser als er. Aber ist vielleicht der noch geschickter, der andere betrügt?

Er wurde in diesen Wochen ein Meister im Lügen, er, der immer gefunden hatte, man müsse sich an die Wahrheit halten. Das fanden ja die meisten. Es gab keine Grenzen für das, was er sich an Entschuldigungen zusammenfabulierte, an Geschichten, mit wem er geredet hatte und was sie gesagt hatten. Er, der sonst so wortkarg sein und fast schroff auf Signes Ausfragen reagieren konnte, wurde geradezu redselig, wenn er seine kleinen Lügen vorbrachte. Lügen, die er sich auf dem Weg die steile Steigung hinauf ausdachte, während die Begegnungen mit Gunnhild wie Planeten auf ihren Bahnen durch seinen gedankenleeren Kopf schwirrten. Sie war die Sonne seines Universums, alle Gedanken, Wünsche, Träume und Bedürfnisse kreisten um sie.

Warum sie sich plötzlich wieder für ihn interessierte, nachdem er ihr jahrelang gleichgültig gewesen war, erfuhr er nie. Er machte sich auch weiter keine Mühe, es zu erfahren. Ihm reichte, wieder in ihren Lichtschein gekommen zu sein. Ihm reichte, daß sie ihr kurz aufblitzendes Lächeln lächelte und diese schnelle Kopfbewegung machte, wenn er mit seiner Milchkanne kam. Ein kleines Achselzucken, schon folgte er ihr wie ein sabbernder Hund, nachdem er die Milchkanne bei der Magd im Kuhstall abgeliefert hatte, so daß sie die Milch direkt vom Euter hineinströmen lassen konnte. Und die Kanne anschließend in das große Tuch einschlug, damit sich die Stallwärme auf dem Heimweg hielt. Und die Magd lächelte allwissend und versprach, sie wolle die Milch wohl warm halten.

Er verschwendete keinen Gedanken an das, was die muntere Magd bemerkte oder nicht bemerkte. Sie war von außerhalb und erst seit einigen Wochen auf Borgland. Es hieß, sie käme von weiter südlich. Ja, ja, auch gut. Ihre hübsche Gestalt war ihm keinen Blick wert. Er stellte lediglich die Kanne im Kuhstall ab und holte sie nach einer Weile wieder, gefüllt mit Milch und in das Tuch eingewickelt, das er daneben gelegt hatte. Er sehnte sich nicht nach dem Dämmerlicht im Stall, sondern nach dem strahlenden Schimmern der Prismen der Kronleuchter in den hellen Räumen.

Dorthinein wollte er. Ins Licht, dessen Widerschein er als

weißes Rechteck im Schnee unter dem Fenster sehen konnte, wenn er die Tür des Kuhstalls hinter sich schloß. Er brauchte dort nur einen Augenblick zu stehen, nur geistesabwesend mit dem Haken zu fummeln und ihn in den stabilen Krampen zu legen, um sich dann aber zusammenzunehmen und ihn wieder hochzuheben, denn liebe Güte! er wollte doch nicht die Magd einschließen!

Nur ein Augenblick – der allerdings von so unerträglicher Spannung erfüllt war, daß er ihm wie eine Ewigkeit vorkam –, dann glitt rasch ein Schatten über das Lichtviereck im Schnee. Das war *sie*, das war Gunnhild, die am Fenster gesessen und gewartet hatte und nun in der Türöffnung erschien und ihn zu sich winkte.

In gewisser Weise war es, als wäre er wieder ein Junge. Unzählige Male hatte er unten an der Treppe gestanden und ihren Rücken durch die schwere, sorgfältig ausgearbeitete Tür verschwinden sehen. Mehrere Jahre lang hatte er sie von der Schule nach Hause begleitet – warum hatte er das getan, sie bat ihn doch nie darum? Er hatte sie auf dem Weg zum Hof begleitet, ganz bis hin zur Treppe, ohne daß sie ihn jemals ins Haus bat. Das hatte er auch gar nicht erwartet, er kannte kein Kind, das auf Borgland je im Haus gewesen war.

Um so verblüffter war er an jenem Tag gewesen, als sie sich plötzlich in der Tür umdrehte und ihm zuwinkte. Er hatte die Mütze abgenommen und sie in der Aufregung auf die unterste Treppenstufe geworfen. Als er später herauskam, hatte die Hofkatze die Kopfbedeckung erobert und thronte mit einem so selbstverständlichen Eigentumsanspruch darauf, daß er handgreiflich werden mußte, um seine Mütze wiederzubekommen.

Heute genau wie damals als Junge zog er die Stiefel draußen im Windfang aus, ehe er über die hohe Schwelle auf den Flur trat. Und heute wie damals nahm er die Stiefel mit – nicht wie damals hoch in ihr Zimmer, sondern in die Küche, wo er sie auf ihre Bitte hin neben dem Ofen auf eine ausgelegte Zeitung stellte.

Es war, als ginge er geradewegs in den Berg zu den Erdgeistern, als ginge er ins Allerheiligste, in einen griechischen Tempel. An einen Ort, an dem er die fremde eigene Haut abwerfen und sich ganz der Pflege der Künste widmen konnte, die so erhaben und wunderbar waren, daß überhaupt kein Raum blieb für niedrige menschliche Gefühle wie Reue und Schuld. Damals nicht.

Aber später auf dem Heimweg, mit der Milchkanne im Rucksack, da starrte er dann manchmal hinauf zum Mond und hätte am liebsten geheult wie ein Wolf. Das kalte Licht verströmte Einsamkeit über alles, über die verschneiten Büsche und Bäume, die sich unter der Last des Schnees neigten und leblose Schatten warfen. In gleichmäßigem Tempo bewegte sich sein eigener Schatten über die erhellte Fläche, begleitet vom Knirschen der Skier und vom Laut des rhythmischen Einstechens der Skistöcke in den verharschten Schnee.

Das Licht aus den Zimmern auf Borgland war verschwunden. Er war aus dem Berg hinausgeworfen worden, aus dem Allerheiligsten, dem Tabernakel. Gunnhild war nicht länger die strahlende, lebenswichtige Sonne. Doch, sie war es doch! Darauf beharrte er. Lebenswichtig wie die Sonne. Er konnte nicht leben, nicht atmen ohne sie. Glaubte er das? Ja, denn er hatte es ja getan. Je größer der Betrug, um so größer mußte wohl der Glaube sein.

Draußen unter dem dunklen Nachthimmel, weit weg von dem Kristallüster, wurde Gunnhild dennoch wieder mehr zum Mond, mit dem kalten Licht des Mondes auf dem schwarzen Haar, mit der Rätselhaftigkeit des Mondes in ihrem geistesabwesenden Blick und mit seinem launenhaften Wechsel des beständigen Ab- und Zunehmens.

Es erschreckte ihn nicht. So kannte er sie. So war sie schon immer gewesen, nah und fern zur gleichen Zeit. Es sollten noch viele Jahre vergehen, ehe er endgültig begriff, daß dieses unerklärliche Licht, das sie ausstrahlte, nicht aus ihrem eigenen Innern stammte, sondern aus der sonderbaren Fähigkeit, das Licht anderer zu reflektieren.

In Kanada geht langsam der Mond über den Baumgipfeln auf. Sein schiefes Lächeln ist dort irgendwie anders als zu Hause, wenn er dort über dem Hügelkamm aufsteigt. Oder ist das vielleicht nur Einbildung? Der Mond ist doch bestimmt überall derselbe, denkt er auf seinem Baumstamm.

In diesem Moment denkt er bestimmt nicht daran, was Gunnhild mit dem Mond gemein hat. Für ihn ist sie immer noch ein Mensch, auf den er vertrauen kann, ein Mensch, der ihm in der Kindheit nahegestanden hat und dem er sich immer noch fest verbunden fühlt, auf merkwürdige Weise. Er versucht sie zu vergessen, so wie er versucht, Signe zu vergessen und seinen eigenen Verrat. Aber als seine Mutter vorschlägt, seine und Signes Tochter bei Gunnhild und ihrem Mann auf Borgland aufwachsen zu lassen, hat er nichts dagegen einzuwenden. In seinen Augen ist das wie ein Fingerzeig des Schicksals. Sie hat keine eigenen Kinder bekommen. Seine wollte sie nie haben. Jetzt bekommt sie dennoch sein Kind.

Gibt es wirklich niemanden sonst, der sich der Tochter annehmen kann? Niemanden aus der Familie? Nein, es gibt sonst niemanden. Seine Schwester ist auf die andere Seite der Erde gezogen und führt ihren Briefen nach zu urteilen ein gutes Leben mit den Ihren. Er wird Onkel, wieder und wieder. Bilder von Babys mit zerzausten Haaren, die lustige Grimassen schneiden. Er legt sie beiseite, kaum, daß er sie anschaut, und ärgert sich, an einem Familienleben teilhaben zu müssen, gegen das er sich doch so heftig schützt. Von Signes Familie hört er nichts.

Zu Hause wird das Land besetzt. Sein Bruder ist aktiv im Widerstand und hat an Wichtigeres zu denken als an die kleine Nichte. Seine Mutter hat alle Hände voll zu tun mit dem Laden, für den sie die Verantwortung übernehmen muß, und mit dem kranken Ehemann, dem es zunehmend schlechter geht. Es gibt niemanden außer Gunnhild. Und wenn es jemanden gegeben hätte? Hätte er dann anders entschieden?

Während der fünf Kriegsjahre hört er nichts von der Tochter. Später bekommt er einige kurze Berichte von Gunnhild, aber die werden nach und nach spärlicher. Immer wieder ist er für lange Zeit nur schwer erreichbar. Er gehört nicht zu den Eifrigsten, wenn es darum geht, Adressenänderungen weiterzugeben. Und die Postzustellung funktioniert nicht überall gleich gut.

Er fährt nach Little Norway und meldet sich dort im Trainingscamp zum Dienst. Er wird kein Pilot und hat auch nicht den Wunsch, es zu werden. Sein Platz ist an den Töpfen, er merkt sehr schnell, daß er nicht geeignet ist, Bomben auf die Köpfe anderer fallen zu lassen, ob es nun Feinde sind oder anständige Leute. Howard the coward? Nein. Für diesen Typ von Feigheit schämt er sich nicht.

Als der Krieg vorbei ist, geht er nach Australien und arbeitet mehrere Jahre auf einer Schaffarm; im Schafescheren wird er ein Meister. Er packt die Tiere, wirft sie um, hält die zappelnden Beine fest und schält das Vlies dann in langen, gleichmäßigen Zügen mit der Schneidemaschine ab.

Das eine oder andere Mädchen wird wohl auch schwach, er ist immer noch ein gesunder junger Mann. Aber sie hinterlassen bei ihm nur wenige Spuren. Er kann von ihnen gar nicht schnell genug wieder wegkommen. Sie sind ihm gleichgültig, und er erinnert sich an nichts.

Die trostlosen Nächte hingegen, die sind voller Erinnerungen. Dann erinnert er sich an den verzweifelten Wettlauf mit der Zeit hügelabwärts und die ungeduldige Tour wieder aufwärts, als er das Pferd und den Schlitten mit der Hebamme förmlich hinter sich her zerrte. Er erinnert sich an die Sterne am Himmel und die Schatten der Bäume auf dem weißen Neuschnee. Er erinnert sich daran, wie es aussieht, wenn der volle Mond über der Hügelkette hängt, und dann unternimmt er einen weiteren gezielten Versuch, sich zu betrinken, bis ihn der Schlaf endlich übermannt. Und er läßt sich von Träumen in Stücke reißen, erwacht mit ruheloser Angst, die ihn beinahe um den Verstand bringt. Er erinnert sich an die Feldblumensträuße, die sie in jenem letzten Sommer pflückte, als der Bauch noch nicht so groß war, so daß sie sich leicht bücken und die dünnen Stiele ganz unten an der Erde abpflücken konnte. Manches Mal sind die Erinnerungen so klar und deutlich, daß er den Duft der Blumen wahrzunehmen meint. Und er fängt an, sich an ihre Geschichten zu erinnern.

In Australien sind die Blumen anders, und darüber ist er froh. Nach Signes Tod werden noch viele Jahre vergehen, ehe er die Freude von einst an norwegischen Feldblumen wiederfindet. Ein Kind wird ihm dabei helfen. Aber davor geht noch einmal etwas gründlich schief. Und es vergehen mehr als zwanzig Jahre.

Was ihn in diesen Jahren im Ausland gerettet hat, sind in erster Linie die Geschichten, sowohl diejenigen, an die er sich aus der Schulzeit erinnert, als auch die aus Büchern, die er gelesen, und die, die seine Großmutter erzählt hat. Und dann die, die er sich ausdachte, nach einer Weile hatte er damit angefangen. Er wird ein Geschichtenerzähler, nicht so einer, der in lustigen Runden Witze und Anekdoten von sich gibt, sondern einer von denen, die man erst locken muß und von denen man weiß, das Zuhören lohnt sich, wenn sie erst einmal richtig in Schwung sind.

Aber seine eigenen Erinnerungen will er mit niemandem teilen. Nicht einmal mit der Schwester auf den Galapagosinseln, zu der er allmählich ein enges Verhältnis entwickelt hat, erst über Briefe, später auch rein geographisch, als er sich dort niederließ. Wie sollte er sie auch teilen? Er, der so gründlich alle Brücken hinter sich abgebrochen hatte, daß es ihm lange Zeit sogar gelungen war, die Flüsse zu vergessen, über die sie gebaut waren, und das Land, in das sie führen konnten – wie sollte er seine Erinnerungen teilen?

Ist es möglich, ganz von vorn anzufangen? Alle Erinnerungen tief auf dem Grund des Gedächtnisses wie in einer Truhe zu verschließen und Schicht auf Schicht neue darüber zu lagern? Sich ein ganz neues Leben zu gestalten? Auf Anekdoten aufgebaut, auf Erlebnisse und neue Freundschaften unter anderen Himmeln, so sorgfältig gestaltet, daß sie am Ende diese zarten Erinnerungen unten auf dem Grund vollständig bedecken? Die so weh tun, wenn man versehentlich daran rührt? Ja, das ist möglich.

Mit der Zeit dachte Håvard immer seltener an die Vergangenheit. Nur dann und wann holte ihn die Erinnerung an helle norwegische Sommertage ein. Dann sah er das Gesicht mit den runden Brillengläsern. Er hörte das Lachen, das an die geknüpften Fransen ihres Seidenkopftuchs erinnert, er sah den Bauch vor sich, der sich verheißungsvoll unter dem karierten Kleid vorwölbte. Und er sah die Angst in ihren Augen am letzten Tag.

Um sich zu schützen, griff er dann zu den Geschichten. Die waren im Gedächtnis gespeichert, wo sie sich entwickelten und ineinander übergingen und wo stets neue entstanden, wie das bei guten Geschichten so ist. Am Ende hatte er bestimmt für jede Gelegenheit eine parat, auf die er zurückgreifen konnte. Die Truhe war voll, aber noch ahnte er nicht, wie gut er den Vorrat einmal würde brauchen können.

17

»Liebster bester Großvater, ja bist du denn verrückt geworden!« Ich bin hellauf begeistert, und dazu habe ich auch allen Grund. Denn sobald ich das glänzende Fahrrad auf der anderen Seite des Gattertors entdecke, ist mir klar: Das ist für mich. Natürlich behauptet Großvater, er bräuchte ein neues, statt des alten Drahtesels, auf dem ich sitze, aber ich lasse mich nicht hinters Licht führen. All mein Schmeicheln, liebster bester herzensguter Großvater, all mein Schmusen, die Küßchen auf den Trollmund und all mein Dem-Troll-ums-Hosenbein-Streichen, ist nicht umsonst gewesen. Was heißen soll, meine ausgeklügelte List war vollkommen überflüssig, denn ein Fahrrad hätte ich auch dann bekommen, wenn ich nicht darum gebeten hätte.

Aber davon weiß ich nichts, denn anders als Großvater denke ich nicht darüber nach, wie ich den langen Schulweg zurücklegen soll. Ich habe schon den Verdacht, daß die Prinzessinnen in Großvaters Geschichten nicht umsonst so eifrig zur Schule gehen, sondern daß das mit mir zu tun hat. Aber noch habe ich nicht die richtigen Schlüsse daraus gezogen.

Die Wichtel und Trolle, Zwerge und Kobolde, Erdgeister und Nöcks, alle gehen inzwischen zur Schule. Ja sogar König Drosselbart muß eine Weile die Schulbank drücken, ehe er losziehen darf, um die naseweise Prinzessin von ihrem Hochmut zu befreien.

»Wer nicht in die Schule gegangen ist, der kann sowieso niemandem über den Mund fahren, und schon gar nicht einer naseweisen Prinzessin, die nie um eine Antwort verlegen ist«, sagt Großvater.

»Ach, von mir läßt du dir doch häufig mal über den Mund fahren.« Ich bin nicht so leicht davon zu überzeugen, daß es ein Segen sein soll, in die Schule zu gehen, obwohl ich ziemlich neugierig bin. Aber noch ist nicht klipp und klar ausgesprochen, daß es um mich geht.

Warum war er so vorsichtig? Warum ging er so behutsam vor? Weil er um das Erschrecken wußte. Wer lange im Berg gelebt hat, erschrickt, wenn der Fels sich öffnet und das helle Sonnenlicht die Augen blendet. Hatte er Angst, daß ich platzen würde wie der Troll, den die aufgehende Sonne trifft?

Jede Nacht hatte ich Alpträume, und oft auch am Tage. Die Nachtbilder – sie erschienen in immer neuen Varianten – fielen ohne Vorwarnung in meinen Kopf. Sie entzogen mir so wirkungsvoll das Gefühl von Geborgenheit und Vertrauen wie das große Messer, das inzwischen regelmäßig kurz aufblitzte. Es hätte einem weichen Hasenkind das Fell abziehen können. Sobald sie verschwanden, waren sie so vollkommen weg wie der Troll, wenn die Sonne aufgeht. Nur konnte ich mich mittlerweile erinnern – nicht, daß es die Bilder gab, aber daß sie kommen konnten. Und davor fürchtete ich mich. Um diese Angst im Zaum zu halten, mußte Großvater mehr und mehr Phantasie und Geduld aufwenden.

Er ließ sich einen Telefonanschluß legen und bestellte die Waren im Laden. Als die Leitungen gelegt wurden, müssen wir am See gezeltet haben, denn ich weiß noch, daß wir das in jenem Sommer taten, aber an die Telefontechniker erinnere ich mich nicht. Bis ich das Klingeln des Telefons kennenlernte, sollten noch Wochen vergehen. Wer hätte Großvater und mich auch anrufen sollen? Prinzessinnen und Trolle haben nie ein Telefon gehabt, und Aschenputtel auch nicht.

Die Waren wurden bis zur anderen Seite des Gattertors angeliefert. Dort holten Großvater und ich sie mit dem Fahrrad, wir schoben sie den Berg hoch und bis um die letzte Kurve. Manchmal ließen wir sie erst mal stehen und gingen auf dem Weg weiter, um uns bei anständigen Leuten anzuschleichen. Wir müssen uns stundenlang im Gebüsch versteckt und den beiden Kindern zugesehen haben, die auf dem Hof unterhalb von uns spielten. Manchmal kam ihre Mutter aus dem Haus und redete mit ihnen. Oder wir hörten ihre Stimme durch ein offenes Fenster. Der Klang der Frauenstimme weckte keine Erinnerungen in mir, nur eine Art vager Unruhe, worauf ich stets näher an Großvater heranrückte.

Selbstverständlich war ich schrecklich neugierig auf die beiden Kinder, am meisten, ganz klar, auf das kleine Mädchen. Wenn wir wieder zu Hause waren, spielte ich, daß ich sie war. Großvater hatte mir erzählt, sie hieße Ragna. Er mußte in unserem Rollenspiel Aksel sein, ihr kleiner Bruder. Das konnte mehrere Tage dauern und gestaltete das

Verhältnis zwischen Großvater und mir etwas anstrengend, weil es unsere Gespräche in eine bestimmte Richtung drängte. Außerdem geriet mein Sinn für das Machtgleichgewicht ins Wanken.

»*Du* kannst doch Ragna nicht befehlen, ins Bett zu gehen! Du bist ihr kleiner Bruder. Geh doch selbst ins Bett!« entgegnete ich in energischem Ton. Und ich wurde furchtbar wütend, als Großvater, der das ganze Spiel leid war, mich buchstäblich aus der Rolle hob und ins Bett trug. Da mußte schon eine sehr gute Geschichte her, um mich zu besänftigen.

Und die Geschichten waren zu der Zeit beileibe nicht alle »gut«, ganz im Gegenteil. Etwas Neues und Beängstigendes hatte sich in unsere Märchenwelt eingeschlichen, und ich konnte nicht verstehen, was das war. Als wären die Trolle noch schlimmer als vorher, aber die Prinzessinnen keine richtigen Prinzessinnen mehr. Rumpelstilzchen war wohl anderweitig beschäftigt, und der starke Hans hatte etwas von seiner unermeßlichen Stärke eingebüßt. Wir zwei mußten uns mehr und mehr auf eigene Faust zurechtfinden, Großvater und ich, und je tiefer wir in den Berg kamen, um so dunkler wurde es.

»Wo wollen wir hin, Großvater, liebster bester Großvater, wohin gehen wir denn?«

»Wir müssen ganz tief in den Berg hineingehen, mein Kind.«

»Aber da will ich nicht hin, Großvater, da wohnt ein gefährlicher Troll!«

»Wir müssen trotzdem dorthin. Das ist der Weg, dem wir folgen müssen, um wieder ans Licht zu gelangen.«

»Ja, aber Großvater, lieber Großvater, wer soll uns denn helfen?«

»Niemand wird uns helfen, wir werden uns selbst helfen.«

»Können wir denn den Troll töten?«

»Aber ganz bestimmt! Du weißt doch, wie stark dein Großvater ist. Ich werde dem Troll den Garaus machen. Aber jetzt mußt du erst einmal schlafen, mein Prinzeßchen.«

»Ja, aber morgen, Großvater, morgen machen wir dem Troll den Garaus, abgemacht?«

»Nein, morgen noch nicht, mein Kleines, aber ein andermal.«

»Dauert es noch lange?«

»Nein, ich glaube, das dauert nicht mehr lange.«

»Fürchte ich mich dann noch mehr?«

»Nein, wenn wir dem Troll erst einmal den Garaus gemacht haben, dann fürchtest du dich nicht mehr.«

»Nie mehr?«

»Nein, nie mehr. Schlaf jetzt.«

So führte er mich. Mit der Schläue des tapferen Schneiderleins und der Stärke des jungen Riesen unerbittlich, Schritt für Schritt näher hin zu meiner eigenen entsetzlichen Geschichte.

18

Sie bittet ihn nicht, es nicht zu tun. Sie sagt nicht, er solle aufhören, möge verschwinden. Sie sagt nicht, daß das, was er tut, böse ist. Sie sagt nicht einmal, daß sie es nicht mag.

Sie sagt gar nichts.

Wenn er heimlich zu ihr kommt, rutscht ihr magerer Körper noch näher an die Wand – ist das überhaupt möglich, noch näher? –, um ihm Platz zu machen. Ihr Körper ist steif und kalt, beinahe klamm. Er fragt, ob sie friert, und legt den Arm um sie. Will sie an sich ziehen, aber sie dreht sich nicht um. Sie dreht sich nie zu ihm um, liegt einfach nur steif auf dem Rücken, das Gesicht zur Wand gedreht, und läßt ihn kommen.

»Oh mein Gott! Oh mein Gott!«

Ehe er sich zurückzieht, gibt er ihr einen der Lappen, die unter dem Kopfkissen versteckt sind. Sie selbst hat sie passend zugeschnitten, das weiß er. Anschließend verbrennt sie die Lappen, das weiß er auch. Denn *sie* darf nichts davon wissen, darf nicht den leisesten Verdacht schöpfen, darin sind sie sich einig.

Nicht wahr, darin sind sie sich einig? Denn wenn *sie* davon erfährt, bringt sie bestimmt alle beide um, bestimmt.

Er schließt leise die Tür hinter sich, wenn er geht. Mit trockenen Augen liegt das Kind da und preßt den Lappen in den Schritt. Sie schaut ihm nicht nach.

Einige Nächte später ist er wieder da.

»Oh mein Gott! Oh mein Gott!«

Aber Gott wendet dem Geschehen den Rücken zu. Das hier ist das Werk des Teufels.

19

Großvater bringt mir das Radfahren bei. Ich bin heute nicht Ragna, denn Ragna kann schon Fahrrad fahren, das habe ich gesehen, als wir uns angeschlichen haben. Wäre ich Ragna, wäre außerdem Großvater ihr kleiner Bruder

Aksel und könnte ihr nicht gut das Radfahren beibringen, Aksel kann es schließlich selbst nicht.

Ich habe unter dem Haselstrauch gesessen und zugesehen, wie Ragna mit beiden Händen am Gepäckträger immer im Kreis gerannt ist, während Aksel auf ihrem blauen Mädchenfahrrad hin und her wackelte. Am Ende fielen sie alle beide um und taten sich weh, und die Mutter kam aus dem Haus und tröstete sie. Ich kroch dichter zu Großvater hin, als die Frau ihre Kinder in den Arm nahm und drückte und sie beide ins Haus brachte. Das war ein Gefühl, wie von ganz weit entfernt gerufen zu werden. Das fühlte sich komisch an, ein bißchen schwindelig wie beim Fallen.

Ich falle nicht, denn Großvater ist geschickt, beim Halten des Rades ist er geschickter als Ragna. Er zeigt mir, wie ich Schwung nehmen soll, so daß wir in einem großen Bogen um den Baum auf dem Hof fahren können. Aber nach einiger Zeit wird ihm schwindlig, und damit er wieder einen klaren Kopf bekommt, muß er sich auf die Treppe setzen. Er darf der König sein, der auf der Schwelle zum Schloß sitzt und an seiner Pfeife zieht, bis er aufs neue mit mir Runden drehen kann.

Ich kann es immer besser, bald bin ich soweit, das merke ich selbst. Aber ich bin ein liebes Mädchen und drängele nicht, ich lasse Großvater in Ruhe auf der Schwelle sitzen und seine Pfeife schmauchen, sooft er sich nach den Runden um den Ahorn auf dem Hof ausruhen muß. Ich schiebe das Fahrrad auf dem Hof hin und her. Ich bremse mit der Handbremse, und ich klingele mit der schicken Klingel. Ich stelle den Ständer auf und gehe bewundernd um das Fahrrad herum, das sich mit schräggestelltem Lenker so flott zu einer Seite lehnt. Mein Fahrrad ist kleiner als Großvaters, aber groß ist es trotzdem. Ich muß das Bein hoch über den

Rahmen heben, um mit einem Bein auf jeder Seite des Rades zu stehen. Das ist schwierig. Als ich es zum ersten Mal versuche, kippt das Fahrrad mit mir um, und Großvater muß sich von der Schwelle erheben und mir helfen. Aber nach und nach gelingt es mir immer besser, das Bein vor und zurück über den Bogen des Rahmens zu heben. Ich stehe mit einem Bein auf jeder Seite und klingele mit der glänzenden Fahrradklingel. »Klingeling, Großvater, jetzt mußt du kommen. Hörst du denn nicht, daß ich klingele?«

Aber Großvater ist für einen Moment von der Treppe verschwunden, vielleicht ist er hineingegangen, um sich für seine Pfeife aus der Tabakdose ganz oben im Schrank Nachschub zu holen. Und obwohl er gesagt hat, ich sei noch nicht geschickt genug – ich würde umfallen und mir weh tun und mir blaue Flecken holen, wenn ich versuchte, alleine Fahrrad zu fahren –, kann ich der Versuchung nicht widerstehen. Ich trete auf die eine Pedale, während sich gleichzeitig mein anderer Fuß von der Erde löst und nach der zweiten Pedale sucht.

Und dann fahre ich! Ich fahre! Ich fahre! Es geht prima, abgesehen davon, daß ich beinahe unserer besten Legehenne, die nichtsahnend pickend über den Hof läuft, den Garaus mache. Als ich an ihr vorbeifahre, höre ich ihr erschrecktes Gackern. Der Hahn starrt verdutzt herüber, und eine Schar Spatzen fliegt aufgeregt auf. Übermütig fahre ich um die Kurve.

Sie trägt dasselbe Kostüm, aber das Mehl ist weg. Mehr sehe ich nicht, der Rest sind Arme und Beine, Räder und Lenker, Handtasche, Schuhe und eine Staubwolke vom losen Sand auf dem Weg. Vielleicht hat sie einen Schrei ausgestoßen, aber sie fängt sich sofort. Ich gebe keinen Mucks von mir. Wir sitzen uns in vollkommenem Schweigen gegenüber und starren uns erschrocken an. Über das Surren des Hinterrads hinweg, das sich immer weiter dreht, kann ich hören, wie sich Großvater mit Siebenmeilenstiefeln nähert.

Nicht einmal, als ich entdecke, daß mein Knie blutet, weine ich. Starre nur die fremde Dame aus weitaufgerissenen Augen an. Aber als ich auf der Küchenbank sitze, nachdem Großvater mich ins Haus getragen hat, schluchze ich doch ein bißchen, denn als er die Schürfwunde sauber macht, brennt das. Sandkörnchen hängen in der Haut fest und müssen vorsichtig mit einem Zipfel des Handtuchs herausgelöst werden. An normalen Tagen würde eine wilde ablenkende Geschichte die Operation begleiten, aber heute wird die Wunde in tiefem Schweigen gereinigt und verpflastert. Auf Großvaters Stirn hat sich eine Falte gebildet, und ich bin schlau genug, um zu wissen, daß die Ursache dafür nicht mein verletztes Knie ist.

Die Dame wartet im Wohnzimmer. Ein Strumpf hat ein großes Loch und der Rock vorn einen Riß, aber davon abgesehen ist sie bei dem Zusammenstoß mit einigermaßen heiler Haut davongekommen. Die gewaltsame Begrüßung hat sie wohl etwas erschüttert, aber als Großvater Kaffee und Teilchen aufdeckt – ich habe früher am Tag beim Backen geholfen –, lächelt sie herzlich.

Sie ist eine unglaublich schöne Dame. Sie ist die schönste Dame, die ich je gesehen habe, schöner als Ragnas Mutter – die einzige, die ich sonst kenne – und noch schöner als die Prinzessin im Märchen von den wilden Schwänen. Denn versteckt hinter Großvaters Rücken, werfe ich insgeheim einen Blick auf sie, aber als sie zu mir herschaut, ziehe ich den Kopf schnell zurück.

Ich muß mich wie eine Dreijährige benommen haben,

aber Großvater war so klug, nicht von mir zu verlangen, ich solle mich wie ein großes Mädchen mit an den Tisch setzen. Nicht einmal, als ich still vom Stuhl rutschte und mich unter dem Tisch zwischen seine Knie setzte, protestierte er. Mit seinen großen Schuhen drückte er mich nur ein bißchen von beiden Seiten. Das war wie ein geheimes Zeichen: Ich passe auf dich auf, dir kann nichts passieren.

Die Tischdecke hängt so lang herunter, daß ein Zipfel auf ihren Beinen liegt. Beim Loch im Strumpf hat sich eine Laufmasche gebildet, die sieht aus wie eine Leiter, auf der winzigkleine Tiere hinaufklettern könnten. Eine Laus oder ein Floh oder vielleicht eine Ameise. Die Leiter verschwindet unter dem blauen Rocksaum. Die Dame duftet anders als Großvater, milder. Der Duft erinnert mich an Blumen und an etwas anderes.

Und plötzlich weiß ich es wieder. Es ist nichts Bestimmtes, kein bestimmtes Ereignis oder Geschehen, sondern eine Stimmung. Mit dem Nachtbild hat das nichts zu tun, und deshalb erschreckt es mich nicht. Eigentlich ist es auch nicht etwas, das ich erinnere, ich spüre es eher: Es hat eine Zeit gegeben, da streckte ich meine Arme freudig jemandem entgegen, da waren andere Menschen in meiner Umgebung, andere als Großvater. Auch nicht die phantastischen Gestalten, mit denen Großvater in den letzten Jahren mein Leben bevölkert hat, sondern anständige Leute wie Ragna und ihre Mutter. Und es hat eine Zeit gegeben, als mir der Gedanke daran keinen solchen Schrecken einjagte.

Eine Hand der Dame ist unter den Tisch gekommen. Sie zupft ein bißchen an einem Strumpf, an dem mit dem Loch, ehe sie still auf dem Knie liegen bleibt. Die Hand hat dünne Finger mit hellroten Nägeln. An einem der Finger steckt ein glatter Ring.

Ich höre die Stimmen durch die Tischplatte, aber aus dem einen oder anderen Grund verstehe ich nicht, was sie sagen. Bin auch nicht neugierig darauf. Ich höre leises Klirren, wenn sie die Kaffeetasse auf der Untertasse abstellen. Die Beine der Dame stehen dicht nebeneinander, ihre Hand liegt ganz ruhig auf dem Knie. Im Nachtbild habe ich Angst vor Händen, aber das Nachtbild ist weit weg, und diese Hand erschreckt mich nicht. Ich habe dies hier schon einmal erlebt, das weiß ich. In meinem Leben hat es Frauenhände gegeben, die haben für mich gesorgt und die waren gut zu mir. Aber das war vor Großvater.

Und dann ist das Nachtbild doch da. Aber dieses Mal fürchte ich mich nicht so schrecklich, denn es ist ein anderes Bild. Die Teddys auf der Bettdecke sind die gleichen, aber die Hände sind andere. Es sind die Hände der Dame, nein, nicht ganz, denn sie tragen keinen Ring. Sie sind auch nicht so hübsch, aber sie sind genauso freundlich, und ich strecke ihnen beide Arme entgegen. Von meinem Platz zwischen Großvaters Beinen unter dem Tisch strecke ich eine Hand aus und berühre vorsichtig die Finger der Dame.

»Mama«, weine ich.

20

In den Tagen nach dem ersten Mal kann er sich nicht im Spiegel anschauen. Deshalb schneidet er sich am Sonntagmorgen beim Rasieren ziemlich. Er flucht und klebt ein Stückchen Papier auf die Stelle, bevor er frühstücken geht. Seit langem ist das Frühstück am Sonntagmorgen für ihn das Schlimmste. Sonntags ist es auf Borgland so still. Und ihre Nähe empfindet er als ebenso zudringlich wie das rote Datum im Kalender. An den schwarzen Wochentagen kann man sich leichter aus dem Weg gehen.

Ihr fällt das blutige Papierstückchen bestimmt gar nicht auf, aber das Kind schaut ihn kurz fragend an, ehe es die Augen wieder auf den Teller richtet. Auf den wird das Essen gelegt. Eine Scheibe Brot mit Kaviar zu dem gekochten Ei, das im Eierbecher neben dem Milchglas steht.

»Iß.«

Die Stimme hat nichts Warmes, kalt ist sie allerdings auch nicht. Aber etwas fehlt, etwas, das dasein müßte. Er kann nicht recht sagen, was. Das Mädchen ißt sein Frühstück.

Ein Kind dürfte nicht so ... so still sein, denkt Georg und spürt plötzlich eine Wut auf das introvertierte kleine Mädchen, das sich schweigend über den Teller beugt und sein Brot ißt. Er weiß, daß sie keinen Kaviar mag. Frag ihn nicht, woher er das weiß, denn soweit er sich erinnern kann, hat sie nie etwas davon gesagt. Aber er weiß es. Sie kann Kaviar nicht ausstehen. Genau wie er selbst auch Kaviar nicht ausstehen kann. Und trotzdem sitzen sie jeden Sonntag – an jedem verdammten, verwünschten Sonntagmorgen – beim Frühstück und essen zum weichgekochten Ei ein Stück Brot mit Kaviar. So ist es. So soll es sein. Sie hat das entschieden.

Hat er je protestiert? Gegen Kaviar oder das Ei – das weicher ist, als er es mag, vermutlich auch, als das Kind es mag – mag sie es gern so? Oder gegen die anderen geregelten Abläufe, die ungeschriebenen Gesetze, die sein Leben bestimmen? Nie. Jetzt auch nicht mehr. Es ist lange her, seit er merkte, daß es die Mühe nicht wert war.

Am Anfang hatte ihn ihre Unbeugsamkeit fasziniert, diese

stille Stärke, diese Fähigkeit, immer recht zu haben, selbstredend. Wie lange dauerte es, bis er merkte, daß dieser Mangel, diese fehlende Fähigkeit, sich von anderen beeinflussen zu lassen, nicht auf innerer Stärke beruhte, sondern auf mehr oder weniger absoluter Gleichgültigkeit ihrer Umgebung gegenüber?

Es hat so lange gedauert, daß die Erkenntnis bis heute nicht ganz zu ihm vorgedrungen ist. Und das wird sie auch nie. Georg, Großbauer auf Borgland, wird viel zu früh sterben, kaum fünfzig Jahre alt, die Lungen voller flüssiger Silage und das Herz voller ungeklärter Gefühle für eine Ehefrau, die seinem Sarg sehr aufrecht folgen und keine Träne wegen des Unfalls vergießen wird. Das Mädchen wird nicht dabeisein. Sie ist verhindert, und die Götter mögen wissen, ob sie sich die Mühe gemacht hätte, wenn es ihr möglich gewesen wäre.

Das weiß er natürlich nicht, daran denkt er nicht. Er denkt an das Frühstücksei, das zu weich ist, und an den verwünschten Kaviar, den er nicht mag, aber trotzdem aus der Tube drückt und in großen orangefarbenen Mustern auf der Brotscheibe verteilt. Er denkt an die Kuh, die kalben soll, und hofft, daß es nicht heute nacht soweit ist, denn er ist so ungern nachts allein im Kuhstall. Er denkt, daß er in der kommenden Woche düngen muß, und er denkt, daß er das Mädchen mitnehmen kann. Sie kann auf dem breiten Pferderücken sitzen, ein dünnes Bein auf jeder Seite. Für einen Moment hat er das Bild vor Augen, spürt seine Lust.

Und eigentlich ohne den Wunsch, das Teufelswerk zu vollführen, haucht er stumm übers Ei: Oh Gott! Oh Gott!

»Sei so nett und reich mir das Salz«, sagt er sanft zu dem kleinen Mädchen. Und ohne aufzusehen, reicht es ihm das Salz.

21

In den Tagen, nachdem die fremde Frau bei uns gewesen ist, bin ich sehr nachdenklich.

»Wer bist du jetzt, kleine Goldkönigin, Perlenkönigin?« Großvater muß über mich steigen, denn ich sitze auf dem Treppenstein. An sich sitze ich dort selten allein, wenn Großvater zu Hause ist. In der letzten Zeit ist er gar nicht weg gewesen. Es ist so lange her, seit ich auf meinem Handtuch gesessen und gewartet habe, daß ich bald gar nicht mehr weiß, wie das ist. Heute macht es mir Spaß, auf der Stufe zu sitzen.

»Ich bin ein Troll, der denkt«, antworte ich ernst. Großvater stutzt, aber er geht weiter, ohne etwas zu sagen. Nach einer Weile kommt er mit dem Eierkorb, einem Eimer mit lauwarmem Wasser und zwei Lappen zum Eierabwischen aus der Küche. Wir waschen Eier und setzen sie in den Eierkarton, den er unter dem gewaltigen Treppenstein, den der Troll einst brachte, auf die Erde gestellt hat. Es sind viele Eier, denn die Hühner legen wieder besser. Wenn wir alle abgewischt haben, muß ich sie zählen, und dann nimmt Großvater die zwei weg, die wir zu Abend essen, und ich muß herausfinden, wie viele es dann noch im Karton sind. So haben wir das in der letzten Zeit gemacht. Das ist wie zur Schule gehen, hat Großvater gesagt.

»Waschen die dort Eier?«

»Nein, du Dummerchen, das nicht, aber sie zählen! Sie zählen und rechnen und schreiben Zahlen.«

Aber heute reden wir nicht von Zahlen. Wir reden von nichts. Wir nehmen nur ein Ei nach dem anderen vorsichtig aus dem Korb zwischen uns, reiben den Schmutz ab und manchmal eine kleine Daunenfeder, die in der leichten

Brise davonfliegt, und dann beugen wir uns vor und legen das Ei, weiß und sauber, zu den anderen in den Karton auf der Erde.

Die Zeit vergeht. Es vergehen hundert Jahre.

»Und woran denkt ein Troll, der nachdenkt?« fragt Großvater schließlich. Wieder vergehen hundert Jahre. Ich wische und wische an dem Ei. Sorgfältig nehme ich eine winzige weiße Daunenfeder und halte sie zwischen Daumen und Zeigefinger hoch. Der Wind ist so schwach, daß er kaum zu spüren ist. Aber als ich sie loslasse, ergreift er die Feder trotzdem, er hebt die fast unsichtbare Daune zum Himmel, schwingt sie zu einem kleinen Tanz im Kreise und läßt sie endlich vorsichtig auf den Rücken eines der Hühner gleiten. Vielleicht ist es dasjenige, das auch das Ei gelegt hat? Vielleicht ist es die Daune dieses Huhns! Vielleicht ist die kleine Feder wieder heimgekehrt?

Ich starre auf die Daune, die sich unter einer der Federn verhakt hat. Ich starre auf das Huhn, das herumspaziert und pickt. Ich starre auf das Ei in meiner Hand.

»Der denkt an seine Mutter«, sage ich leise. Und wieder vergehen hundert Jahre. Großvater wischt und wischt. Ich wische und wische. Die Hühner spazieren herum und pikken. Die Daune sehe ich nicht mehr. Vielleicht ist sie an ihren Platz zwischen die Federn gerutscht, dort, wo sie zu Hause ist. Oder der Wind hat sie davongetragen. Weit weg in ferne Reiche und Länder.

»Ah ja«, sagt Großvater und setzt das saubere Ei in den Karton.

»Ah ja«, sagt er wieder, spült den Lappen im Eimer mit dem lauwarmen Wasser und wringt ihn aus. Aber als er seufzt und zum dritten Mal »ah ja« sagt, ist mir klar, daß er nicht vorhat, eine Geschichte vom Troll zu erzählen, der an seine Mutter denkt. Er scheint tatsächlich einmal keine Geschichte parat zu haben.

Er macht auch sonst keine Vorschläge. Weder für einen Angelausflug noch für eine Anschleichtour mit dem Fahrrad, noch kommt er mit guten Ideen für unser Abendessen. Großvater wischt Eier ab und ist genauso nachdenklich wie der kleine Troll an seiner Seite.

Nochmals vergehen hundert Jahre. Die Trolle, die schweigen konnten, sitzen auf dem Treppenstein, bis sich der Schatten des Ahorns über sie legt. Da sind alle Eier abgewischt und hübsch ordentlich in den Eierkarton gelegt. Es sind elf. Als Großvater die zwei weggenommen hat, die er für uns braten will, sind es noch neun. Ich zähle sie vorsichtshalber zweimal.

»Großvater, erzählst du mir das Märchen von den zwölf Wildenten?« frage ich, denn er sieht inzwischen so nachdenklich und traurig aus, daß er gut eine Geschichte brauchen kann. Und das Märchen von den zwölf Wildenten ist so schön traurig, daß es Spaß macht, traurig zu sein.

Aber Großvater will nicht von den Wildenten erzählen. Er nimmt mich dort auf dem Treppenstein auf den Schoß, und während der Wind behutsam mit dem Wipfel des Ahorns spielt, unter dem die Hühner herumspazieren und picken, während die Schönwetterwolken sich über dem Hügelkamm friedlich zusammenrollen, um bis zum nächsten Morgen zu schlafen, erzählt er mir eine lange Geschichte von meiner Mutter. Nicht die richtige Geschichte, denn die ist zu traurig, aber trotzdem eine Geschichte, die irgendwie richtig ist. Sie handelt von meiner Mutter, die sich im Moor verlaufen hat, als sie Wollgras für mein Kleid sammelte. Vor dem großen Schloß wurde sie in die Schlangengrube geworfen, weil sie die böse Königin tötete, die behauptete, sie habe ihr eigenes Kind gegessen. Aber eine dicke Tante errettete sie und holte sie dort heraus, und jetzt sitzt meine Mutter in einem Turm und spinnt goldenes Garn. Dort muß sie nun ihr Lebtag sitzen. Aber ziemlich bald werde ich die Erlaubnis bekommen, sie dort im Schloß zu besuchen, sagt Großvater und streicht mir übers Haar.

Kommt sie jetzt, die schreckliche Geschichte von meiner Mutter? Nein, noch nicht, ich bitte und bettele – bitte noch lange nicht!

Werde ich je die dicken Mauern vergessen – der Ort, an dem sie wohnte, hieß tatsächlich Schloß –, die hohen Türen mit den Schlüsseln oder den Weg, den wir von der Bushaltestelle zurücklegten, Hand in Hand unter dem Laubdach der Bäume? Den See, der so friedlich blinkte, die weißen Seerosen und die Stockenten, die nach den Brotstückchen schnappten, die wir mitgebracht hatten? Nein. Selbstverständlich werde ich mich an das alles immer erinnern.

Wie sollte ich auch dieses erste Mal vergessen? Die allererste Begegnung mit ihr?

Nein. Noch nicht. Liebster, bester Großvater, noch nicht.

22

»Ach, aber meine Liebe, nein!« sagt die Stiefmutter, wenn Liv etwas verkehrt gemacht hat. Das heißt, nicht richtig verkehrt, denn sie lernt schnell, was sie nicht darf. Aber etwas Unbedachtes, irgendeine kleine Dummheit ist ihr passiert oder eines dieser unumgänglichen Mißgeschicke von kleinen Kindern. Das Glas mit Milch umgestoßen. Im Strumpf ein Loch am Knie, ein Riß im Rock. »Ach, aber meine Liebe, nein!«

Das macht ihr schreckliche Angst. Nicht davor, hart am Arm gepackt zu werden oder einen Klaps auf den Po zu bekommen. Das empfindet sie schon beinahe als Erleichterung, denn es ist etwas Konkretes, und sie kann ihren Körper um sich herum spüren. Klar und deutlich und abgegrenzt. Der hart angepackt werden oder auf den man einen Klaps bekommen kann. Sie hat etwas verkehrt gemacht, also muß sie dafür büßen. Aber sie muß nur selten büßen.

In der Regel heißt es nur: »Aber nicht doch!« Oder wenn es richtig schlimm war: »Ach, aber meine Liebe, nein!« Die Schärfe der Stimme deutet den Umfang des Vergehens an. Und dann dieser kurze Tadel, nie wütend, nur unfreundlich: »Wisch den Tisch ab. Leg den Rock in den Nähkorb. Geh auf dein Zimmer und zieh andere Strümpfe an.«

Oder einfach nur: »Geh auf dein Zimmer ...« Das ist fast das Schlimmste.

Dort sitzt sie dann und schaut aus dem Fenster auf den Garten mit den Apfelbäumen, der sich bis nach unten zu den Feldern erstreckt, am Ende ist ein Rosenbeet. Hin und wieder sitzt eine Ringeltaube auf einem Apfelbaum, die baut auf einem der Querbalken unter dem First des Wirtschaftsgebäudes ihr Nest. Der Stiefvater will sie verjagen, weil sie die Hauswand besudelt. Aber die Taube gurrt nur ihren merkwürdig einsamen Ton und macht weiter.

Huhu, du nahmst meine Jungen, du! Du nahmst meine Jungen, du, huhu! weint die Taube an dem Tag, als der Stiefvater nach oben klettert, das Nest herunterreißt und Hühnerdraht über den Querbalken nagelt. Da weint auch Liv, denn sie hat angefangen, die Taube als ihre Freundin zu betrachten, und andere Freunde hat sie ja keine. Die Ringeltaube sitzt ein paar Tage im Baum und beklagt das Nest und die Eier. Dann bleibt sie weg.

Oft denkt Liv an das Schlimme, das sie gemacht hat, und wie sie es beim nächsten Mal richtig machen muß. Aber wenn sie es richtig macht, ist es trotzdem schlimm, denn manchmal ist das Richtige schlimm und das Schlimme richtig. Auch dieser Konflikt löst eine Angst in ihr aus, die sich kaum beherrschen läßt.

Der Stiefvater sagt nie: »Ach, aber nicht doch!« Er schimpft nie mit ihr, sondern nimmt sie mit aufs Feld, und während er düngt oder eggt, darf sie auf dem Pferd sitzen. Im Sommer läßt er sie oben auf dem Heuwagen das Heu festtrampeln. Wenn sie von der Heuladung herunterrutscht, fängt er sie auf und hält sie einen Augenblick fest und flüstert ihren Namen, ehe er sie absetzt und eilig mit der Zunge schnalzt, damit das Pferd anzieht. Auf dem Heimweg trottet sie hinter ihm her. Sein Rücken erinnert sie an die gefährlichen Nächte, aber sie will am Tag nicht daran denken. Nie werden sie sich wiederholen, das verspricht er ihr jedesmal.

Aber sie weiß, daß sie sich wiederholen, nicht oft, aber sie wiederholen sich. Wenn die Stiefmutter weg ist, kommt er. Sie ist vorbereitet und empfängt ihn. Sie widerspricht ihm nie, weder in der Nacht noch am Tage, denn er ist der einzige, den sie hat.

Sie sitzt in Gunnhilds altem Zimmer. Als sie klein war, nannte sie die Stiefmutter Nunne, aber das darf sie nicht mehr. Jetzt, wo sie groß ist, muß sie Gunnhild sagen. Nicht Mama, nicht Mutter, nicht Tante. Nur Gunnhild. Das bin ich für dich, sagt die Stiefmutter.

Georg, der Stiefvater, wäre gern ihr Vater. Sie soll immer

auf seinem Schoß sitzen, auch noch, als sie dafür zu groß ist. Aber wenn er ihrem Körper zu nahe kommt, geht sie weg, so wie ihr Spiegelbild in der glänzenden Scheibe an dem Abend, als er sich hinter sie kniete und außer Atem ans Fenster pustete. Sie will ihn nicht Vater nennen. Sie nennt ihn nichts.

Eines Tages sieht sie nach einer solchen Nacht im Garten einen kleinen Jungen. Gunnhild war weg gewesen, und als sie wiederkam, war sie sanft und freundlich und hatte Stoff mitgebracht, aus dem Liv ein neues Kleid bekommen sollte. Sie hielt den geblümten Stoff vor Liv und sagte, die Farbe stünde ihr, aber es sei doch schade, daß sie Rot nicht gut tragen könne, denn der rote Stoff, aus dem für sie selbst eine Bluse genäht werden solle, sei noch schöner. Sie drehte Liv zwischen ihren Händen und nahm Maß, rauf und runter, kreuz und quer. Es war gar nicht auszuhalten. Nur Körper und Körper und Körper. Abgegrenzt und nahe. Nur Sehnsucht und Angst. Es war unerträglich.

Es war, wie von innen mit etwas aufgefüllt zu werden, das unmöglich in Bilder oder Gedanken zu fassen war. Wie ein Katzenkind töten oder ein Taubennest mitsamt den flaumigen Jungen herunterreißen. Wie auf einen Schoß klettern und die weiche runde Brust an der Wange fühlen. Sehnsucht und Angst. Das füllte sie aus – und hätte nicht die scharfe Stimme am Ende ein kleines Loch hineingerissen, durch das sie hervorquellen konnte, wäre ihr Körper von oben nach unten aufgerissen. »Nicht doch, meine Liebe. Kannst du nicht mal stillstehen?«

Anschließend sitzt sie in ihrem Zimmer am Fenster. Der Körper hat sich wieder etwas gefaßt, aber er fühlt sich noch schwach und zittrig an. Da sieht sie den Jungen. Er steht ganz still weit unten im Garten und winkt ihr zu. Im Apfelbaum über seinem Kopf sitzt die Ringeltaube, aber sie beklagt nicht mehr ihre Jungen, die der Stiefvater ihr genommen hat. Sie sitzt nur still auf dem Ast und putzt ihr Gefieder. Der Junge ist hell und schön, er lächelt, hält den Kopf zur Seite geneigt und winkt, sie soll herunterkommen. Als aber die Krähen krächzend vom Scheunendach auffliegen und mit ihren schwarzen Flügeln schlagend näher kommen, wird der Junge dunkel und garstig. Er will, daß sie durchs Fenster springt. Aber sie bekommt Angst, legt sich aufs Bett und zieht sich die Decke über den Kopf.

Als sie später aufsteht und nach draußen geht, ist der Junge weg. Aber unter dem Rosenstrauch im Garten liegt ein Igel und schläft.

23

»Großvater, heute sollst du mir von der Zeit erzählen«, verlange ich energisch. Es ist Morgen, und er flicht mir Zöpfe, die er mit Bindfaden zubindet. An heißen Tagen, wie dieser auch zu werden verspricht, flicht er meine Haare zu Zöpfen, damit mir nicht zu warm wird. »Du hast schönes volles Haar«, sagt er, »genau wie Großmutter.« Es ist schon wieder ziemlich lang. An dem Tag vor langer Zeit, als er mich nach Hause trug, hatte er es abgeschnitten – um es den Vögeln zu schenken, damit sie sich damit Nester bauen können.

»Und lockig ist es außerdem, wie das von Trollkindern«, ergänzt er dann und zieht mich liebevoll an den Zöpfen.

»Aber Großvater«, sage ich streng, »Trollkinder haben kein lockiges Haar, das weißt du doch! Die Haare von

Trollkindern sind struppig und stehen in alle Richtungen ab. Außerdem sind ihre Haare nicht braun, sondern grau wie das Moos auf dem Fels. Das hast du mir selbst erzählt.«

Ich packe seine Ohren und gebe ihm als Dankeschön einen Kuß auf den Mund. Er muß sich anstrengen, um die Zöpfe zu flechten, weil seine Finger so kräftig sind und steif. Das kommt von dem vielen Holzfällen, sagt er.

»Du mußt dich rasieren, Großvater«, sage ich und reibe die Haut um den Mund, wo ich immer noch die piksigen Bartstoppeln spüre. Ich muß niesen, und Großvater lacht und hebt mich mit Schwung vom Küchentisch herunter, auf dem ich gesessen habe, als er mir die Haare kämmte und die Zöpfe flocht.

»Heute abend rasiere ich mich«, verspricht er und deckt den Frühstückstisch.

In tiefem Schweigen kaue ich mein Käsebrot. Die Wanduhr in der Stube tickt. Großvater trinkt seinen Kaffee und sieht aus, als wäre er ganz weit weg. Im Küchenfenster summt eine von diesen großen schwarzen Fliegen, die im Frühling unversehens wie aus dem Nichts auftauchen und im Herbst, wenn es kalt wird, genauso unvermittelt wieder im Nichts verschwinden. Falls man sie nicht vorher mit der Fliegenklatsche erwischt hat. Oder sie liegen auf dem Rücken und drehen sich summend in einem sonderbaren Todestanz, ehe sie schließlich ganz still werden und dabei ein winziges Stück Zeit mit sich nehmen. Ich wische sie auf meine Hand, und bevor ich die Tür öffne und die kleine Tierleiche aufs Gras beim Treppenstein puste, spüre ich – wie einen Hauch – die flüchtige Berührung auf der empfindlichen Haut der Handfläche. Dann ist die Fliege weg. Weg, als wäre sie nie gewesen.

»Du sollst mir was von der Zeit erzählen«, wiederhole

ich, als ich meine Tasse und den Teller auf den Spültisch räume, wie Großvater es mir beigebracht hat. Dort steht schmutziges Geschirr aufgestapelt und wartet darauf, daß Großvater und ich es in der gelben Schüssel abwaschen und in die Küchenschränke räumen. Die stets rückwärts gewandten Stapel, die wachsen und verschwinden, haben auch etwas mit Zeit zu tun.

»Du verstehst doch, Großvater, daß Zeit nicht so leicht zu begreifen ist«, sage ich altklug und will, daß er sich mit mir auf den Treppenstein setzt und mir das Mysterium Zeit erklärt. »Du hast doch gesagt, Zeiten kommen und gehen, oder? Aber in den Märchen steht die Zeit still, denn da passiert die gleiche Geschichte immer wieder. Warum kann es hier nicht so sein?«

Unversehens bin ich kurz davor, in Tränen auszubrechen, ohne zu wissen, warum. Das ärgert mich, und ich will nicht, daß er es sieht, deshalb renne ich weg und setze mich auf die neue Schaukel. Ich schaukele vor und zurück und will am liebsten das alles von der Zeit vergessen. Die Schaukel bewegt mich genauso rhythmisch hin und her, wie das Pendel der Uhr in der Stube die Zeit bewegt. Ich vergesse, mit den Beinen Schwung zu holen, und langsam, langsam schwingt die Schaukel aus, wie es das Pendel der Zeit tut, wenn Großvater vergessen hat, die Uhr mit dem kleinen Schlüssel aufzuziehen, der oben auf dem Uhrenkasten liegt.

Wie sich zeigt, hat Großvater nicht daran gedacht, das Thema fallenzulassen. Lange glaube ich das zwar, weil er mit gepacktem Ausflugsrucksack aus der Küche kommt und sagt, wir wollen zum Bach gehen. Und auf dem Weg dorthin – es ist nicht sehr weit, aber gerade lang genug für eine Rast mit Proviant – auf dem Weg schwatzen wir über alles mögliche, so wie nur wir zwei das können. Wer sonst sollte auch mitreden? Weder die Hühner noch das Schwein oder das Kalb sind sonderlich schwatzhaft. Die Katzen im übrigen auch nicht, abgesehen davon, daß sie sich anschmiegen und miauen.

Ich miaue nicht, aber ich streiche Großvater wie eine hungrige Katze um die Beine, als er aus unserem Rucksack Saft und Kekse auspackt. »Ach nein, schau mal, was ist das denn, da hat sich ja wahrhaftig eine halbe Tafel Schokolade hierher verirrt, du liebe Güte, wie kann die dazwischengeraten sein? Ja ja, die nehmen wir wohl mit nach Hause und geben sie der Katze«, sagt Großvater. Er albert noch mehr herum als sonst.

Wir sitzen auf den beiden flachen Steinen, die der Troll freundlicherweise am Rand des Baches abgelegt hat, damit wir darauf sitzen und Kaffee und Saft trinken können. Großvater tunkt die Kekse in den Kaffee und läßt mich probieren, das macht er immer so auf unseren Ausflügen. Die Zeit, die haben wir zu Hause gelassen, die tickt ruhig in der Stube, die schaukelt ruhig am Ast des Ahorn. Die kümmert uns nicht. Ich sitze auf dem Stein und habe einen Arm auf Großvaters Knie gelegt und lutsche dunkle Schokolade und spüre, daß es mir gutgeht. Jetzt bekomme ich bestimmt eine Geschichte.

Aber Großvater sagt nein, heute gibt es keine Geschichte. Er holt sein Taschenmesser vor und schnitzt ein Schiffchen, das er mit einem Zweig als Mast ausstattet und einem halbvertrockneten Espenblatt als Segel. Dann läßt er es zu Wasser. Das Schiffchen schwimmt munter davon, nicht sonderlich sicher im Kurs, aber der winzige Mast zeigt immer himmelwärts, und das Espenblatt zittert in der frühsommerlichen Brise. Das geht so lange richtig gut, wie das Schiff in dem ruhigen Wasser in Ufernähe schwimmt, aber sobald es sich der Strömung nähert, saust es Hals über Kopf davon und ist außer Sicht, noch ehe ich mich aufgerichtet habe, um ihm nachzuschauen. Vermutlich ist es gekentert und gesunken, aber das macht nichts, denn Großvater hat bereits angefangen, ein neues zu bauen, das er ein paar Minuten später aufs Wasser setzt und das den gleichen Weg nimmt wie das erste.

»Dieser Bach ist genau wie die Zeit«, sagt Großvater, als er das sechste – oder ist es das siebte? – Rindenschiffchen zu Wasser läßt. Er gibt ihm einen vorsichtigen Schubs, dann hebt er mich auf seinen Schoß. Wir sehen dem Schiffchen nach, und dabei erzählt er mir vom Wasser, das immerzu fließt und das nie das gleiche Wasser ist, obwohl es so aussieht. Aber wenn es das gleiche Wasser gewesen wäre, dann wäre das erste Schiffchen ja immerzu und dauernd in Ufernähe gesegelt, oder? Und alle anderen wären ihm in einem feinen kleinen Tanz im Kreis herum gefolgt.

»So wie die Tage?« frage ich und sehe dem kleinen Rindenboot nach, das dabei ist, in den Stromwirbeln weiter unten im Bach zu verschwinden. »Ist das genauso wie die Tage, die am Abend verschwinden, und dann gibst du mir am nächsten Morgen einen neuen, einen, der ganz genauso ist und trotzdem anders, meist du das?«

Großvater zieht die Augenbrauen hoch und lächelt geschmeichelt, und vielleicht ein bißchen erschrocken wegen der plötzlichen Vergöttlichung.

»Nicht ich schenke dir die Tage, du Dummerchen«, sagt er, gleichzeitig ernst und lachend. »Die Tage kommen einfach und gehen, genau wie das Wasser im Bach, versteht du das?«

Doch, ich glaube, das verstehe ich. Wieder spüre ich, wie die Tränen auf der Lauer liegen, aber dieses Mal wende ich mich nicht ab. Ich lege ihm die Arme um den Hals und meine Wange an seine, ohne daß mich die piksenden Bartstoppeln stören.

»Muß ich deshalb in die Schule?« schluchze ich.

24

Lieber Großvater. Heute wollte ich dir eine Geschichte erzählen, eine von anständigen Leuten. Denn sie handelt von uns, Großvater, und haben wir uns damit nicht oft getröstet, daß wir anständige Leute sind – wie schlimm es auch war?

»Wir sind alle Teil einer Geschichte«, sagtest du oft. »Wir sind nicht die ganze Geschichte, aber ein Teil davon, und diesen Teil müssen wir so spannend und gut wie möglich machen. Wir müssen es versuchen. Für den Anfang der Geschichte können wir nichts, und über das Ende wissen wir nichts, aber unseren Teil können wir leben wie anständige Leute, denn das sind wir, keine Geister und keine Gespenster«, sagtest du.

Jetzt sagst du nichts mehr. Du bist der siebte Vater im Haus, und das Bett, an dem ich sitze, ist das Horn an der Wand. Klein und eingeschrumpelt liegst du im Bett und ringst mit dem Tod, so wäre es gewesen, wenn dies eine gute altmodische Geschichte wäre. In deine Nase sickert der Sauerstoff, der dich am Leben festhält, ohne den, fürchte ich, wärst du still weggeglitten, hinunter auf den Boden des Horns, und wärst für immer weg gewesen.

Hin und wieder fährt deine Hand zitternd nach oben und zupft an der dünnen, durchsichtigen Schlange, weil die

Klemme, die an deiner Nase befestigt ist, dich ärgert. Aber ich schiebe sie schnell wieder an ihren Platz, denn alles hat seine Zeit, Großvater, und deine ist noch nicht gekommen. Erst muß ich dir eine Geschichte von uns erzählen.

Selbstverständlich weiß ich, daß du die Geschichte viel besser kennst als ich, du hast sie mir ja erzählt. Aber ich erzähle sie trotzdem, denn das ist wichtig für mich. Mit dir verschwindet ein großer Teil meiner eigenen Geschichte, meine nicht erlebte Vergangenheit, und für mich ist es wichtig und nötig, davon soviel wie möglich zu erinnern. Aber das Schlimme, das will ich noch nicht erzählen, das kann noch eine Weile warten. Ein jegliches hat seine Zeit.

Als Signes Vater, mein Urgroßvater, Signes Mutter heiratete – ja Großvater, ich *weiß*, nun muß ich meine Urgroßmutter sagen, denn so hat diese Geschichte immer angefangen. Als er also Urgroßmutter heiratete, war er, wenn auch nicht alt, so doch ein Mann mittleren Alters. Er war zweiundfünfzig. Genauso alt, wie du in dem Sommer warst, als ich in die Schule kam, Großvater. Schon damals hast du immer gesagt, du seiest steinalt, aber ich hatte keine Vorstellung von deinem Alter. Für mich warst du ohne Alter, ohne Anfang und Ende, zeitlos wie das Wasser des Bachs, auf dem wir die Schiffchen schwimmen ließen.

Urgroßmutter war auch nicht mehr die Jüngste, sie war fünfunddreißig und hatte sich gerade einigermaßen damit ausgesöhnt, ein altes Mädchen zu sein. Aber dann begegnete sie eben Urgroßvater, und sie gewann ihn so lieb wie ... nein nein nein Großvater, dies ist kein Märchen, auch wenn die Geschichte sowohl aus deinen wie meinen unvordenklichen Zeiten herrührt. An dieser Stelle keine Märchenfakten.

Urgroßmutter und Urgroßvater glaubten beide nicht, noch Kinder zu bekommen, aber das Schicksal meinte es anders. Die Wege des Schicksals sind wundersam, das hast du selbst gesagt. Nach fünf Jahren Ehe schenkte Urgroßmutter, vierzig Jahre alt, einer Tochter das Leben, und die Freude über sie war so groß, daß keine Worte, weder aus der Märchenwelt noch aus der realen Welt, das Glück der Eltern beschreiben können. War es ein Wunder, daß sie das Mädchen Signe nannten? Nachbarn und Freunde brachten Geschenke: Strampelhosen, Jacken, Socken und Mützchen.

»Nein, aber was ist das auch für ein hübsches Kind! Signe. Das Signe-Kind.«

Von Urgroßmutter heißt es, sie sei eine tüchtige Frau gewesen, sie versorgte nicht nur Mann und Kind, sondern sie kümmerte sich auch um die in die Jahre gekommenen Schwiegereltern und einen Schwager, von dem keiner so recht wußte, was ihm eigentlich fehlte. Außerdem betätigte sie sich als Köchin. Urgroßmutter war weithin für ihre Fleischbrühe mit Klößchen bekannt, die traditionelle Festtagssuppe.

Bei Kindstaufen und Konfirmationen, Hochzeiten und Beerdigungen war Urgroßmutter dabei. Rund und rotwangig, das ergrauende Haar in einem Knoten zusammengefaßt unter dem weißen Kopftuch, so hantierte sie zwischen den Töpfen und paßte auf, daß die süßsaure Suppe durch das richtige Verhältnis von Essig und Zucker genau das wurde – süßsauer. Und daß die Mehlklößchen zur Suppe hübsch mit Mohrrüben und Petersilie auf den Tellern angerichtet waren, ehe die heiße Brühe darübergegossen wurde und die Suppe von den abgehetzten Serviermädchen nach drinnen zu den Gästen balanciert werden konnte.

Über Großmutters Kindheit weiß ich wenig, nur daß sie

immer so sanft lächelte und gelocktes Haar hatte – genau wie meines, hast du immer gesagt. Sie kam aus einer eher stillen, zurückhaltenden Familie, die nicht viel Wesens machte, auch nicht in der Schule. Aber sie galten als freundlich und nett – alle drei waren sie anständige Leute, nicht wahr, Großvater? Ihre Schuld war es nicht, daß später so viel schiefging.

Von deiner eigenen Kindheit hast du etwas mehr gesprochen. Von dem kleinen Bruder hast du erzählt, der mit einem Jahr an Scharlach starb, und von Gerda, deiner Schwester, die auf die Galapagosinseln umzog. Als du von ihr sprachst, hast du geseufzt und gesagt, daß die Wege des Schicksals unerforschlich waren, dieses schwere Wort, das ich nie behalten konnte und das du deshalb durch das Wort wunderbar ersetztest, womit ich mehr vertraut war. Viele wunderbare Dinge haben wir erlebt, du und ich, und noch wunderbarer waren die Geschichten, die du erzähltest, sowohl die von unvordenklichen Zeiten wie diejenigen, die mehr oder weniger fest in unserer eigenen Zeit verankert waren.

Gerda war die Älteste von euch und die Lebhafteste, sie gehörte zu denen, die viel Aufsehen erregen. Sie hatte das Mitteilsame und Joviale eurer Mutter geerbt, während du mehr nach dem zurückhaltenden Vater kamst. Woher du alle die Geschichten hast, weiß keiner so genau. Aber einige davon hast du von deiner Großmutter, mit der du viel zusammen warst. Du mochtest gern auf der Truhe in ihrem Zimmer sitzen und Kampferdrops lutschen, während sie dir von ihrem Leben als Hütemädchen erzählte, damals, als ihr die Feen und Erdgeister begegneten, die Kobolde und Trolle. Sie sei eine gute Geschichtenerzählerin, hieß es von ihr.

Von wem Gerda ihr Lachen hatte, wußte auch niemand, denn sie wieherte wie ein Pferd, und das tat kein anderer in der Familie. Du hast erzählt, daß ihr wieherndes Gelächter dich am meisten an eure Kindheit erinnert. Deine Freunde machten sich einen Sport daraus, Gerda zum Lachen zu bringen.

Ach Großvater, lieber Großvater! Hier, an diesem Punkt in der Geschichte, sollst du die Hände nach mir ausstrecken und dabei die Finger spreizen und mich dazu bringen, in ein erwartungsvolles, quietschendes Gelächter auszubrechen. Und dann sollst du mich hochheben und kitzeln, so lange, bis wir beide feststellen – nein, Großtante Gerdas Lachen habe ich nicht geerbt, denn ich lache nicht wiehernd wie ein Pferd. »Dein Lachen klingt, als wenn Erbsen aus dem Sack kullern«, hast du immer gesagt.

Aber wir befinden uns nicht in erinnerlichen Zeiten, nicht in deinen und nicht in meinen, wir befinden uns im unbarmherzigen Hier und Jetzt. Deine Hände ruhen auf der Decke, weiß und bemitleidenswert wie zwei gerupfte Vögel. Sie sind fremd und kalt.

Als Gerda zwanzig Jahre alt war und du etwa dreizehn, vierzehn, fuhr sie in eine Stadt im Ostland, wo sie als Kaltmamsell in einem Restaurant arbeitete. Sie verzierte belegte Brote und rührte Remoulade und bereitete nach Anweisung des Kochs sogar Desserts zu. Es war kein großes Restaurant, aber das einzige im Ort, das auch draußen servierte, sechs bis acht Tische, die auf einem Hof direkt vor den Küchenfenstern aufgebaut waren. Quer über die Straße lag einer der Ställe des Orts, damals waren Pferd und Wagen noch die gebräuchlichsten Verkehrsmittel.

»Großvater, warum haben wir kein Pferd?«

»Weil wir weder Platz noch Futter dafür haben, mein

Dummerchen. Brauchen tun wir es auch nicht, ich bin Pferd genug, meine ich. Und du hast doch das Schaukelpferd, das ich für dich gebaut habe.«

Im Stall gegenüber dem Restaurant lebte der rote Kater Rudolf, der keiner Rauferei abgeneigt war, genau wie sein hitzköpfiger Besitzer. Der Kater gewann Gerdas Herz, während sie seinem Besitzer mit größerer Skepsis gegenübertrat. Wenn der ältere Mann über den Hof hinkte, um die Pferde mit Futter zu versorgen, und sie sich begegneten, nickte sie sanft. Und nachdem sie den Kater etliche Male auf dem Weg zur Arbeit oder nach Hause gestreichelt hatte, machte der Mann die eine oder andere Bemerkung über Alltägliches, wie man das bei solchen Gelegenheiten zu tun pflegt. Und mit der Zeit merkte Gerda, daß sie von dem freundlichen Kommunisten nichts zu befürchten hatte.

»Aber Großvater, was ist denn ein Kommunist?«

»Das ist einer, der ist so von der Gerechtigkeit eingenommen, daß er hin und wieder über die Stränge schlägt.«

»Welchen Strang?«

»Den Strang Stickgarn, kleiner Naseweis. Hör auf zu fragen, sonst erzähl ich nicht weiter.«

Jedenfalls waren es nicht die roten Ideen, in die sich meine Tante verguckte, sondern ein rot getigerter Kater, der ihr mit optimistisch aufgerichtetem Schwanz entgegenkam, wenn sie zur Arbeit hetzte – immer mit dieser einen Minute Verspätung, die so ganz und gar unnötig ist und sich doch unmöglich vermeiden läßt. Aber sobald sie von der Straße abbog und den mit Kies bestreuten Platz überquerte, wo – naß vom Tau – Tische und Stühle standen, war Gerda gewissermaßen an ihrem Arbeitsplatz angekommen. Nun könnten, fand sie, als sie den kontaktfreudigen Kater kraulte, aus der einen Minute genausogut zwei oder drei werden. Und der Kater strich mit der gleichen Überzeugungskraft um Gerda, wie ich es tat, Großvater, wenn ich den Verdacht hatte, etwas Leckeres könnte in Reichweite sein. Wie du hatte Gerda ein gutes Herz, so daß regelmäßig eine Leckerei den Weg zur Katze fand, so wie viele Jahre später zu mir.

Genug davon. Nachdem der Kater die Nahrungsmittel verspeist hatte, die strenggenommen für eine andere Klientel gedacht waren, nutzte er den restlichen Tag zum Schlafen. Die Nächte dienten ihm für ganz andere Sachen. Um Mäuse zu jagen und Junge zu machen, sagtest du, ohne auf letzteres näher einzugehen. Wozu Gerda ihre Nächte nutzte, davon sagtest du nichts, aber ich unterstreiche aus eigenem, erwachsenem Impuls, daß Gerda von anständigen Leuten kam, im Gegensatz zum Kater, dessen Mutter schon in frühem Alter ein ausschweifendes Leben geführt hatte. Vom Vater wollen wir nicht reden.

Aber nichts dauert ewig, nicht einmal die Frühlingsgefühle eines Katers, auch wenn das oftmals so wirken mag. Als das frische Laub der Buchen schon nicht mehr so hellgrün war, als der siebzehnte Mai überstanden und der letzte Walfänger längst zu Hause war – die Taschen voller Geldscheine und den Kopf voll der wildesten Geschichten –, da erwachte eines schönen Tages auf dem Heuboden der rote Rudolf. Er hob den Kopf und verspürte einen anderen Hunger als den, der ihn in den wilden Frühlingsnächten umgetrieben hatte. Voll Sehnsucht nach Gerda und ihrem Futternapf dehnte und streckte sich der Kater genüßlich und spazierte dann auf der Suche nach Gerda über den Hof. Die klopfte in dem Moment gerade mit der Rückseite eines Löffels an die Oberfläche eines Karamelpuddings, um zu prüfen, ob er wohl schon steif genug war, um ihn aus der Form zu stürzen.

Und hier, an diesem Punkt in der Geschichte, benutze ich deine Worte und sage, die Wege des Schicksals sind unerforschlich, rätselhaft, wunderbar. Denn wenn es auch nie klipp und klar ausgesprochen worden ist, muß man dem doch ins Auge sehen, daß sowohl der Kater als auch der Karamelpudding ihren Anteil am unglücklichen Schicksal von mir und meiner Mutter haben.

Hätte sich der Kater nicht in die Küche geschlichen und wäre auf den Karamelpudding losgegangen, wäre er auch niemals durch das offene Küchenfenster geflogen und in der Blumenkohlsuppe meines Onkels Arvid gelandet. Arvid, der Walfänger, den ich nie gesehen, von dem ich nur lustige Geschichten gehört habe. Und Großtante Gerda hätte sich nicht dem Walfängertisch genähert, wo nach dem ersten Schrecken laut gelacht wurde. Sie würde nie in Großonkels Arvids blaue Augen geschaut und sich auf der Stelle unsterblich in ihn verliebt haben. Und ihr wieherndes Gelächter hätte sie auch nicht angestimmt, das wiederum Großonkel Arvid völlig umhaute. Und sie würde nicht auf den Galapagosinseln gelandet sein, um für den Rest ihres Lebens dorthin umzusiedeln. Sie wäre zu Hause geblieben und hätte sich, als Großmutter starb, meiner Mutter angenommen. Und mich würde es vermutlich nicht geben.

25

Galapagos. Ach Großvater, was hast du mir nicht für Geschichten von den Galapagosinseln erzählt! Wochenlang waren in allen Zimmern Wände und Schranktüren mit bunten Zeichnungen der sonderbarsten Geschöpfe tapeziert. Möwen mit blauen Füßen, Schlangen, Vögel und Tiere in allen erdenklichen Gestalten. Schildkröten so groß, daß ihr Panzer als Kinderwiege benutzt wurde. Und erst die Meerechsen, wenn die gewaltig und gemächlich an den kahlen, steinigen Stränden aus dem Wasser auftauchten, trugen sie die gesamte Entwicklungsgeschichte mit sich. Galapagos. Wie oft habe ich nicht davon geträumt, auf diese Inseln zu kommen.

Du hast dort viele Jahre gelebt. Ein ganzes Menschenalter hast du dort verbracht. Im Grunde kann ich kaum begreifen – eigentlich bis heute nicht –, daß du fast dein halbes Leben lang nichts von mir gewußt hast. Nicht einmal, daß ich dir widerfahren würde.

Du wohntest in einem kleinen Haus. Du lebtest zusammen mit einer Frau und zwei kleinen Jungen, von denen ich Fotos gesehen habe, allerdings erst, nachdem ich erwachsen war. Als ich Kind war, gab es in dem Album nur die leeren hellen Rechtecke. Wenn ich fragte, was auf den Bildern zu sehen war, hast du Geschichten erfunden von Tieren, die so märchenhaft waren, daß mir abwechselnd die Haare zu Berge standen und ich mich ausschütten wollte vor Lachen.

Warum hast du die wirkliche Geschichte versteckt? Und die Fotos? Konntest du nicht aushalten, sie zu sehen? Ich weiß es nicht. Aber es dauerte lange, ehe du die verschiedenen Etappen deiner eigenen Geschichte für mich zusammengesetzt hast.

In deinem Garten wuchsen Apfelsinen und Bananen. Für mich vergingen Monate zwischen den Malen, die ich davon kostete. Deshalb war es so unvorstellbar, daß das, was du erzähltest, keine Märchen gewesen sein sollten. Ganz Galapagos war ein Märchen.

Dein Haus lag nur einen Steinwurf von dem Gerdas und Arvids und ihrer Kinder entfernt. Die zwei, die ihre ersten Monate in einem Schildkrötenpanzer verbracht haben.

Und wie ich gemalt habe! Åsta und Toralf habe ich gemalt, kleine runde Gesichter, die lächelnd aus dem Schildkrötenpanzer herausschauten. Die hatte ich mit Köpfen, Armen und Beinen ausgestattet und war schwer beleidigt, als du mich darauf hingewiesen hast, daß Schildkröten keine Hände haben.

»Aber ich *spiele*, daß sie Hände haben!« antworte ich ärgerlich, dann male ich weiter, mit zur Seite geneigtem Kopf und der Zungenspitze im Mundwinkel. »Großvater, das ist doch nicht in echt. Ich weiß doch, daß die in echt keine Hände haben!«

Sage ich, die nur eine unklare Vorstellung davon hat, womit die Natur Schildkröten ausgestattet hat. Großvater hat mir im Album ein paar ziemlich unscharfe Bilder gezeigt. Irgendwelche anständigen Fotos von Schildkröten gibt es im Haus keine.

Aber das ist halb so schlimm. Diese Schildkröte kann ruhig Füße mit Zehen haben und Hände mit Fingern, die in alle Richtungen gespreizt sind. Und sie kann ruhig rot sein, denn das paßt so gut zu Åstas rosa Kleid. Sie kann blau sein oder gelb, wie die, die schon an den Küchenschrank geklebt sind. Ja, die kleine Åsta, die so unschuldig aus der Schildkrötenwiege schaut, kann gern zwei oder drei Köpfe haben, und Hände, die um die Wette mit denen des lächelnden Tiers rudern.

Denn das ist doch nicht in echt. Nichts, was mit Galapagos zu tun hat, ist in echt. Märchen sind das, Geschichten, das ist »Es war einmal«. Es war einmal vor unvordenklichen Zeiten. Es war einmal ein Großonkel, der um eine Großtante freite, nachdem sie eine Katze in seinen Suppenteller geworfen hatte. Der hat um sie gefreit und ihr alle Herrlichkeiten der Welt in einem Inselreich auf der anderen Seite des Erdballs versprochen. Ein Inselreich, wo dir von den grünen Palmen Bananen, Feigen und Datteln in die Hände fallen, sobald du mit den Fingern schnippst. Ein Paradies, ein Land, wo Milch und Honig fließen, im wahrsten Sinne des Wortes.

Die monatelange Schiffsreise in diesem alten Kahn von einem Schiff, dessen Motor jedesmal aussetzte, wenn ihn jemand zu hart ansprach, hatte er sie darauf vorbereitet? Wußte Gerda, worauf sie sich einließ, als sie in Sandefjord an Bord ging? Mit allem, was sie besaß, in zwei großen Amerikakoffern, und mit etwas, das sie nicht besaß, für das sie sich aber sehr verantwortlich fühlte; etwas Warmes, Kleines, Schweres unterhalb des Nabels unter ihrem dunkelblauen Gabardinemantel? Vermutlich nicht. Aber wenn Großonkel nur halb so vernünftig war, wie du, Großvater, vermutetest, dann, glaube ich, hatte er sie vorbereitet. So daß der trostlose Anblick der schwarzen, kargen Vulkanstrände mit zerzausten Palmen hier und da sie nicht schon, bevor sie an Land gegangen war, vollkommen abschreckte, wie es einem Teil der übrigen Auswanderer erging.

Nach einer Reise um die halbe Welt, mit einer Unmenge von Mißgeschicken und Verwicklungen unterwegs, setzte Gerda zum ersten Mal den Fuß auf eine der kleineren

Galapagosinseln, wo sie den Rest ihres Lebens zubringen würde.

Für sie war das Dasein anstrengend und deshalb bestimmt sehr real, aber für mich blieb »Galapagos« immer ein Märchen. Und dennoch war die Insel auch real, denn es kamen Briefe von dort. Briefe und Fotos einer weißhaarigen Frau mit Sonnenhut und eines Mannes mit Pfeife im Mund und Glas in der Hand, unter einem Sonnensegel auf einer Veranda, die umgeben war von Büschen mit großen Blüten. Gekörnte Bilder mit undeutlichen Konturen in Schwarzweiß. Großtante Gerda. Großonkel Arvid. Es kamen Fotos, nicht von Kindern, die in Schildkrötenpanzern lagen und mit den Armen ruderten, sondern von Erwachsenen: Åsta, die nach Australien gezogen war – Australien, Großvater, wovon du mir so viel erzählt hast –, und Toralf, der in Kalifornien Geschäfte machte. Sie hatten geheiratet und Kinder bekommen. Und es kamen Bilder von ihren Kindern, an deren Namen ich mich nicht erinnere und deren Gesichter ich ebenfalls vergessen habe. Aber ich erinnere mich an irgendwelche blonden, halbnackten Kinder, die unter einer fortwährend hellen Sonne in den Fotoapparat blinzeln.

Die waren real. Das war Familie, die einzige, von der ich wußte, die einzige, von der wir redeten. Das war in echt. Aber wie ein Märchen war es trotzdem. Das war dieses »Es war einmal«. Das war vor unvordenklichen Zeiten. Sie waren weit weit weg und konnten mit zwei oder drei Köpfen ausgestattet und zu was auch immer umgedichtet werden. An denen war nichts Erschreckendes.

26

Wenn er sich nachts zu ihr schleicht, dreht Liv das Gesicht zur Wand und hält ihm die andere Wange hin, während sich die *eigentliche* Liv verwirrt an einem Ort tief innen verkriecht, außerhalb von allem hier und jetzt. Die andere liegt dort, erstarrt und schlaff, und wartet, nein, sie wartet nicht, denn es gibt nichts, worauf sie wartet.

Aber manchmal, da schüttelt sie diese schlaffe Lähmung ab, da richtet sie sich auf und wird zu einem unheildrohenden Sturmvogel, der ihren Körper bis zum Bersten ausfüllt. Der – gefangen hinter ihren Augäpfeln – verzweifelt schreit. Er hackt in ihre Kehle, er will Worte formen, die unmöglich auszusprechen sind. Das passiert immer dann, wenn Gunnhild, die Stiefmutter, nett zu ihr ist.

Dann kommt der Junge in den Garten. Hell und hübsch steht er unten beim Rosenstrauch und wartet. Ab und zu ist er Tildermann oder bloß Tilder, er ist warm und freundlich, hat glänzende Augen und weiche Stacheln, wie der Igel, den sie schlafend unter dem größten Rosenstrauch im Blumenbeet gefunden hat. Wie dieser hat er ein spitzes Mäulchen, aber der Mund hat hinter roten Lippen weiße Zähne. Rosenrote Lippen wie die Rosen im Beet, nicht schmal und straff wie Gunnhilds, nicht stechend hart wie Georgs, wenn er in ihren Nacken atmet, sondern runde rote Lippen, weich und glatt wie ein Rosenblatt, das sie abreißt und zur Erde flattern läßt. Er hat ganz kleine Hände mit kurzen dicken Fingern, und seine Nägel erinnern an diese klitzekleinen Schnecken, die an den Unterseiten der Blätter des Rosenstrauchs sitzen. Die Stacheln auf seinem Rücken sind lang und weich wie Pelz.

So ist das, wenn er Tildermann, Hildermann oder bloß

Tilder ist. Aber dann und wann ist er Skrakkel, und dann sind die Lippen hart und straff und die Stacheln auf dem Rücken scharf wie die nadelspitzen Dornen der Rosen.

»Stich zu!« sagt Skrakkel, leise und rasselnd, »Stich! Stich! Stich zu!«

An den Abenden ist er Tilder, der immer öfter dicht an der Wand liegt und wartet. Sie kriecht bis dicht an seine weiche Unterseite und läßt es zu, wenn er seine langen, haarweichen Stacheln über sie legt. Aber wenn der Stiefvater auf seinen großen Füßen heranschleicht, sich wie eine dicke, glatte Schlange über die Matratze schiebt und sich um sie ringelt, dann ist es Skrakkel, der dort dicht an der Wand liegt. Er ist hart wie die Holzvertäfelung, von der sie mit den Nägeln die Farbe abpult, kalt wie das Holz, gegen das sie mit der Stirn schlägt. Hart und kalt mit straffen Lippen und schwarzen Augen. Sie weiß, bei der geringsten Bewegung der Hände würde sie sich an seinen Stacheln blutig reißen, aber sie rührt die Hände nicht, denn die Zeit ist noch nicht gekommen. Sie liegt ganz still, während sich die Schlange in ihrem Nacken festbeißt und ihr Gift in sie spritzt.

»Stich zu!« schreit Skrakkel. Aber sie sticht nicht. Sie hat noch keine Stacheln, um zuzustechen. Sie weiß, daß sie sich vor Skrakkel in acht nehmen muß.

»Denn Skrakkel ist böse«, sagt Tilder, »er ist böse und will allen nur Übles.«

»Ich bin dein böser Hirte«, krächzt Skrakkel höhnisch.

Manchmal ist er Lorrik, und der hat keine Stacheln und keine Augen, weder glänzende noch schwarze, er ist nur Lorrik. Das kommt an diesen stillen Tagen vor, wenn der Igel unterm Rosenstrauch im Garten schläft und die Krähen auf dem Dach ihr kein Wort gönnen. Das kommt nur dann vor, wenn Skrakkel da ist und Tildermann oder bloß Tilder nicht aufpassen kann.

»Schäm dich!« rufen die Krähen. »Schäm dich! Schäm dich! Schäm dich.«

Manchmal rufen sie auch: »Deck dich zu!« Aber sie hat nichts zum Zudecken, nur einen Pullover, den Gunnhild gestrickt hat, mit roten Rosen drauf.

»Wir haben dich gesehen!« zischeln die Krähen, aber so leise, daß nur sie es hören kann, während sie so tun, als putzten sie mit dem Schnabel ihr Gefieder. »Wir haben dich wohl gesehen!«

»Aber wo seid ihr gewesen?« flüstert sie, den Mund hinter den Rosen im Pullover versteckt. Sie sind hart, nicht weich an ihren Lippen wie die Rosenblüten des Rosenstrauchs.

»Wie eine Taube sind wir über dir geschwebt«, antworten sie biblisch.

Aber an den stillen Tagen sind die Krähen nichts als Krähen, und der Igel schläft unter dem Rosenstrauch. Er streckt eine kleine Pfote vor und fährt sich damit über das Mäulchen, gleich darauf rollt er sich wieder zusammen und schläft weiter. Dann legt sie sich daneben ins Gras und schläft lange ohne schlimme Träume, und wenn sie aufwacht, ist der Igel noch nicht weggegangen.

27

»Großvater«, sage ich, »jetzt will ich das Märchen vom häßlichen Entlein hören, und danach will ich spielen, daß ich das Entlein bin und ein weißer Schwan werde. Siehst du? Ich hab eine weiße Hose an.«

»Na ja, was heißt schon weiß«, murmelt Grußvater und wirft einen kritischen Blick auf meine Unterhose. Ich habe die lange Hose ausgezogen, die als lebloses Bündel unter der Hängematte auf der Erde liegt. Daß meine Unterhose zusammen mit dunkleren Sachen gewaschen worden ist, läßt sich nicht übersehen, und nach meinem Kontakt mit dem Sandhaufen bei der Scheunenauffahrt hat sie obendrein noch eine graue Nuance bekommen.

Großvater hat die Hängematte vom Dachboden geholt und sie zwischen Hausecke und Baum aufgehängt. Dort hängt sie jeden Sommer. Sie ist alt und grau und stockflek-kig. Aber sie reicht, sagt Großvater. Er hat in der Hängematte Mittagsschlaf gehalten, während ich mit meinen Kühen im Sand gespielt habe.

Jetzt habe ich keine Lust mehr und bin zu ihm in die Hängematte geklettert. Ich sitze rittlings auf seinem Bauch und merke, daß er mich gut festhält. Am Morgen bin ich nämlich kopfüber aus dieser unberechenbaren Einrichtung gekippt und habe jetzt eine große Beule an der Stirn. Sie schmerzt immer noch, und an der Falte auf Großvaters Stirn und daran, wie er die Beule betrachtet, kann ich erkennen, daß es einfach sein wird, ihm eine Trostgeschichte abzuluchsen.

»Das häßliche Entlein«, wiederhole ich nachdrücklich.

Großvater schiebt mich ein Stück weiter und zieht die Beine an, so daß ich sie als Rückenlehne benutzen kann. Dann packt er das Ende des Taus, das er an der Hauswand befestigt hat, und versetzt die Hängematte in eine langsame Schwingung. Aber er fängt nicht an zu erzählen. Er betrachtet nur immer weiter mein Gesicht, nicht nur die Beule auf der Stirn – ich spüre, wie der Puls darin klopft –, nein, es sieht mein ganzes Gesicht an. Und plötzlich spüre ich, oder ein Teil von mir spürt, was für ein außerordentlich verwöhntes Kind ich bin. In dem kurzen Moment kann ich sehen – oder fällt mir das vielleicht im nachhinein auf? –, wie Großvater sich unendlich geduldig in alle meine Launen und Stimmungen, meine Forderungen nach immer neuen Geschichten fügt. Er ist jederzeit darauf eingestellt, mir seine ungeteilte Aufmerksamkeit und Fürsorge zu schenken.

Ich sehe plötzlich, vielleicht zum ersten Mal, Großvater als eigenständige Person, mit eigenen Wünschen und Bedürfnissen – und zwar in dem Maße, wie ich die Fähigkeit habe, mir vorzustellen, wie es anderen als mir gehen mag. Aber die Einsicht weckt in mir kein Schuldgefühl, ich wundere mich nur.

»Ich bin hier drin!« Meine Stimme klingt überrascht. Und ich deute auf die Beule.

»In dieser garstigen Beule? Ich fürchte, die wird bald blau und grün sein«, lächelt Großvater. Er zieht die Beine noch mehr an und wippt mich nach vornüber, so daß er eine Hand ausstrecken und vorsichtig über meine Stirn streichen kann. Mit der anderen Hand hält er mich in der Achselhöhle gepackt, ein fester und sicherer Griff, denn er will heute kein zweites Unglück. Er senkt mich langsam hinab auf seinen Bauch, und er läßt sein Kinn auf meinem Scheitel ruhen, das macht er oft.

»Du bist doch ein verrücktes Huhn«, sagt er und streichelt meinen Rücken.

Eine Weile liege ich so da, genießerisch wie ein Kätzchen, aber dann wird meine neugewonnene Erkenntnis zu groß. Darüber müssen wir reden, das müssen wir vertiefen, denn noch habe ich das alles nicht so ganz begriffen. Ich setze mich auf, so jäh, daß ich spüre, wie seine Bauchmuskeln sich anspannen.

»Ich meine *hier*«, sage ich und klopfe leicht an meine Stirn, mitten drauf, nicht an der Seite, wo die Beule ist. »Ich meine, da drinnen. Im Kopf. Ich kann hinaussehen!«

Meine Stimme klettert in die Höhe, aber Großvater hat es immer noch nicht richtig begriffen. Vielleicht ist es zu lange her, seit er selbst diese unfaßbare Selbstverständlichkeit begriffen hat. Wie ein erstaunter alter Troll hebt er eine Augenbraue und läßt mich das sonderbare Phänomen erklären. Daß ich ich bin. Daß er er ist, daß er *innen* in seinem Kopf drinnen ist.

»Daß du innen in deinem Kopf drinnen bist, Großvater. Ist das nicht toll?«

Und nachdem ich angefangen habe, kennt mein Erstaunen keine Grenzen. Was ist mit Ragna? Und ihrem Bruder? Und mit der Mutter? Sind die alle genauso in ihrem Kopf drinnen wie ich in meinem? Sehen sie durch ihre Augen genauso auf die Welt wie ich? Und denken sie an dieselben Sachen?

Hier hakt Großvater ein – doch, ja, die sehen wohl auch so auf die Welt wie ich und denken auf dieselbe Weise, aber nicht an dieselben Sachen.

»Na ja, zum Beispiel denkst du doch an Ragna, aber Ragna denkt wohl an etwas ganz anderes, und das wirst du nie wissen.«

»Vielleicht denkt sie an mich?« überlege ich und finde den Gedanken sehr schön und wunderbar, daß irgendwo auf der Welt ein kleines Mädchen sitzt und an mich denkt, daß es in seinem Kopf ein Bild von mir hat, das es, wann immer es will, hervorholen und anschauen kann. So wie ich das Bild von Ragna hervorholen kann, Ragna, die rennt und dabei das Fahrrad des Bruders festhält, Ragna, die hinfällt und von der Mutter getröstet wird. Es ist wie im Märchen, wie in dem »Es war einmal«, und doch ist es auch ganz anders.

»Nicht wahr, Großvater?«

Aber Großvater hat wieder diese Falte auf der Stirn, und ich merke, etwas in meiner Gedankenfolge stimmt nicht. Lange Zeit starre ich über den Hof, ohne Mohrle zu sehen, die eigentlich überhaupt nicht schwarz ist, sondern weiß mit braunen und schwarzen Flecken und mit ihren Jungen über die Scheunenauffahrt geht, ohne die Sonne zu sehen, die inzwischen vom Treppenstein und der offenen Flurtür verschwunden ist, ohne zu sehen, daß Großvater ernst auf mein verschlossenes Gesicht starrt. Plötzlich bin ich traurig, weiß aber gar nicht, warum. Das ist so eine schmerzliche und irgendwie behutsame Traurigkeit, eine Art unverständlicher Wehmut. Aber vor allem fühle ich eine grenzenlose Verwunderung. Ich starre über den Hof, merke aber, daß ich in mich selbst hineinschaue.

»Aber Ragna weiß ja gar nichts von mir«, sage ich.

28

»Darf es noch etwas Kaffee sein?« frage ich und stelle mich schon mal mit der Kaffeekanne neben Großvaters Stuhl bereit.

»Danke, gern noch einen Schluck«, murmelt Großvater und hält mir die winzigkleine Tasse hin, und ich schenke ihm aus der winzigkleinen Kanne reines Wasser ein. Ich reiche ihm den winzigkleinen Teller mit dem winzigkleinen Kuchen, der eigentlich ein kleiner Stoß Butterkekse ist, und sage mit verstellter Stimme:

»Bitte schön, greifen Sie doch zu.«

»Herzlichen Dank, aber nun bin ich satt«, sagt Großvater, der die Prozedur bereits einige Male über sich ergehen lassen mußte.

Ich gehe um den winzigkleinen Tisch herum und setze mich auf den winzigkleinen Stuhl Großvater gegenüber, nehme mir einen Keks und hebe mit der anderen Hand die blaue Plastiktasse an den Mund. Dabei spreize ich den Finger ab, wie ich es bei der Dame gesehen habe, die uns besucht hat.

Denn das üben wir, besuchen. Ich gehe die Aufgabe mit großem Ernst an, weil Großvater mir versprochen hat, wir würden Ragna und ihre Mutter besuchen, sobald ich es gut könnte. Seit wir uns bei ihnen angeschlichen haben, sind viele Tage vergangen, und Großvater sagt, wenn wir sie erst einmal besucht hätten, würden wir uns nie wieder anschleichen.

»Weil es nicht freundlich ist, sich bei anständigen Leuten anzuschleichen, wenn man sie kennt«, sagt er.

»Und kennen wir sie, wenn wir sie besucht haben?«

»Ja, dann kennen wir sie. Dann haben sie in ihrem Kopf ein Bild von uns. Wenn dann die Mutter Ragna fragt, ob sie sich an das kleine Mädchen erinnert, das zu Besuch bei ihnen war, dann nickt Ragna und sieht vor ihrem inneren Auge dein Bild. So nennt man das – das innere Auge.«

»Ist das dort, wo die Geschichten sind? Und alle Märchen und alle ›Es-war-einmal‹? Alles, was ich sehe, wenn du erzählst, ist das mein inneres Auge?«

»Ja«, antwortet Großvater, »alles, was du vor dir sehen kannst, ohne daß es in Wirklichkeit da ist, das siehst du vor deinem inneren Auge. Alles, woran du dich aus den Geschichten und Gedichten erinnerst, aber auch alles, woran du dich aus der Wirklichkeit erinnerst. Du kannst die fremde Dame, die hier war, vor dir sehen, nicht wahr? Und Ragna und ihren Bruder. Und die Katze kannst du vor dir sehen und das Kalb und die Hühner und den Hahn.«

»Und den Bach und den See!« rufe ich eifrig. »Und mein Fahrrad und den Schmetterling und ... und ...«

Das will ich gern spielen. Ich will alles mögliche vor meinem inneren Auge vorbeiflattern lassen, und das will ich eins nach dem anderen benennen, so wie es auftaucht und wieder verschwindet. Aber Großvater unterbricht mich.

»Signhild«, sagt er nur.

Er benutzt meinen Namen – den er mir gegeben hat – so selten, daß ich ihn immer wieder fast vergesse. Er hat jede Menge Kosenamen für mich, und ständig erfindet er neue. Einer ist drolliger als der andere. Meistens sagt er meine Kleine, mein Dummerchen oder einfach nur mein Mädchen oder mein Kind. Aber in diesem Sommer benutzt er immer öfter meinen Namen. Ich weiß nicht so recht, ob mir das gefällt, denn das wirkt so ernst, anders als die Kosenamen.

»Signhild«, sagt er noch einmal und schaut mich über den Tisch hin an.

»Müssen wir?« frage ich bittend, und ich merke, ich muß mich gar nicht anstrengen, die Tränen kommen von ganz allein. Meine Augen füllen sich mit Tränen, und wenn ich blinzele, rollen sie über die Wangen.

Aber sie halten Großvater nicht auf, wie sonst oft. Er nickt, ja, wir müssen, und sagt, das gehöre zu unserer Absprache. Und so ist es.

Wir müssen üben, einen Besuch zu machen, das ist die Absprache. Von mir stammt die Idee, die winzigkleine Frau ins Spiel zu bringen. Das war, nachdem Großvater beim Frühstück die Geschichte von der winzigkleinen Katze erzählt hat, die den winzigkleinen Tropfen Milch getrunken hat. Aber ich muß versprechen, nicht den Schluß der Geschichte zu verlangen, denn wenn die winzigkleine Frau die Katze anschreit: »Weg mit dir!«, ließe Großvaters schreckliche Baßstimme das ganze Geschirr verschwinden.

Das Geschirr ist ziemlich mitgenommen, weil ich damit im Sandkasten gespielt habe. Erst habe ich mit der kugelrunden Kaffeekanne den Sand begossen und dann mit den Tassen lauter runde Kuchen gebacken, die ich in zierlichen Mustern angeordnet und mit blauen Blüten von Ehrenpreis und grünen Blättern verziert habe. Diese rauhe Behandlung ist dem feinen Goldrand der Tassen nicht gut bekommen. Außerdem haben zwei von ihnen einen Sprung, und die Untertassen sind ziemlich windschief, weil ich mit ihnen im Sand gebuddelt habe.

Großvater sagt, das Geschirr sei trotzdem gut genug, und hat mir beim Abwaschen geholfen. Woher es kommt, weiß ich nicht mehr, das heißt, natürlich habe ich es von Großvater bekommen, aber ich weiß nicht mehr, zu welchem Anlaß. Zu Weihnachten? Oder vielleicht zum Geburtstag? Irgendwie war es immer da, aber erst an diesem Tag ist mir bewußt geworden, wofür es gedacht ist. Nicht einmal, als wir Besuch von der fremden Dame hatten, war mir dieses Spiel eingefallen. Das »Besuchen-gehen-Spiel« war bis zu diesem Tag noch nie aktuell.

Übrigens kam der Vorschlag von Großvater. Er holte den kleinen Tisch hinten aus der Scheune und wischte Spinnweben und Staub mit einem nassen Lappen ab, legte eine karierte Tischdecke auf und trug die beiden blaugestrichenen Küchenstühle nach draußen. Er bat mich, das Kaffeegeschirr aus dem Sandkasten zu holen. Das reicht, fand er, es spielt keine Rolle, wie mitgenommen es ist.

Wir haben noch nie draußen gedeckt. Wenn wir draußen gegessen haben, dann haben wir auf dem Treppenstein gesessen und in der einen Hand eine Scheibe Brot gehalten, in der anderen die Tasse mit Milch oder Kaffee. Allein der Anblick von Tisch und Stühlen unter dem Baum, so hübsch gedeckt mit dem sauberen Geschirr, hat mich festlich gestimmt. Es ist Sonntag, habe ich beschlossen und das gute Kleid angezogen. Die Höflichkeitsrituale habe ich mit einem solch großen Ernst vollzogen, daß Großvater sich anstrengen mußte, um mitzuhalten. Aber inzwischen ist es nicht mehr so feierlich, vor allem, seit die winzigkleine Frau dazugekommen ist.

Und jetzt muß unsere Absprache eingehalten werden. Denn nun bin ich im Besuchen-gehen-Spiel so firm, daß wir jederzeit Ragna besuchen können.

»Morgen?« frage ich halb erschrocken, halb hoffnungsvoll.

»Ja«, antwortet Großvater. Er ist einverstanden. Er will Ragnas Mutter anrufen und fragen, ob es morgen paßt.

»Auf der Stelle!« verlange ich. »Großvater, das mußt du auf der Stelle tun!«

Ich schiebe kokett das Kinn vor und schürze die Lippen. Noch hege ich die Hoffnung, möglicherweise mit einem kleinen Ablenkungsmanöver unsere Absprache umgehen zu können. Aber das klappt nicht. Großvater verschwindet im Haus, allerdings nicht, um zu telefonieren, sondern um das zu holen, was er mir unserer Absprache gemäß zeigen will. Ich habe keine Ahnung, was es ist, sondern weiß nur, daß ich Angst davor habe. Und solange ich davor Angst habe, kann ich keinen Besuch machen.

Er kommt mit etwas zurück, das er hinter dem Rücken versteckt. Es ist, als klammerten wir uns alle beide an die Vorstellung, auch dies sei ein Spiel und nicht bitterer Ernst. Er stellt das Ding auf die Erde unter seinen Stuhl und hebt mich auf seinen Schoß. Wir müssen noch mal über das innere Auge sprechen, sagt er.

Denn mit dem inneren Auge ist es nun mal so, daß ich alles sehen kann, Geschichten und Gedichte und all das Wirkliche, das ich mal gesehen habe, aber nicht in diesem Moment vor Augen habe. Mit dem inneren Auge kann ich auch alles das sehen, woran ich mich erinnere, was ich mal erlebt habe. Außerdem – und das ist so schwierig, sagt Großvater –, außerdem kann ich damit manchmal etwas sehen, woran ich mich erinnere, aber ohne zu wissen, daß ich mich erinnere.

»Ist es das Nachtbild?« frage ich leise. »Großvater, aber das Nachtbild, das will ich nicht!«

Denn in den allerletzten Tagen habe ich mich an das Unheimliche und Gruselige erinnert, woraus das Nachtbild besteht, wenn auch sehr undeutlich und nur ganz kurz.

Großvater sagt, er habe lange darüber nachgedacht. Er habe die Elfen und Feen gefragt und alle guten Erdgeister, sagt er, und sie haben alle das gleiche geantwortet. Um aus dem Berg herauszukommen, haben sie geantwortet, müssen wir erst tief in den Berg hineingehen, weil dort der Ausgang ist. Selbst daß dort der schreckliche Troll liegt und schläft – es nützt nichts. Wir müssen ihn finden und wecken und ihm alle seine neun Köpfe abschlagen, so daß jeder in eine andere Richtung rollt, sagt er.

Mich tröstet, daß er sogar in diesem Moment eine Geschichte zaubern kann. Ich will gerne so weitermachen und mit Großvater das Nachtbild wegzaubern und alles

Schreckliche, von dem ich nicht weiß, daß ich mich daran erinnere. Aber das können wir nicht, sagt er, das läßt sich nicht machen.

»Das hilft alles nichts«, sagt Großvater und seufzt.

Und dann holt er den Kakaobecher mit den Blumen unter dem Stuhl hervor. Er stellt ihn direkt vor uns auf den Tisch und nimmt mich ganz fest in den Arm. Ich starre das weiße Porzellan an. Ich starre die Blumen an, die auf der einen Seite des Bechers das Muster bilden. Gelbe Butterblumen, blaue Vergißmeinnicht, und etwas, das aussieht wie eine Distel. Auf einem grünen Blatt sitzt ein Marienkäfer. Ich drehe mich um und starre Großvater an.

»Was ist daran gefährlich?« frage ich überrascht.

Da seufzt Großvater wieder, aber ich kann nicht deuten, was für eine Art Seufzer das ist.

29

Manchmal hat Skrakkel das Kind gemacht, das sie im Bauch hat. Aber wenn Skrakkel ihr zuflüstert, daß sie darauf einstechen soll, weil es so böse ist wie er, kommt Tildermann, Hildermann und legt beschützend die Arme darüber. Über das Kind und über sie.

»Das ist nicht böse«, sagt Tildermann, »spürst du nicht, wie klein es ist und rund und weich? Wie der Igel unter dem Rosenstrauch. Fühl mal«, sagt Tildermann, »fühl doch.«

Da fühlt sie, wie der Igel sein spitzes Mäulchen vorstreckt und an der Innenseite ihres Bauchs schnuppert, wie er sich dann zusammenrollt und auf die andere Seite dreht, um weiterzuschlafen. Sie kann die grauen Lider sehen, die sich langsam über den schwarzen Augen schließen, ehe der Kopf unter den langen weichen Stacheln verschwindet.

»Du mußt wegfahren«, sagt Tildermann, »du mußt weit wegfahren!« Er winkt ihr unten aus dem Garten zu. Die Ringeltaube fliegt auf. Zwischen den Ästen schlägt sie noch schwer mit den Flügeln, aber dann schwingt sie sich auf und fliegt hoch oben mit den Krähen über das Scheunendach.

Da fährt sie weg. Die Stiefmutter besorgt ihr eine Wohnung und stellt ihr einen monatlichen Betrag zur Verfügung, von dem sie leben kann.

»Aber meine Liebe!« sagt sie, als Liv darauf besteht, all ihre Sachen mitzunehmen. Denn Gunnhild weiß noch nicht, daß der Stieftochter der Weg zurück nach Borgland bald versperrt sein wird.

Der Stiefvater, Georg, der weiß es. Er trägt alles zum Anhänger und fährt den Traktor zur Haltestelle. Gunnhild und Liv fahren mit dem roten Auto vor. Am Bahnhof verabschiedet sie sich. Der Stiefvater hält den Kopf gesenkt, er weiß nicht, wo er hinschauen soll. Die Erleichterung ist groß, als der Zug sie von ihnen wegbringt.

»Du hast das Kind von mir«, sagt Tildermann, »es ist unseres, und du sollst es Hild nennen.«

Da wird sie den Rosenduft gewahr, und Skrakkel ist so weit weg, daß es ihn fast gar nicht gibt. Aber Tildermann, Hildermann oder bloß Tilder ist die ganze Zeit da.

Nach der Geburt des Kindes hält Skrakkel sich meistens fern. Nur selten einmal schiebt er sein garstiges flaches Gesicht dicht vor ihres und faucht, ihr Kind schreie, es sei böse, und sie solle es die Treppe hinunterwerfen oder ihm in den Fuß schneiden. Aber Tildermann verjagt Skrakkel und legt ihr Hild auf den Schoß. Der kleine Mund des Kindes sucht und saugt Milch aus ihrer übervollen Brust. Es trinkt die Milch wie vor langer Zeit der Igel aus der braunen Untertasse, und danach schläft es in ihren Armen. Sie streichelt die weichen Stacheln und spürt, daß es ihr gutgeht.

Aber nachdem Vigulf eingezogen ist, geht es ihr nicht gut. Da ist das Kind ein Jahr alt. Es ist aus ihren Armen geglitten und schafft es nicht mehr, ihren Körper so wie damals zusammenzuhalten, als sie es stillte. Der Körper zerfällt in tausend Stücke, die Vigulf aufsammelt, er setzt sie zu einer undeutlichen Figur zusammen. Er verschönert sie mit ungeschickten Händen und gibt ihr einen Namen, den sie als ihren eigenen wiedererkennt. Aber manchmal drückt er sie kaputt. Trotzdem hält sie ihm auch die andere Wange hin und vergißt, daß es dem Kind auch nicht gutgeht.

Nach einer Weile ist Vigulf weg. Er droht, ihren Körper mitzunehmen, aber Tildermann hält ihn – Stück für Stück – zurück. Er hält sie zusammen und besorgt ihr andere, auf die sie und das Kind sich stützen können.

»Du sollst dich an die halten, die zu mir gehören«, sagt Tildermann, und das tut sie. Wenn einer von ihnen kommt, um nach ihr und dem Kind zu sehen, kocht sie Kaffee und deckt den Tisch mit sauberen Tassen. Sie versorgt das Kind und lächelt, »denn du bist hübsch, wenn du lächelst«, sagt Tilder, »und den Hübschen geht es immer am besten«, fährt er fort.

Oft ist Tildermann nicht da, auch nicht Hildermann. Dann ist nur sie da und das Kind und manchmal Lorrik, aber er macht nichts. In der Wohnung, die ihr die Stiefmutter besorgt hat, sind sie und das Kind. Tildermanns Leute kommen und gehen wieder. Nein, wenn Tildermann nicht da ist, sind es auch nicht Tildermanns Leute. Aber die Leute sind ungefährlich. Sie treten in ihren und den Alltag des Kindes ein, und wenn sie nicht zu lange bleiben, läßt sich das aushalten.

Da ist die dicke Frau, die schweratmend die Treppe hinaufsteigt und mit dem Kind auf dem Schoß Kuchen ißt. Sie gibt auch dem Kind davon. Dann setzt sie es ab, tätschelt ihm den Kopf und keucht wieder die Treppe hinunter. Ab und zu hebt sie das Kind noch einmal extra hoch, ehe sie geht, als wolle sie fühlen, wie schwer es ist.

Der Kaufmann ein Stück die Straße hinunter steckt dem Kind eine Banane zu, deren Schale braune Flecken hat, oder die Frau im Nachbarhaus bringt Kleider, aus denen ihre Tochter herausgewachsen ist. Die sind ungefährlich, sie stecken den Kopf in ihren Alltag und gehen wieder, ohne hinausgejagt werden zu müssen. Wenn sie gegangen sind, streckt das Kind seine Arme nach ihr aus.

Gunnhild kommt nie. Denn als das Kind da war, wollte die Stiefmutter nichts davon wissen. Georg kommt auch nicht, das würde ihm Gunnhild nie erlaubt haben. Aber er schickt Geld und Geschenke für das Kind, ohne daß Gunnhild davon weiß. In den beigelegten Briefen weint er und bittet um Verzeihung. Aber Liv vergibt ihm nicht. Sie packt das blaue Kaffeegeschirr weg und läßt die Celluloidpuppe mit den roten Schuhen in ihrer Schachtel. Sie stellt alles auf den Dachboden. Das Geld läßt sie im Brief und legt ihn in die Schublade zu den anderen.

Jetzt sind es sie und Lorrik. Tildermann ist in ihrem Dasein nur ein schöner Schatten, und sie hat Skrakkel fast vergessen. Aber eines Tages sind sie wieder da. Da schweben sie aus ihren Ecken heran, zwei sind es jetzt, eine weiße Taube und eine krächzende schwarze Krähe. Der Mann, der auf der Türschwelle steht, sieht die beiden nicht. Vigulf lächelt sein finsteres Lächeln und sagt, es sei gut, nicht mehr im Gefängnis zu sein. Neben ihm verblaßt Tildermann, er verliert seinen Willen. Nicht einmal der böse Skrakkel kann ihn verscheuchen, ihn, der böser ist als alles sonst.

30

Wir sind zu Besuch! Wir sind zu einem echten, richtigen Besuch bei Ragna und ihrer Familie, das sind allesamt anständige Leute. Zur Familie gehören Ragna und Aksel und Mutter und Vater. Also zuerst begrüßen uns nur Ragna und die Mutter, denn Aksel und der Vater sind im Kuhstall. Aber mir reicht der Anblick des kleinen Mädchens, das genauso groß ist wie ich. Nicht größer und nicht kleiner, darüber habe ich auf dem ganzen Weg spekuliert.

»Großvater, glaubst du, sie ist größer als ich? Oder kleiner? Wann hat sie Geburtstag? Und wenn sie nun am selben Tag hätte wie ich! Und wenn sie nun in genau derselben Stunde geboren wäre, in derselben Minute, derselben Sekunde wie ich! Wäre das nicht toll?«

Er hat angefangen, mir die Uhr beizubringen, ein Versuch von vielen, mir ein Gefühl für Zeit zu vermitteln. Und der Gedanke, daß Zeit etwas ist, das sich in kleine Stücke aufteilen läßt, hat mich so sehr fasziniert, daß ich eine gelehrige und gehorsame Schülerin gewesen bin. Wir haben nach dem Abendbrot im Lesesessel gesessen und die Wanduhr betrachtet, wie sie, zuverlässig und geduldig wie ein altes Arbeitspferd, die Zeit in lauter ganz kleine Stücke zerteilt: jedes Ticken eine Sekunde, jede zerhackte Runde von zwölf bis zwölf eine Minute.

»Großvater, dauert eine Minute immer von zwölf bis zwölf?«

»So ist es, meine Kleine. Und jetzt sagt die Uhr ›ins Bett, ins Bett, und zwar sogleich‹.«

Ragnas Anblick läßt die Zeit stillstehen, oder nicht stillstehen, sondern ganz einfach aufhören. Ich befinde mich außerhalb der Zeit. Aber nicht außerhalb des Raums, denn mir ist sehr bewußt, daß wir hier stehen, auf der Schwelle des Hauses, in dem Ragna wohnt. Wie verzaubert nehme ich einen Moment lang die gesamte Ragna in mir auf, das Gesicht mit der etwas großen Nase, den Mund mit weißen, regelmäßigen Zähnen hinter vorsichtig lächelnden Lippen, die Stirn über den Bogen der Augenbrauen. Das Haar, das Kleid, die Beine mit den gestreiften Söckchen, die Füße in den roten Sandalen. Wie ein neugieriger Welpe schnuppern sich meine Sinne bis in jeden Winkel von Ragna, mit meinem inneren Auge nehme ich sie auf und befestige sie wie ein ewiges, unvergängliches Bild an der Wand meines Gedächtnisses.

Aber das ist innen in mir. Außen werde ich von einer entsetzlichen Schüchternheit überwältigt, weshalb ich Großvaters Hand umklammere, nein, seinen ganzen Arm. Ich ziehe seinen Arm an mich und halte ihn so fest, daß er mich unmöglich abschütteln könnte. Aber das versucht er zum Glück ja auch gar nicht.

Auf dem Weg hierher hat er meine Hand gehalten. Wir sind nicht mit dem Fahrrad gefahren, sondern zu Fuß gegangen. »Nein, wenn man anständige Leute besucht, gehört es sich, zu Fuß zu gehen«, findet Großvater. Ihm gefiel nicht einmal mein Vorschlag, hinten auf seinem Fahrrad zu sitzen, statt selbst zu radeln. »Wir gehen zu Fuß, dabei bleibt es. Es heißt doch auch anständige Leute besuchen *gehen*!«

Wir haben uns Ragnas Haus also Schritt für Schritt genähert. Hin und wieder sind wir stehengeblieben und haben am Wegrand Blumen gepflückt, denn Blumen mitbringen, wenn man einen Besuch macht, das ist in Ordnung, sagt Großvater.

Der Strauß aus rotem Klee, Wiesenkerbel, Ehrenpreis und gelben Butterblumen ist richtig schön geworden. Ich habe die Blumen gepflückt und ihm gereicht, und Großvater hat sie schön angeordnet. »Da, Großvater, das ist doch eine schöne ... und die hier müssen wir mitnehmen, denn die Ärmste steht sonst ja ganz allein ...«

Ich sollte Ragnas Mutter den Blumenstrauß überreichen, so war es geplant. Wir haben das Knicksen unterwegs mehrfach geübt. Großvater hat sich sogar erlaubt, etwas albern zu sein in dieser ganzen gespannten Feierlichkeit. Er ist ich gewesen, und da hat er so tief geknickst, daß sein Hosenboden immer noch weiß ist vom Blütenstaub des Wiesenkerbels am Wegrand.

Aber der Anblick von Ragnas Mutter, die nach einem Augenblick hinter der Tochter in der Türöffnung erscheint, auch sie lächelnd, natürlich, bringt mich vollkommen aus der Fassung. Ich kann mich gerade eben auf den Beinen halten und vergesse ganz, was ich gelernt habe, wie sich anständige Leute benehmen. Mit einer Bewegung wie ein zweijähriges Kind strecke ich beide Arme aus – in einer Hand halte ich den Blumenstrauß –, damit Großvater mich auf den Arm nimmt. Aber Großvater hebt mich nicht hoch.

Großvater ergreift meine Oberarme, dreht mich um und stellt mich vor sich, das Gesicht Ragna und ihrer Mutter zugewandt. Ich spüre, wie seine kräftigen Beine mich fest umschließen und seine Hand über meine greift, die den Blumenstrauß hält. Der Strauß wird vorgestreckt, Großvaters Knie knicken ein, und Großvater und ich machen einen Knicks.

»Bitte schön.«

Und dann bin ich wieder in der Zeit. Denn ich spüre an Großvaters energischem Druck gegen meinen Körper, an der Art und Weise, wie seine Knie sich um meine Hüften pressen, daß es gut ist. Jetzt muß ich mich zusammenreißen und mich ordentlich benehmen, da hilft alles nichts.

Also benehme ich mich ordentlich. Ich bin ja wieder in der Zeit. Großvater und ich gehen ins Wohnzimmer und sagen vielen Dank, als wir gebeten werden, Platz zu nehmen. Wir sind anständige Leute, die bei anständigen Leuten zu Besuch sind.

Ragna ist einfach wunderbar. Ich kann die Augen nicht von ihr abwenden, aber gleichzeitig mag ich sie auch nicht anstarren. Also werfe ich über das Saftglas nur schüchterne kurze Blicke auf sie. Der Bruder Aksel ist der reinste Wirbelwind, deshalb kann ich ihn leichter anschauen. Wie eine Schlange bewegt er sich auf dem Stuhl, aber mein Blick bleibt nicht an ihm hängen, sondern wandert rasch zurück zu Ragna. Und zur Mutter. Dieser wunderschönen Mutter.

Sie ist die Königin, die sich in den Finger stach und sich eine Tochter wünschte, so weiß wie Schnee und so rot wie Blut. Sie ist die dralle rotbackige Frau, die Pfannkuchen backt für ihren Mann und die sieben schreienden Kinder. Sie ist die gute Fee, die den Zauberstab über den Kürbiswagen schwingt und die ungebärdigen weißen Pferde im Zaum hält. Sie ist das alte Trollweib, dessen lange Nase im Baumstumpf voller guter Wünsche steckt. Sie ist Aschenputtels liebe Mutter, ehe sie starb und Aschenputtel allein zurückließ.

Wir trinken Saft und essen selbstgebackene Rosinenbrötchen mit Butter und Erdbeermarmelade. Ich bin ein richtig prima Besuch, das merke ich selbst. Und Großvaters aufmunterndes Lächeln quer über den Tisch bekräftigt mein Gefühl, daß ich es gut mache. Bald traue ich mich, Ragna und ihre Mutter anzuschauen. Aber den Vater, der nach einer Weile hereingekommen ist, schaue ich nicht an, obwohl ich nicht weiß, warum. Er sitzt wie ein freundlicher Troll am Tischende und ißt Brötchen, als würde er mit dem jungen Riesen um die Wette futtern. Gefährlich scheint er nicht zu sein, nur vage beunruhigend. Ich muß meine Augen immer öfter auf Großvater richten. Ich kaue mein Brötchen, und auf einmal merke ich, daß ich eines zuviel genommen habe.

Und dann kippt es. Großvater und Ragnas Vater unterhalten sich über Getreide und über Heu. Ragnas Vater hebt eine Hand und streicht sich über den braunen Bart, zupft nachdenklich daran. Diese langsame Bewegung ruft mir das Nachtbild ins Bewußtsein. Es hängt auf der Netzhaut, egal, wie sehr ich dagegen ankämpfe und versuche, mich wie anständige Leute zu benehmen.

Und zum ersten Mal sehe ich es ganz deutlich, dieses Gesicht, das sich so oft über mein Bett beugte, das Bett mit den braunen Teddybären auf dem Bettbezug. Ich spüre die Hände, die mich aus den nassen Laken ziehen, verschlafen und verstört. Ich höre die Stimme, die sagt, ich werde dich Mores lehren, und spüre den Griff um den Nacken, rieche den Urin. Das Brötchen in meinem Mund wird immer mehr. Wie der Topf im Märchen, der nicht aufhören will, Grießbrei zu kochen. Es droht mir aus den Augen zu quellen, aus den Ohren und der Nase. Es hält meinen Atem an, es sprengt meinen Kopf. Ich versuche aufzustehen, um zu

Großvater hinüberzukommen, aber der Griff um meinen Nacken wird noch fester, und ohne einen Laut von mir zu geben, falle ich zu Boden.

Ich erwache in Großvaters Armen, aber es ist nicht wie sonst nach dem Nachtbild. Er wiegt mich nicht beruhigend murmelnd und leise summend in seinen Armen. Ich erwache in das Schaukeln seiner Schritte, denn er trägt mich nach Hause. Großvater ist still wie der Mondschein, obwohl es heller Tag ist.

Er ist so still, wie es der Mondschein damals war, vor langer Zeit, als er mich übers Gebirge trug, still wie der Mond und die Sterne, als wir unser Zelt neben einem Bergsee aufgeschlagen hatten. Er ist still wie die Heide, still wie die Markierung auf dem Berggipfel. Er ist stiller als die Mücke, die über den Krähenbeeren summte. Er ist der Troll, der hundert Jahre lang schweigen konnte.

»Großvater«, sage ich, und meine Stimme ist leiser als die der Mücke, »Großvater, ist das, weil ich so böse bin?« Und dann fange ich an zu weinen.

Da setzt sich Großvater an den Wegrand, zieht mich auf seinen Schoß und wiegt mich leise summend in seinen Armen. Aber er ist weiter weg, als der Mond und die Sterne damals waren, weiter weg als die Markierung, diese schwarze Pfeilspitze oben auf dem Gebirgskamm, die uns half, damit wir uns nicht verlaufen konnten. Und ich spüre, daß wir auf dem Weg durch den Berg dort angekommen sind, wo alles Murmeln und Summen nicht mehr reicht.

»Ich werde dir wohl manches oder sogar vieles erzählen, meine Signhild«, sagt Großvater am Ende. Er nennt mich bei meinem Namen, und das unterstreicht die Feierlichkeit seiner Worte.

»Ich werde dir manches und vieles erzählen«, wiederholt er. »Manches ist schlimm genug, aber vieles ist schlimmer, das ist mal sicher. Aber ganz egal, wie furchtbar und abscheulich es ist, so darfst du nie, nie glauben, daß es passiert ist, weil du böse warst, versprichst du mir das, Goldkönigin, Perlenkönigin?«

»Wenn ich deine Liebste sein darf, und wenn ich einen Mantel fein ...«, antworte ich mit dünner Stimme, aber die Stimme versagt mir, und der Mut verläßt mich, so daß Bimmel, Bammel, Bimmel in Schluchzen untergehen und ich mein Gesicht in Großvaters Ausgeh-Pullover verberge. Gerade lacht keine Sonne vom Himmel.

Aber Großvater trocknet meine Tränen und lockt die Sonne wieder hervor. Er sagt:

Goldkönigin,
Perlenkönigin,
Hör mir jetzt gut zu!
Willst du meine Liebste sein,
Bekommst du einen Mantel fein,
Aus Samt und Seide, mit Perlengeschmeide.

Und ich antworte, meine Stimme zittert noch:

Zartes Blümlein,
Wiesenblümlein,
Hör mir jetzt gut zu!
Ich will nicht deine Liebste sein,
Ich will auch keinen Mantel fein,
Aus Samt und Seide, mit Perlengeschmeide.

Dieses Mal schaffe ich, alles zu sagen, ohne daß die Stimme versagt.

»Aber ich *will* deine Liebste sein, auch wenn es in dem Gedicht nicht so geht«, sage ich und drücke Großvater einen Kuß auf den absichtlich traurig verzogenen Mund. Und dann sehe ich in seinen Augen, daß wir keinen Spaß mehr machen sollen. Da hilft alles nichts.

»Dann will ich dir von Murmel aus dem Gänseei erzählen«, sagt Großvater und zieht mich auf seinen Schoß. »Er war so groß und häßlich wie der häßlichste Troll, und böse war er außerdem. Wenn wir nach Hause kommen, zeige ich dir ein Bild von einem, der ihm ähnlich sah.«

Wir bleiben sitzen, bis die Sonne am Himmel untergeht.

31

Im sparsamen Licht der Treppenhausbeleuchtung steht Vigulf plötzlich vor der Tür. Ein dichter Bart verdeckt, so gut es geht, in dem flächigen Gesicht die Unebenheiten. Mit schiefem Lächeln steht er vor ihrer Tür, und er ist Skrakkel, der Grausame, aber er ist auch Tildermann, Hildermann oder bloß Tilder. Entsetzliche Angst wird wach, ebenso wie eine tiefe, lähmende Ruhe. Eingeschüchtert saust die Angst einen Moment lang hin und her, um dann in alle Ecken und Winkel des Zimmers auszureißen. Sie setzt sich in die Ecke hinter dem Schrank, sie bebt in der Küche in allen Töpfen, sie zittert in dem großen Leuchter über dem Eßtisch. Nur bis unter das schwere große Doppelbett gelangt sie nicht. Ruhe schwebt wie eine stille, unumstößliche Gewißheit um ihren Kopf. Vigulf ist zurückgekommen. Sie hat immer gewußt, daß er zurückkommen würde. Wie vor langer Zeit der Stiefvater.

Als sie klein war, wußte Liv immer, daß der Stiefvater zurückkommen würde. Wenn er Tildermann war, der seine Arme um sie geschlungen hatte, während sie das Tuch in den Schritt preßte, wenn er mit seiner großen Hand ihr Stirn und Wange streichelte, wenn er schluchzte und Entschuldigung sagte und nie mehr, Liv, nie, nie mehr, geliebte kleine Liv, wußte sie es.

Wenn er so schwer auf ihr lag, daß ihr Atem in der Brust stockte, wenn das entsetzlich große Glied langsam in ihr schrumpfte und sich in einen schleimigen nassen Frosch an ihrem Schenkel verwandelte, wußte sie es. Wenn er Skrakkel war, der ihr ins Ohr zischte, es wäre doch ihre eigene Schuld, wußte sie es.

Wenn er grunzte und sich schwerfällig von ihrem schmalen Bett erhob, wenn er einfach seines Weges ging, nachdem er den geschrumpften Frosch an seinen Platz in der Unterhose geschoben hatte – wie kann es sein, daß man eine solche Bewegung *hört*? Wenn er leise hinausgeschlurft war und weder Skrakkel, der Grausame, noch Tildermann, Hildermann war, sondern einfach nur der Stiefvater, der einzige, von dem sie im Augenblick glauben konnte, daß er sich um sie sorgte, wußte sie es. Er würde wiederkommen. Mit der Gewißheit ging tiefe Ruhe einher.

Vigulf strahlt die gleiche Ruhe aus. Er trägt sie auf den runden Schultern, in dem braunen Bart, den lächelnden kleinen Augen. Er trägt sie aus der halbdunklen Außenseite nach drinnen und läßt sie los, so daß sie das Licht im Zimmer dämpfen kann. Tildermann und Skrakkel sind alle beide bei ihm. Sie kommen von außen oder von innen, sie sind da, sie sind präsent. Lange Zeit sind sie beinahe weg gewesen.

In den zwei Jahren, als Vigulf im Gefängnis saß, haben sich Tildermann und Skrakkel ruhig verhalten, waren irgendwo weit außerhalb ihres Kopfes. Ja, zeitweise hatte sie es so erleben können, als bewegten sich die beiden je nachdem außerhalb oder innerhalb, aber die Entscheidung darüber lag bei ihr.

Unter einem grauen und schemenhaften Himmel saß Skrakkel mit gestutzten Flügeln auf einer Leitung. Ab und zu kam er hilflos angeflattert und versuchte, sich rasselnd Geltung zu verschaffen, aber sie wies ihn mit harten Worten zurück. Und er gehorchte ohne Murren.

Tildermann war mehr in der Nähe geblieben, aber auch er hatte nicht versucht, sich nach innen zu schmuggeln. Nur selten einmal hat Tildermann angeklopft und ihr vorsichtig ein Zeichen gegeben, er sei jederzeit zur Stelle. Doch er ist präsent und paßt auf das Kind auf.

Tildermann hat ihr immer vorher Bescheid gegeben, ehe die Dame von der Fürsorge die Treppe hochgekeucht kam, um Kaffee zu trinken und Kuchen zu essen. Er hat ihr zugeflüstert, sie solle das Kind wickeln. Aber das tut sie sowieso, auch wenn er es ihr nicht sagt, jedenfalls wenn sie daran denkt. Es macht ihr Spaß, Hild zu versorgen.

Tildermann, Hildermann oder bloß Tilder hat geflüstert, sie solle ordentlich aufräumen und Kuchen kaufen, er hat gesagt, heute sei der Tag für die vom Amt. Aber das hat sie doch gewußt, denn die Dame hat den Tag im Kalender über dem Kühlschrank angekreuzt, ehe sie die Treppe hinuntergekeucht war.

»Mit all ihrem Fett«, rasselte Skrakkel das eine Mal, als er die Treppe hinaufgeflattert war. Es wäre ihm fast gelungen hereinzukommen, wenn Tildermann ihn nicht noch im letzten Moment weggescheucht hätte.

»Mit ihrem wabbelnden Hintern! Der erinnert einen an seinen Bauch, an diesen fetten, schlaffen Bauch, den er über dich gewälzt hat, als er unser Kind in dich pflanzte. Unser Kind! Schmeiß es die Treppe runter!« schrie Skrakkel, der Grausame.

»Das ist *unser* Kind!« rief da Tildermann, »unseres, denn ich war schließlich dabei! Ich war da, als er dein lieber Vater war, der deinen Rücken streichelte und sagte, er wolle nur dein Bestes. Ich war da, wenn er sich so sehr schämte, jedesmal, wenn er mit gesenktem Kopf aus der Tür schlich. Das ist unser Kind. Das ist Hild.«

Und Tildermann war stärker denn je, als er Skrakkel in die Knie zwang und ihn hilflos rasselnd die Treppe hinunterwarf. Direkt hinter der keuchenden Dame her. Der böse Skrakkel verschwand in einem drohenden Strudel. Die Dame drehte sich auf der Treppe um und winkte. Liv mit dem Kind auf dem Arm winkte zurück.

Seither haben sich Tildermann und Skrakkel ferngehalten. Die Dame kommt keuchend und plaudernd zum Kuchenessen und macht mit ihren freundlichen Fingern Kreuze im Kalender. Sie verschafft dem Dasein von Liv und ihrem Kind einen Rahmen und sorgt dafür, daß ihr tägliches Leben funktioniert. Die junge Frau nebenan hilft ihr, genau wie der Kaufmann ein Stück die Straße hinunter. Der drückt auf den Hebel an seiner Kasse, so daß sie klingelnd aufspringt, was das Kind zum Lachen bringt. Er tätschelt dem Kind die Wange und schenkt ihm eine Packung Waffeln oder Schokolade mit klebriger Füllung. Fast zwei Jahre ist das so gegangen.

Jetzt wird ihr klar, daß sie es immer gewußt hat. Daß er zurückkommen wird. Nicht der Stiefvater mit diesen Händen, die ihren Rücken streichelten und der mit all dem

Bösen nur das Beste für sie wollte. Er kommt nie mehr wieder.

Vigulf ist zurückgekommen. Vigulf, mit Skrakkel in den Händen und Tildermann in der Stimme und in den Augen, er, der ihr mit dem Guten Böses will.

32

Hatte aus Vigulf ein schlechter Mensch werden müssen? Ich frage mich das, Großvater. Damals hattest du mir Vigulfs Foto gezeigt. Nachdem du mir die Geschichte von Murmel aus dem Gänseei erzählt hattest, nahmst du mich an der Hand, und so gingen wir nach Hause. Als du mir das Bild von Vigulf zeigtest, weckte das in mir eine solche Angst, daß ich mich in deine Arme flüchtete. Ich war völlig außer mir.

Sind manche Menschen einfach schlecht? Wir wissen so wenig von Vigulf. War er schlecht oder nur gedankenlos?

Es steht geschrieben, sagtest du einmal, der Mensch ist böse von Kindheit an. Was für schicksalsschwere Worte. Wir glauben nicht daran, keiner von uns.

Aber wir grübelten, Großvater, wir zwei haben über die Jahre hin viel darüber nachgegrübelt. Als ich auf den Anblick von Vigulfs Foto nicht mehr mit besinnungsloser Angst reagierte und wie gelähmt war von einer Schuld, von der ich nicht wußte, daß ich sie spürte, da konnten wir uns das Bild vornehmen und dieses so gewöhnliche Gesicht betrachten. Weder gutaussehend noch unansehnlich, weder schlecht noch gut, weder alt noch jung, einfach nur durch und durch unauffällig.

Zu Anfang dachten wir nicht über Vigulf nach, da war er

noch zu gefährlich. Nachdem er mir den ersten Schock versetzt hatte, wanderte er zurück in Großvaters Versteck. In regelmäßigen Abständen wurde er hervorgeholt, jedesmal etwas weniger gefährlich, wenn auch nicht weniger beunruhigend.

Wir sannen über Murmel aus dem Gänseei nach. War er schlecht? Oder erschlug er die Diener und warf er den armen kleinen Jungen dem Teufel in den Rachen, weil er es nicht besser wußte? War er von dem Moment an garstig und häßlich, als er in seinem Ei lag und von Hering und Haferbrei und Grütze und Milch murmelte? Oder wurde er so, wie er wurde, weil ihn die griesgrämigen alten Trollweiber fanden und ausbrüteten? Wäre er freundlicher gewesen, wenn ihn Schneewittchen gefunden und zu den sieben Zwergen mitgenommen hätte? Oder wenn ihn die Prinzessinnen mitgenommen hätten zu dem Häuschen tief drinnen im Wald, wenn er mit dem brausenden Flügelschlagen der wilden Schwäne in den Ohren aufgewachsen wäre? Hätte er das arme Mädchen lieb und freundlich begleitet und seinen Korb getragen, als es die Sternenblumen sammelte? Und zu ihren Füßen gesessen, als sie die sechs Hemden nähte? Oder hätte er den Knüppel über dem Kopf geschwungen und alle erschlagen, Schneeweißchen und Rosenrot und die sechs Schwäne, und wäre er in die weite Welt hinausgezogen, um überall Angst und Schrecken zu verbreiten?

Wir grübelten, aber wir durchschauten das Phänomen Murmel aus dem Gänseei ebensowenig wie später das Phänomen Vigulf. War er von Grund auf schlecht, oder war er auch ein kleines bißchen gut? Wenn sich die großen Hände über die Bettdecke zu den Teddys vortasteten, hatten sie dann auch etwas Liebevolles? Eine Art von mißverstandenem und hilflosem gutem Willen, den ich nicht bemerkte, weil die Angst vor seinem gewaltigen Knüppel im Wege stand? Ich weiß es nicht, denn ich erinnere mich nur an die Angst.

Das ist das Nachtbild. Das ist der Alptraum, der mich in so vielen Nächten gequält hat und der auch tagsüber in unerwarteten Augenblicken wie ein Murmel aus dem Gänseei platzte und mich mit einem Schlag seines Knüppels besinnungslos schlug.

Das ist das Nachtbild. Ich liege in einem Bett mit Teddys. Zwei große Hände schieben sich unter die Decke, zwei Arme packen mich, und ich lande auf dem Fußboden. Meine Schlafanzughose ist naß. Sie wird mir heruntergerissen und in eine Ecke geworfen. Auf dem Fußboden steht das Töpfchen. Ich werde auf den Topf gesetzt. Mein Kopf ist im lebensgefährlichen Hier und Jetzt gleichzeitig völlig verschlafen und hellwach. Das Herz ist ein kleiner Hammer, der an die Innenseite der Ohren hämmert, gegen die Rückseite der Augen. Ich sitze auf dem Topf und weiß zwei Sachen. Daß ich nicht weinen darf und daß ich es schaffen muß, Pipi zu machen. Das erste gelingt mir, das zweite ist unmöglich.

Über mir drohen die beiden Beine. Die Hände, die in seinem Schritt fummeln, haben Haare auf den Fingern und breite, abgekaute Nägel. Dann kommt der große Pipi raus. Wie eine Schlange schwingt er den blutroten Kopf. Ich werde an den Oberarmen gepackt und vom Nachttopf gehoben und hart auf dem Fußboden abgesetzt. Der Nachttopf ist alt und aus Porzellan, auf der Außenseite hat er ein Blumenmuster. Ich starre auf die Blumen, nicht zu dem Pipi hin, das gelb auf den Boden des Topfs schäumt. Prasselnd trifft der Strahl auf das weiße Porzellan mit den feinen Rissen. Irgendwo außerhalb des Geräuschs ist meine Mutter, aber wir wissen alle beide, das Schlimmste, was wir tun können, ist, die Arme nach dem anderen auszustrecken.

Und dann werde ich im Nacken gepackt und wie eine junge Katze hochgehoben. Wie ein Kätzchen krümme ich mich und wehre mich nicht. Ich werde auf den Fußboden geworfen. Ich knie vor dem Nachttopf. In der gelben Flüssigkeit sehe ich mein eigenes Gesicht. Das ist jenseits von Angst, jenseits von Schmerz, jenseits von Weinen, das *ist* einfach nur.

Danach ist da nur noch Schreien, ein aufblitzendes Messer, etwas Warmes, Feuchtes, ein brennender Schmerz und ein gewaltiges Gewicht auf meinem Rücken. Meine Knie knicken weg, und mein Atem flüchtet bis tief unters Bett.

33

Im Kopf des Rehs existieren keinerlei Gedanken über die Zeit. Deshalb weiß es nicht, ob der Kampf, den es kämpft, Monate oder Jahre oder nur einen Augenblick dauert. Aber lange kann es nicht gedauert haben, denn solche Kämpfe ziehen sich nie lang hin. Sie dauern einen Augenblick und eine Ewigkeit. Sie lassen sich nicht in Zeit messen.

Das Kitz, das zusammengekauert auf der Erde liegt, ist erst wenige Tage alt. Das hat es schon gelernt. Nein, niemand hat es ihm beigebracht, aber trotzdem kann es das. Jedesmal, wenn die Mutter weg ist, liegt das Kitz vollkommen still im Gras, so still, daß nicht einmal das Wort unbeweglich zur Beschreibung taugt. Das Kitz atmet kaum. Das

Herz schlägt gerade noch. Das Kitz befindet sich in einem Dämmerzustand und gibt kaum mehr ab als einen leichten Geruch.

Deshalb dauert es lange, bis der Fuchs es aufgespürt hat. Aber der Fuchs weiß, daß es da ist, denn er hat die Mutter gesehen. Der Fuchs weiß, das Kitz liegt irgendwo im hohen Gras, und alle Körperfunktionen sind auf das absolute Minimum heruntergeschraubt. Der Fuchs ist ein geduldiger Jäger.

Wie eine dichte Mauer steht der Laubwald um die kleine Lichtung. Ebereschen und Haselbüsche, Birken und Eschen stehen nebeneinander wie Bruder und Schwester, wie Vetter und Cousine. Die Blätter einer einzelnen Espe zittern, als hätten sie es übernommen, der lähmenden Angst des Rehkitzes Ausdruck zu verleihen. Aus dem Wipfel sendet eine Amsel eine Warnung, die den kleinen Baum bis zu den Wurzeln erzittern läßt.

Aber hier ist nichts zu tun. Ein Eichhörnchen turnt in tänzerischem Spiel durch die Haselnußsträucher. Es rennt die dünnen Stämme hinauf und hinunter, rennt auf den Ästen hin und her, schneller, als das Auge es erfassen kann. Beim Flötenton der Amsel hält es inne und scheint einen Moment lauschend auf den Zehenspitzen zu stehen, um sogleich wieder in halsbrecherischem Tempo loszusausen. Denn was hat dieses Intermezzo mit dem beschäftigten Eichhörnchen zu tun? Etwas weiter weg in den dunklen Fichten krächzen Krähen. Das klingt, als führten sie Böses im Schilde. Aber das sind doch bloß Krähen.

In einer Birke wiederholt der Buchfink beständig seine charakteristische Strophe, die in einem hohen Schnörkel ausklingt. Der Fuchs kann nicht nach Hause ziehen, denn die Jungen, die im Fuchsbau unter der Föhre warten, haben seit Tagen nichts zu fressen bekommen. Die Fähe zieht in immer engeren Kreisen durch die Lichtung. Das Rehkitz drückt sich unbeweglich ins hohe Gras. Die Mutter ist weit weg.

34

»Großvater?«

»Ja?«

»Großvater, heute wird mir nichts Böses geschehen?«

»Nein, mein Kind, heute soll dir nichts Böses geschehen, heute nicht und nie und nimmermehr.«

»Auch nicht, wenn du alt wirst wie die Steine unter der Brücke?«

»Nein, auch dann nicht, wenn ich alt werde wie die Steine unter der Brücke.«

»Auch nicht, wenn du so alt wirst wie die Flechten an den Bäumen?«

»Nein, meine Kleine, auch dann nicht, wenn ich so alt werde wie die Flechten an den Bäumen.«

Es ist lange her, seit wir dieses Ritual wiederholt haben, ich erinnere mich nur noch ganz vage daran. Aber heute brauche ich das Ritual noch einmal. Nach Monaten und Jahren taucht es im Bewußtsein auf und muß hinaus, muß ausgesprochen werden. Es muß im Angesicht des Großvaters wiederholt werden. Meine Augen habe ich ängstlich auf sein Gesicht gerichtet.

Wir bekommen Besuch. Ragna und Aksel und Mutter und Vater kommen uns besuchen. Das ist kein Spielbesuch mit dem blauen Puppengeschirr auf dem Tisch unter dem

Ahorn. Das ist nicht die winzigkleine Frau mit der winzigkleinen Kaffeekanne und husch ins Körbchen, Kätzchen! Dies ist ein Sonntagsbesuch von anständigen Leuten. In der Stube mit Tischdecke und den guten Tassen. Wir haben Marmelade von den Erdbeeren gekocht, die wir auf dem Felsen hinter der Scheune gepflückt haben. Noch nicht alle sind reif, aber wir haben genug gefunden. Es ist Hochsommer. Langsam wird die Zeit knapp.

»Großvater, erzähl mir vom Findelkind. Davon, wie ich das Findelkind geworden bin!« Mein Einfall überrascht mich selbst. Denn eigentlich beschäftigt mich nur der bevorstehende Besuch, am Vormittag konnte ich kaum an etwas anderes denken. Gleichzeitig treibt mich eine Unruhe um, die ich nicht verstehe.

Es dauert noch viele Stunden, bis der Besuch kommt. Erst müssen wir zu Mittag essen und für die Marmelade Waffeln backen. Der Teig ist fertig und steht im Erdkeller unter dem Küchenfußboden. »Der muß erst noch ein bißchen ruhen«, sagt Großvater. »Und du auch, mein kleiner Troll.«

Er setzt sich auf die Treppe, und in der Hoffnung, daß ich so etwas zur Ruhe komme, nimmt er mich auf den Schoß. Und erst da, auf seinem Schoß, auf dem Treppenstein, da spüre ich die Unruhe. Keine tausend Gedankensprünge und keine hundert unnötige Aktivitäten können sie verjagen. Sie fliegt über den Ahorn und landet im Bauch. Als ich den Mund aufmache, kommt, ehe ich's mich versehen habe, das alte Ritual, kommen die feierlich beschwörenden Worte. »Großvater, heute wird mir doch nichts Böses geschehen, oder?«

»Erzähl mir vom Findelkind«, wiederhole ich.

Und Großvater ist freundlicher als noch der freundlichste König, der dick und lächelnd auf der Schloßtreppe steht und die Gänsemagd hereinruft, um sie zu fragen, warum sie bei allem so täte. Aber zunächst muß der Berg bewegt werden. Zunächst müssen Quellen sprudeln. Zunächst sollen Brunnen gegraben werden – so tief, daß niemand je bis zum Grund gelangt ist.

Großvater erzählt. Nicht von damals, wie er mich unter einem Baum im wilden Wald gefunden hat, als meine Nase aus dem Kleiderbündel herausschaute und aussah wie eine rote Beere, so daß er Lust bekam, einfach hineinzubeißen. Großvater erzählt von damals, als er mich fand, im hintersten Winkel unter einem Bett, verwahrlost und zum Schweigen gebracht, und mich übers Gebirge nach Hause trug. »Du hast genauso geschwiegen wie die Prinzessin im Märchen«, sagt Großvater, denn auch auf diese Wahrheit muß ein bißchen vom versöhnlichen Licht des Märchens fallen. Sonst wird das zu schwierig.

»Du warst schon fünf Jahre alt, und ich wußte, daß du sprechen konntest ...«

»Woher hast du das gewußt?« unterbreche ich ihn neugierig. Ich bin ganz begierig auf diese Geschichte mit mir als Hauptperson. Ich merke aber, daß diese anders ist. Diese ist wirklich, die ist ernst. Die ist aus erinnerlichen Zeiten, aus Zeiten, an die wir beide uns erinnern können.

»Eine dicke Dame hatte mir das gesagt«, antwortet Großvater. Er schaut mich von der Seite an, als wolle er prüfen, ob da in mir Erinnerungen wachwerden. Aber das tun sie nicht, denn noch kann ich mich nicht an die übergewichtige Fürsorgerin zurückerinnern, die versuchte, meine Mutter und mich in irgendeine Form von Alltag einzubinden, so gut sie es eben vermochte.

»War das die gute Fee?«

»Ich glaube, sie war eine von den drei Basen. Die haben gesponnen und gewebt und so fleißig genäht, daß sie eine lange Nase, einen breiten Hintern und triefende Augen bekamen, kannst du dich entsinnen?«

»Die der armen Dienstmagd halfen, damit sie den Prinzen bekam, und die zur Hochzeit erschienen und die von ihr ›liebe Basen‹ genannt werden wollten?«

»Ja, genau die. Aber«, schmunzelt Großvater, »du wirst ja keinen Prinzen heiraten.« Als ob er das wissen kann!

»Aber – also – ja, du konntest reden. Du hattest es nur wieder vergessen. Du warst schweigsam wie die Königstochter, nachdem sie der Kammerjungfer unter freiem Himmel schwören mußte. Du hast auf meinem Arm gesessen, als ich bei Sonnen- und bei Mondenschein heimwärts gewandert bin. Abends schlugen wir an einem Gebirgssee oder unter einer überhängenden Felsnase unser Lager auf. Wir wickelten uns in die Decken, die ich mitgebracht hatte, und ich erzählte dir von der naseweisen Prinzessin, die keiner zum Schweigen bringen konnte. Wie ein kleiner Welpe hast du in meinem Arm geschlafen, während ich mich wie die Prinzessin auf der Erbse drehte und wendete, weil ich immer noch Angst hatte, du könntest in einer Felsspalte verschwinden, sobald ich dich aus dem Auge lassen würde. Jeden Morgen und mehrmals am Tage erzählte ich dir, daß dir nichts Böses geschehen wird, nie und nimmermehr, und wenn ich alt werden sollte wie ... Ja ja, das weißt du doch. Hin und wieder glaubte ich, du würdest mir antworten, das würden deine ersten Worte sein. Aber so kam das also nicht.«

»Was kam denn? Was habe ich als erstes gesagt?«

»Du sagtest: Das Fett läuft an ihr runter.«

35

Er sitzt am Feuer, hat das Kind auf dem Schoß. Es hält jetzt seine Nähe aus, ja, fast scheint es, als suche es sie. Der Blick ist nicht länger so erloschen wie bei ihrer ersten Begegnung dort unter dem Bett. Auch nicht mehr so scheu. Es kann ihm jetzt schon länger in die Augen sehen. Sucht der Blick des Kindes nach Geborgenheit und Sicherheit?

Das Kind scheint seine Mutter nicht zu vermissen. Aber schließlich gibt es keinerlei Anzeichen, daß es überhaupt etwas vermißt. Es trinkt, wenn er ihm Wasser gibt, und ißt, was er ihm in den Mund steckt. Das Gesicht ist verschlossen, daran lassen sich keine Gefühle ablesen. Kein Ton kommt über die Lippen. Es weint nicht. Es lächelt nicht. Es lacht nicht. Das Kind ist wie lebendig tot.

Die Wunden auf dem Rücken und am Arm, lange rote Striemen von den Messerschnitten, sind verschorft. Sie sind zwar nicht tief, aber sie müssen schlimm sein, denn das Mädchen zittert am ganzen Körper, sobald er versehentlich daran kommt.

Sie ist für ihr Alter sehr klein, und unglaublich mager. Die Haut liegt weiß und glatt über Stirn und Wangen, auf der Nase hat sie helle kleine Sommersprossen, als wäre Zimt darüber gestäubt. Die braunen Haare sind völlig verfilzt, zwischen den Locken klebt noch der Staub vom Fußboden. Kaum vorstellbar, daß sie je in die Nähe von Wasser und Seife gekommen sind. Kämme kennen sie ebenfalls kaum. Er versucht sich gar nicht erst daran, sondern schneidet die Haare gleich am ersten Abend vorsichtig ab. Sie steht ganz still zwischen seinen Beinen und läßt es geschehen. Sie scheint nichts dagegen zu haben, daß man sie versorgt.

Auch die spitze Schere, die er benutzt, scheint sie nicht zu erschrecken. Aber das tut sein Schnitzmesser ebenfalls nicht, und das überrascht ihn doch. Vielleicht hat sie das große Messer nicht gesehen.

Man kann unmöglich wissen, was sie gesehen hat, was sie gehört und was sie von der unfaßbaren Tragödie mitbekommen hat, die den Stiefvater das Leben gekostet und ihre Mutter, die von ihm im Stich gelassene Tochter, in ein Feenreich geschickt hat, aus dem sie nichts mehr zurückholen kann – kein Bekreuzigen, kein Beschwören.

Hier an dem kleinen Waldsee, der eigentlich kaum mehr als ein Tümpel ist, mit den weißen Seerosen, die auf der Wasserfläche schwimmen, zieht er das Kind aus. Im lauwarmen Wasser des flachen Ufers will er die Schmutzkruste abwaschen. Beim Anblick dieses dünnen weißen Körpers wird er weich, er kann ihn kaum ertragen. Er hebt das Kind hoch und setzt es vorsichtig auf seine Knie. Behutsam senkt er den Kopf, versucht er ihren Blick einzufangen, den sie irgendwo auf sein Hosenbein geheftet hat. Er bringt sie dazu, den Kopf zu heben und ihm in die Augen zu schauen, und dann zaubert er, woher, weiß er auch nicht so recht, diese feierliche Formulierung, die sie noch so oft wiederholen werden.

»Heute soll dir, meine Kleine, nichts Böses geschehen. Heute nicht und nie und nimmermehr.«

Meine Kleine, das ist der erste Kosename, den er ihr gibt, und der, den er in Zukunft am meisten benutzen wird. Als er sie auf seinen Knien wiegt, singt er ihr eine Weise vor, die Strophen, an die er sich erinnert. Und da ihr das zu gefallen scheint, macht er weiter mit anderen Kinderliedern. Dabei badet er sie. Er seift sie mit der Rasierseife ein, und zum Abspülen gießt er mit Hilfe einer Konservendose Wasser über sie. Sie steht ganz still, scheint es sogar zu genießen, obwohl das Wasser etwas kalt ist und sie schaudert.

Aber als er ihren Nacken anfaßt, um den Kopf vorzubeugen, damit er die kurzen Haare waschen kann, gibt sie einen erstickten Schrei von sich und sackt in sich zusammen, als hätte ihr jemand die Beine weggetreten.

In Kanada hat er einmal einen jungen Hasen in einer Falle erlebt. Er selbst stellte keine Fallen auf. Allein schon der Gedanke an die zu Tode erschrockenen Tiere empört ihn. Wenn er auf seinen Touren durch den Wald an Tierfallen vorbeikam, machte er einen möglichst großen Bogen. Er ertrug es nicht, den Todeskampf der Tiere mitzuerleben. Gleichzeitig respektierte er die einheimischen Jäger, die Fallensteller. Das war ihre Existenz. Das hatten sie immer schon getan. Aber er machte einen Bogen.

Nur, dieses eine Mal war das Tier so klein. Er konnte von weitem sehen, daß es ein Junges war, ein junger weißer Hase, der mit einer Pfote in der Falle gefangen war und mit den drei anderen vergeblich nach der Freiheit scharrte. Die langen Ohren hingen flach und hilflos auf dem Rücken. Die schwarzen Augen starrten ihn an. Er konnte sich nicht abwenden. Aber als er hinging, um ihm zu helfen, schrie das Junge.

Das war genau so ein erstickter kleiner Schrei, der alles umfaßte.

Am nächsten Tag ziehen sie weiter. Das Kind kann ohne Probleme laufen, und es ist unendlich geduldig. Trotzdem trägt er es oft, denn seine Beine müssen doch müde werden. Einmal merkt er, wie das kleine Mädchen den Kopf auf seine Schulter legt, und er spürt an seinem Gewicht – diesem klitzekleinen Gewicht! –, daß es eingeschlafen ist.

Er hat das Gefühl, ein großes Geschenk erhalten zu haben.

Solange sie wach ist, redet er mit ihr. In einem fort fallen ihm Geschichten ein, und die Worte kommen fast wie von alleine. Als hätten sie bereitgelegen und gewartet. Er nimmt die Geschichten, an die er sich von seiner Großmutter erinnert, das, was ihm Signe von Blumen und Tieren erzählt hat, und das, was er später selbst gelesen oder erlebt hat. Manches erfindet er aus dem Stand. Obwohl sie keine Anstalten macht, ihm zu antworten, wirkt es, als gefiele ihr der Klang seiner Stimme. Wenn er schweigt, ist ihr Körper angespannter, und ihr Blick verliert sich im Moos auf der Erde.

Er weiß, daß sie sprechen kann, auch wenn sie bestimmt schweigsam ist. Jetzt sprechen nur ihre Augen – in den kurzen Momenten, da sie seinen begegnen. Aber er spürt, daß sie sich sicherer fühlt. Woran er das merkt, kann er nicht genau sagen, aber er spürt es. Vielleicht drückt ihr Blick mehr Nähe aus, wird lebhafter. Wenn er herumläuft, um ihren Zeltplatz vorzubereiten, folgt sie ihm mit den Augen.

Er hat Angelzeug dabei, und am letzten Abend, als sie an einem Waldsee rasten, nicht weit entfernt von dem Hof, den er übernommen hat, fängt er eine kleine Forelle. Das Kind sitzt auf dem Stein, wo er es hingesetzt hat, und beobachtet ihn, als er den Fisch putzt. Er will sie zu sich rufen, aber sie scheint auf ihren Namen nicht zu reagieren. Der ist auch ein bißchen merkwürdig. Er beschließt, ihn etwas zu verändern. Aber das eilt nicht. Meistens sagt er meine Kleine, wenn er mit ihr spricht. Sie scheint das zu mögen. Vielleicht hat niemand je ihren Namen benutzt.

Jeden Abend hat er ihr die Geschichte von der Prinzessin erzählt, die niemand zum Schweigen bringen konnte.

Doch, oft auch am Tage. Solange er erzählt, neigt sie den Kopf leicht zur Seite und hört ihm zu. Immer noch schaut sie meist unter sich, aber ihr Körper signalisiert, daß sie zuhört.

Jetzt kommt er mit dem Fisch und setzt sich neben sie und sagt, während er mit einem Stock im Feuer stochert:

»Ich möchte die gern braten.«

Das Kind wendet den Kopf und sieht ihm direkt in die Augen. Der Blick ist so präsent und offen, daß es ihn mitten ins Herz trifft, und ihre Lebensfäden verknüpfen sich für immer.

»Das Fett läuft an ihr runter«, sagt das Kind.

36

»Die ist so fett, an der läuft das Fett runter«, mokiert sich Vigulf.

»Das Fett läuft runter, das Fett läuft runter. Brat sie! Koch sie!« Skrakkel rasselt ohrenbetäubend. Immer öfter ist er lautstark anwesend, läßt sich von niemandem unter Kontrolle bringen, nicht mal von Tildermann, Hildermann oder bloß Tilder.

Als die dicke Dame die Treppe hochgekeucht ist, will Vigulf sie nicht hereinlassen. Aber als er feststellt, daß sich hinter dem umfangreichen Körper der Fürsorgerin das ganze Amt verbirgt, gibt er nach und öffnet ihr. Sie verschafft sich Einlaß, so daß Skrakkel oben auf den Küchenschrank verschwindet. Dort oben bleibt er für kurze Zeit mit gestutzten Flügeln sitzen, aber sein böser Blick verrät Liv, daß er böse ist und wiederkommen wird. Tildermann,

Hildermann helfen ihr beim Kaffee, nur den Kuchen hat sie vergessen, und die Dame bekommt statt dessen Haferflokkenkekse.

Die Dame ißt Kekse und hält dabei das Kind auf dem Schoß. Unschuldig unterhält sie sich mit ihm und gibt ihm von den Keksen ab. Skrakkel starrt derweil immer noch böse von seinem Platz auf dem Schrank herunter. Von der anderen Seite des Tischs starrt Vigulf genauso böse herüber. Aber nur beim ersten Mal. Denn er merkt schnell, dieses unschuldige Gerede der Dame ist beileibe nicht nur unschuldig. Sie hat Augen im Kopf, und aus den Augen blickt das Amt. Sie wiegt das Kind auf dem Schoß. Sie erkennt Livs gesenkten Kopf. Sie beurteilt Vigulfs rohen Blick und den unsteten, scheuen des Kindes. Sie ist gefährlich. Vigulf sieht das und geht Kuchen kaufen. Seither ist er entgegenkommend und hat jedesmal, wenn sie anrückt, Kuchen besorgt.

»Diese Fettwalze«, sagt er anschließend.

Aber das Kind liebt ihren runden Bauch und die großen Brüste. Es legt den Kopf darauf und hört tief drinnen ein Herz schlagen. Es kuschelt sich zwischen die weichen Arme und läßt sich mit Brotscheiben und Haferflockenkeksen füttern. Es trinkt die Milch, die kurze dicke Finger ihm reichen. Es läßt sich in die Ohren schauen und durchs Haar streichen, und wenn es ziept, schreit es nicht. Aber wenn die Dame wieder geht, beginnt das Kind zu weinen. Es lernt, die Mutter vorsichtig nach den Kreuzen im Kalender zu fragen und geduldig darauf zu warten. Es lernt zu warten.

Wenn Vigulf unterwegs ist, redet Tildermann mit Liv über das Kind. Er sagt, sie soll es anziehen und mit ihm rausgehen.

»Nimm es mit!« befiehlt Tildermann, aber wenn er sagt:

»Geh mit ihm raus, Liv, nimm es mit nach draußen!«, ist seine Stimme weich.

Da setzt sie das Kind in den Wagen und geht. Sie geht bei Regen, und das Kind weint leise. Sie geht bei Sonnenschein, und das Kind deutet verwundert auf Blumen und Bäume. Sie geht unter Wolken, die in den drohenden Gebilden Skrakkel verstecken. Da fürchtet sie sich, und obwohl Tildermann an ihrer Seite ist, dreht sie mit dem Wagen um. Sie geht zum Kaufmann, der dem Kind ein Rosinenbrötchen gibt. Als er sieht, wie gierig das Kind ißt, schenkt er ihm noch ein Brötchen. Er sagt, daß sie morgen wiederkommen darf, aber das tut sie nicht, weil Vigulf es nicht erlaubt.

Vigulf und Skrakkel. Skrakkel und Vigulf. Vigulfskrakkel und Skrakkelvigulf. Viskrakkelgulf und Skrakkulfvigle. Es ist einer und es sind zwei, es sind Arme und Federn, Hände und hackende Schnäbel. Und böse, bitterböse Augen.

Aber es gibt auch Tildermann, Hildermann oder bloß Tilder. Er sorgt für das Kind, er verbirgt es am weichen Igelbauch, und als Skrakkelgulf danach hackt, stellt er die Stacheln auf.

»Das ist mein Kind«, sagt Tilder, »das ist meins, nicht Vigulfs oder Skrakkels.«

»Ich weiß«, antwortet sie und fährt mit der Hand über die Stacheln, die nur für sie weich sind, nur für sie und das Kind Hild.

Solange Tildermann da ist, geht alles gut. Nein, nicht gut, aber es geht. Das Kind pusselt für sich in einer Ecke. Es bekommt Wasser, wenn es weint – oder Milch, wenn welche da ist. Es bekommt Kekse und eine Scheibe Brot mit Käse, wenn Tildermann Bescheid sagt. Das Kind pusselt für sich und bereitet keinerlei Unannehmlichkeiten. Wenn die

Dame kommt, nimmt Vigulf es auf den Arm und kitzelt es. Aber er läßt es schnell los, so daß es ganz schnell auf den dicken Schoß kommen kann. Wenn die Dame da ist, hält sich Tildermann im Hintergrund, denn er weiß, so ist es richtig. Aber sobald sie gegangen ist, kümmert er sich wieder um das Kind.

An den Augen der Dame, an den Falten auf ihrer Stirn, an den immer häufigeren Kalenderkreuzen sieht man, daß es gar nicht gut geht. Daß es gerade nur so eben geht. Skrakkel brüllt ohrenbetäubend. Daß die Dame böse ist. Daß sie nicht hereinkommen darf. Daß sie ihnen allen Böses will. Daß sie einen Faden zu fassen kriegen will und so lange ziehen wird, bis sich der Alltag auflöst.

»Und was dann?« schreit Skrakkel.

»Was dann?« fragt Vigulf drohend.

»Dann kommt unser Kind weg, ganz weg«, haucht Tildermann erschrocken und versteckt seinen Kopf im Schoß des Kindes. Aber das Kind beachtet ihn nicht.

Das Kind beginnt nachts einzunässen.

»Versteck es, versteck es«, bettelt Tildermann. Aber Vigulf entdeckt es, und Skrakkel schleppt das junge Kätzchen an, das er vor langer Zeit, als der Igel unter dem Rosenstrauch schlief, im Brunnen zu ertränken versuchte.

»Ich werd' dich Mores lehren!« rasselt Vigulf, genau wie damals Georg, als er das Schnäuzchen der kleinen Katze auf den Fußboden preßte, auf den nassen Flecken auf dem Teppich, so lange, bis es so jämmerlich schrie, daß selbst der böse Skrakkel Mitleid hatte. Mitleid fühlte und flüsterte, Liv solle sie im Brunnen ertränken. Er drückte ihre Hand mit dem zappelnden Kätzchen unter Wasser. Aber da erwachte der Igel unterm Rosenstrauch, und Tildermann kam und zog die Katze aus dem Brunnen.

»Das soll unser Kind sein«, sagte Tildermann, Hildermann oder bloß Tilder.

Das Kind kniet wie beinahe jeden Abend in der letzten Zeit auf dem Fußboden. Herzlos aus den nassen Laken gezerrt, halbwach, verwirrt und zitternd, ein weiteres Mal zu Tode erschrocken. Liv sieht den nackten kleinen Po zwischen Vigulfs gespreizten Beinen. Sie sieht den gelben Strahl. Sie sieht den Griff in den Nacken. Sie sieht, wie sich das Kind zusammenkrümmt, als es hochgehoben wird wie ein armes, struppiges Kätzchen. Über ihrem Kopf rasselt Skrakkel, böser und furchtbarer denn je. Er drängt nach innen, durch die Ohren, durch den Mund, wie eine Schlange kriecht er durch den Nabel nach innen. Er zischt, sie solle das Kind töten, damit es ihm nicht schlecht geht.

»Wirf es!« schreit er, »wirf! Wirf es aus dem Fenster! Die Treppe hinunter! In den Brunnen! Wirf es!«

Da erwacht der Igel unterm Rosenbusch. Er wendet ihr den Rücken zu und zeigt ihr die messerscharfen Stacheln.

»Stich zu!« brüllt Tildermann. »Stich zu! Stich! Stich!«

Sie nimmt das Messer.

37

Der Fuchs hat das Rehkitz eingekreist und macht sich bereit zum Angriff. Das Kitz drückt sich stumm ins Gras. Sieht es etwas? Hört es etwas? Schwer zu sagen. Empfindet es Angst? Alle Beutetiere müssen doch mit dieser Angst geboren sein, die ihnen diese leichte, flüchtige, beinahe übersinnliche Art verleiht, im Dasein präsent zu sein. Alle Beutetiere sind doch kaum mehr als ein Blitz auf der Netzhaut, als das Knacken eines Zweiges, das Aufscheinen eines unschuldig weißen Spiegels. Schon sind sie wieder verschwunden, als hätte es sie nie gegeben.

Der Wald lauscht. Die Flechten am Baum, die Steine unter der Brücke – alles lauscht. Das Eichhörnchen läßt einen Tannenzapfen fallen. Rascheln, wie der letzte Huster in der Kirche vor der Stille eines Begräbnisses. Alle warten. Mit einem letzten Aufseufzen fährt der Wind über die Lichtung, durch Gras und Blaubeergestrüpp. Zwischen zitterndem Espenlaub wartet die Amsel. In der Birke lauscht der Buchfink.

Selbst die Krähen schweigen. Wie schwarzgewandete Priester sitzen sie stumm und ernst und warten auf das befreiende Aufbrausen der Orgel, wenn die Handlung einsetzt.

Da kommt die Rehmutter. Nicht Angst lenkt sie, nicht Hass, nicht Wut, nicht Entsetzen. Nur ein angeborener, grenzenloser Drang zu beschützen.

38

»Ich will der größte Bock sein«, sagt Aksel.

Das ist in Ordnung, finde ich, denn dann kann ich der Troll sein, geradeso wie wenn Großvater und ich zusammen spielen. Ragna darf der kleine und der mittlere Bock sein. Die Brücke ist der alte Tisch, der immer noch unter dem Ahorn mitten auf dem Hof steht, der, an dem Großvater und ich Zu-Besuch-Sein geübt haben. Ich bin es gewöhnt, den Tisch als Brücke zu benutzen, entweder diesen oder den blaugestrichenen in der Küche.

Als Ragna hinaufklettert und erst mit vorsichtigen kleinen Schritten, danach schon weniger vorsichtig mitten über die etwas wackelige Tischplatte trippelt, bekomme ich einen ziemlichen Schrecken. Denn das tut Großvater natürlich nie. Ich antworte trotzdem, wie ich soll. Aber als der große Bock angetrampelt kommt, daß die Brücke knackt, fahre ich wie der Blitz aus dem Wasserfall und packe den Bock bei den Hörnern, noch ehe er seinen letzten Satz stottern kann. Aksel geht kopfüber zu Boden.

Er ist sofort wieder auf den Füßen und mit Speer und Riesenstein über mir, noch ehe ich begreifen kann, was passiert. Wie gelähmt sitze ich auf der Wiese und stecke eine Ohrfeige nach der anderen ein, bis der Troll in mich fährt und ich mit allem, was mir an unfeinen Methoden zur Verfügung steht, gegenhalte. Ich trete und schlage und ziehe an den Haaren, und, ja, ich beiße wohl auch, denn nachdem die Erwachsenen angerannt kommen, um den Tumult aufzulösen, weist Aksel triumphierend den Abdruck meines Trollgebisses auf seinem Arm vor. Das runde Mal von meinen Zähnen zeigt die erwünschte Wirkung. Ich schäme mich. Zum Glück bekomme ich Nasenbluten, das ging bei mir schon immer schnell.

Ragna ist überrascht, daß ich genauso aufbrausend bin wie ihr Bruder, und schlägt ein Ballspiel vor. Aber erst, nachdem sich alles wieder etwas beruhigt hat. Während wir ein Glas Märchenbrause trinken, die Ragnas Mutter friedenstiftend aus einer Flasche eingeschenkt hat, auf der eben jene Böcke abgebildet sind, betrachten wir uns verstohlen, Aksel und ich. Ich bin von dem Erlebten noch immer so erschüttert, daß meine Hand, die das Glas hält, zittert. Ich bin bereit, auf alles einzugehen.

Ragna hat einen großen roten Ball in einem bunten Ballnetz mitgebracht. Jetzt holt sie den Ball heraus und übernimmt die Führung. Aksel, der auch ziemlich erledigt ist, akzeptiert ohne Murren, dritter zu sein. Ragna ist erste, ich zweite, erfahre ich. Das sagt mir nichts, denn in meiner Welt komme ich selbstverständlich als erste an die Reihe und dann Großvater. Wenn ich es nicht von mir aus anders haben will. Augenblicklich merke ich mir, daß wir in Zukunft erster und zweiter sind. Und vielleicht kann Mohrle oder der Hahn dritter sein.

Dabei betrachte ich staunend, was Ragna mit dem Ball alles anstellen kann. Sie wirft ihn an die Scheunenwand, faltet die Hände und knufft ihn mit eleganten kleinen Bewegungen drei-, viermal zurück, bis er auf die Erde fällt und zwischen die Brennesseln rollt. Aksel ist so nett und holt ihn, er hat lange Hosen an. Er gibt seiner Schwester den Ball, und nach einigem Hin und Her haben sie sich darauf geeinigt, daß dreimal Fallenlassen erlaubt ist. Ich habe keine Ahnung, wovon die beiden reden, deshalb fange ich den Ball auch nicht auf, als Aksel ihn mir zuwirft, nachdem er ihn zum dritten Mal aus den Brennesseln geholt hat.

»Bitte schön, du bist zweiter«, sagt er, immer noch ein bißchen sauer, und wie ein Schandmal leuchtet der Abdruck meines Gebisses auf seinem nackten Arm. Ich hebe den Ball auf und überlege, daß Großvater und ich von anständigen Leuten noch einiges lernen können.

Natürlich stelle ich mich tolpatschig an, aber es geht schnell besser, denn an der Motivation hapert es nicht. Ich werfe den Ball und lasse ihn fallen und warte ungeduldig, bis ich wieder an der Reihe bin. Aksel ist auch nicht sonderlich geschickt, so daß Ragna den Ball die meiste Zeit hat. Aksel verliert deshalb auch bald das Interesse. Er spielt lieber mit den Kätzchen, jagt die Hühner über den Hof und was fünf, sechs Jahre alte Jungen sonst so anstellen. Ich schaue ihm nicht mal nach. Meine ungeteilte Aufmerksamkeit gilt Ragna und ihrem Ball. Die zwei sind für mich ein Wunder.

Wir werfen und wir zählen, der Ball fällt runter, und wir warten, dann geht es wieder von vorne los. Bis zehn mit gefalteten Händen, bis neun mit beiden Fäusten auf einmal gegen den Ball, bis acht mit nur einer Faust, bis sieben mit dem Handrücken bei zusammengelegten Händen, bis sechs mit dem anderen Handrücken, bis fünf ... bis vier ... bis drei ...

Viele Jahre später bringe ich diese Künste drei kleinen Mädchen mit braunen Haaren bei. Sie sind genauso schön wie die Königstöchter im Blauen Berg – zumindest für uns, Großvater – und genauso ungeduldig, die Kinderspiele ihrer Mutter zu lernen, wie es die Prinzessinnen gewesen sein werden, als sie auf den Soldaten warteten, der sie befreien sollte.

Wie gern du die Königstöchter hattest, Großvater! Wie du schon auf dem Treppenstein saßest und wartetest, wenn das Auto um die Kurve bog, die Türen aufgingen und die drei in deine Arme flogen. »Uropa, Uropa, erzähl uns vom Troll, von den Prinzessinnen im Blauen Berg, vom Nöck, von den wilden Schwänen, vom Dummling, der die Königstochter zum Lachen brachte ... erzähl uns von Mama und davon, wie Mama klein war!«

Aber das ist erst lange, lange nach jenem Sommer. Das ist in erinnerlichen Zeiten, deinen wie meinen. Aber hier und jetzt geht die Tür auf, und die jüngste der drei Königstöchter kommt herein. Die Haare hat sie hochgesteckt, so daß sie sehr erwachsen wirkt. Sie beugt sich über das Bett, gibt dir vorsichtig einen Kuß auf die Wange und sagt, sie soll von den beiden anderen grüßen. Wir beide wissen nicht, ob du sie hörst.

Als Ragna und ich keine Lust mehr hatten auf das Ballspiel, oder anders gesagt, als Aksel keine Lust mehr hatte, allein zu spielen, und sich langweilte, beschlossen wir, Verstecken zu spielen. Das Spiel kannte ich natürlich gut, außerdem kannte ich die meisten Verstecke auf dem Hof, deshalb hatte ich nichts dagegen, als erste stehenzubleiben und zu zählen. Ich konnte bis fünfzig und bis hundert zählen, aber Aksel behauptete steif und fest, er könne nur bis dreiunddreißig zählen. Da einigten wir uns, daß dreiunddreißig reicht. Ich zählte, suchte und fand, alles ohne besondere Probleme. Dann war Ragna an der Reihe und danach Aksel.

Ich hocke in der Scheune hinter der großen Mehlkiste und bin guter Dinge. Aksel zählt auf der Treppe vorm Haus, und Ragna produziert bekannte Geräusche, als sie sich nicht weit von mir im Heu vergräbt. Das erinnert mich an die Katzen. Ich denke, daß mir nichts Böses geschehen kann, wie mir Großvater heute früh versprochen hat. Nie und nimmermehr. Abgesehen von der unseligen Geschichte mit dem größten der Böcke ist der heutige Tag bisher wie ein Märchen gewesen.

Als Großvaters ewig langer Mittagsschlaf um ist, sehe ich endlich, wie die Familie in der Kurve erscheint. Allerdings war Großvater da schon lange wieder wach, waren die Waffeln gebacken und der Kaffee aufgebrüht. Wir sollten von anständigen Leuten Besuch bekommen, das war kein Scherz. Ich zitterte vor aufgeregter Erwartung.

Vielleicht hat Großvater auch etwas gezittert, aber aus anderen Gründen als ich, denn die Geschichte bei der letzten Begegnung mit der kleinen Familie lag in meiner Erinnerung weiter zurück als in seiner. Und selbst wenn er die Woche, die dazwischen lag, genutzt hatte, um mich vorzubereiten, konnte er nicht sicher sein, ob nicht wieder etwas geschehen würde.

Wir hatten in den letzten Tagen viel von Murmel aus dem Gänseei gesprochen. Das war diese schreckliche Gestalt, die wegging von den fünf Alten, die sie ausgebrütet hatten, und im Laufe ihres Lebens überall soviel Ärger machte, daß sich nicht mal der Teufel mit ihr anlegen wollte. Keiner weiß, was aus ihr geworden ist.

Abends hatte Großvater ein altes Foto von einem Mann mit einem Bart vorgeholt. Der sah nicht aus wie Murmel, denn von dem gab es ein einziges Bild, und zwar in Großvaters großem Märchenbuch. Das zeigte das Bild eines ziemlich hilflos aussehenden Kindes in einer Eierschale. Aber der Mann auf dem Foto war so garstig und so schlimm wie Murmel aus dem Gänseei, sagte Großvater. Und so muß es gewesen sein, sonst wäre es ihm nicht so schlimm ergangen. Als ich fragte, wie schlimm es ihm ergangen sei, wollte er nicht antworten, sondern redete von etwas anderem oder machte Späße. Das würde ich schon noch früh genug erfahren, meinte er.

Als ich den erwachsenen Murmel aus dem Gänseei mit dem Bart betrachtete, bekam ich schreckliche Angst. Das passierte bei dem kleinen in der Eierschale nie. Auch nicht, wenn ich seine Geschichte hörte, obwohl die wirklich schlimm war, mit Mord und Feuer und des Teufels Großmutter und einem gewaltigen Knüppel. Denn das war vor unvordenklichen Zeiten, aber nicht so der Mann mit dem Bart, das war in erinnerlichen Zeiten.

»Aber ich kann mich doch gar nicht an ihn erinnern«,

weinte ich. »Dummer Großvater, blöder Großvater, wie kannst du sagen, daß er aus erinnerlichen Zeiten ist, wenn ich mich doch nicht an ihn erinnere!«

»Ich weiß es einfach«, antwortete Großvater da. Er strich mir übers Haar und legte das Foto weg.

Aber am nächsten Abend war das Bild wieder dagewesen, und ich hatte mit klopfendem Herzen das fremde Gesicht betrachtet. Ich war getröstet worden und hatte Geschichten gehört von kleinen Prinzessinnen, die so lieb waren, so wunderlieb, und trotzdem hatte der garstige Troll sie mit in den Berg genommen.

»Aber sie werden wieder befreit?«

»Das werden sie, meine Kleine. Sie werden immer befreit.«

Und schließlich war ich eingeschlafen, meine Hand in Großvaters.

Ich kauere hinter dem Mehlkasten und warte, daß Aksel mich findet. Glücklich denke ich, wie gut es mir geht und daß mir nicht Böses geschehen wird, nie und nimmermehr. Das weiß ich mit biblischer Gewißheit, mein Glaube ist felsenfest.

Da kommt das Nachtbild. Es fällt nicht wie neulich in einem wehrlosen Augenblick in meinen Kopf. Es lauert im Dunkel des Heubodens, es schleicht sich mit lautlosen Schritten aus dem Heu an, wo sich Ragna gerade eben ein Versteck gesucht hat.

Ich sehe das große Gesicht und spüre die groben Hände. Ich höre die Stimme, leise und drohend: »Na, Kleine, ist dein Bett naß? Sollen wir dir Anstand beibringen? Wie? Wie?« Und dann sitze ich nackt und allein in der dunklen Scheune, und wo meine Mutter hätte sein sollen, ist nur eine große Leere, und der Rand des Nachttopfes ist ein eiskalter und fordernder Ring an meinem Po. »Na?« Ich höre, wie seine Finger auf den Mehlkasten trommeln.

Vielleicht war dieses letztere der Auslöser. Dieses konkrete Zeichen von Nähe – vermutlich war eines der Kätzchen auf den Kasten gesprungen –, das mich so ganz und gar, so grenzenlos wütend machte. Ich wußte es damals und ich weiß es jetzt, in dem Augenblick hätte ich töten können, etwas in Stücke schlagen, zermalmen, ohne etwas anderes als berauschende, befreiende Freude zu empfinden. Denn das Nachtbild hat hier und jetzt nichts zu suchen. Das gehört zu den Erinnerungen und hat sich bitteschön von hier fernzuhalten.

Erfüllt von einer unermeßlichen Wut renne ich durch die Scheune. Aksel, der gerade hereinkommt, bekommt einen so heftigen Schubs, daß er umfällt, hinein ins Heu. Ich höre noch einen verärgerten Schrei, weil er auf der Schwester landet. Schon bin ich über den Hof geflogen, durch die Küche, in die Stube. Großvater hat sich gerade erhoben, die Gäste wollen aufbrechen. Wütend und schluchzend gehe ich auf ihn los:

»Ich will nicht!« wüte ich. »Ich will nicht! Will nicht! Will nicht!«

Und ich zerre mit einer Hand an Großvaters Hosenbein, mit der anderen haue ich mir wütend an den Kopf. »Ich will es nicht hier drinnen haben!«

Meine Stimme erstirbt in einem heiseren Gebrüll, in einem so unmenschlichen Geheul, daß ich mich selbst furchtbar erschrecke. Und Großvater dazu, er bemüht sich verzweifelt, die Ursache meines schrecklichen Zorns zu ergründen. Aber es gelingt ihm nicht eher, als bis ich mich leergeschrieen habe und vollständig in Tränen aufgelöst bin.

Einige Zeit später schaut Großvater den Gästen zu, die aufbrechen. Mich hält er wie ein kleines Kind auf dem Arm. Die Kinder werden nach vorn geschoben, damit sie sich artig bedanken. Ein bißchen unsicher sehen sie aus, ich kann daran erkennen, daß sie das Drama mitbekommen haben. Gleichzeitig nehme ich ihr Lächeln als vielversprechendes Zeichen für das einzigartige Vermögen der Kinder, zu vergessen. Ragna will zum Ballspielen wiederkommen. Sie könne mit dem Fahrrad kommen, vielleicht schon morgen? Die Mutter nickt. Und in all der erschöpften Leere in mir zeigt sich eine kleine Freude. Ich nicke auch.

Wir winken, bis sie um die Kurve sind. Großvater schlägt einen Abendausflug vor, zum See, dann können wir uns ein bißchen beruhigen. Aber als er mich auf die Erde stellt, kann ich mich kaum auf den Beinen halten.

39

Es dauerte beinahe zwei Tage, ehe sie das Kind fanden. Die dicke Fürsorgerin machte sich später große Vorwürfe, daß sie die sonderbare Aussage der verwirrten Mutter falsch gedeutet hatte. Auf Fragen hatte Liv geantwortet – ja, mit dem Kind sei alles gut, das Kind sei bei Tildermann. Weder die Fürsorgerin noch die Polizei hatte je von Tildermann gehört, aber man ging davon aus, daß es sich um die Familie nebenan handelte. Außerdem war die Fürsorgerin vollauf damit beschäftigt, sich um die Frau zu kümmern, die unter Schock stand und verdächtigt wurde, das Verbrechen begangen zu haben, und die Polizei damit, die blutige Leiche wegzuschaffen, die Spuren zu sichern und die Wohnung zu versiegeln.

Erst am nächsten Tag, nachdem sich Liv hinter Schloß und Riegel befand, aber nicht in Gewahrsam der Polizei, wo sie eine Nacht zitternd vor Entsetzen zugebracht und auf jede freundliche Zuwendung mit einem Strom unzusammenhängender Worte reagiert hatte, sondern hinter den verschlossenen Türen der Psychiatrie, erst da fand die dicke Dame Zeit, sich auf die atemlose Suche nach dem Kind zu begeben. Sie durchkämmte die Nachbarschaft, klingelte an unzähligen Türen und stellte unzähligen verwunderten Gesichtern die gleiche Frage.

»Tildermann?« Nein, den Namen kannten sie nicht. »Und Hildermann?« Den auch nicht.

Nach einigen Stunden dämmerte ihr die furchtbare Wahrheit. Und stand dann binnen kurzem vor ihr wie eine gnadenlos brennende Sonne am Himmel der Logik. Wie konnte sie, Sozialfürsorgerin im achtzehnten Jahr, in eine solche Falle tappen? Wie konnte sie glauben, die Aussage der Frau zum Kind habe mehr mit der Realität zu tun als der übrige Unsinn? Der unzusammenhängende Redefluß hatte nach den ersten Stunden schnell nachgelassen. Ihre Klientin war inzwischen verstummt und in sich gekehrt. Ein Zustand, dem andere einen Namen geben würden.

Da setzte sich die dicke Fürsorgerin auf eine Treppe und weinte.

Zur gleichen Zeit stieg der Großvater des verschwundenen Kindes eine andere Treppe hinunter. Eine von der Sorte, auf denen oben oft wichtige Männer stehen und winken – zu einer bewundernden Menschenmenge oder nur zu surrenden Kameras und Blitzlichtgewittern. Und an deren Fuß oft andere wichtige Männer respektvoll warten, gemeinsam mit einem entzückten Enkelkind hinter einem riesigen Blumenstrauß, das vor Erwartung unruhig von einem Fuß auf den anderen trippelt.

Aber dieser Mann winkte nicht. Er wurde von keinem Enkelkind mit Blumen erwartet. Er wurde gar nicht erwartet, von niemandem. Nicht einmal von der weinenden Fürsorgerin auf der Treppe, irgendwo in dieser Stadt, in die er mit einem Taxi fuhr, nachdem er ungeduldig auf den Koffer mit dem schnell zusammengerafften Gepäck gewartet hatte.

Die Polizei hatte das Telegramm geschickt, nicht die Fürsorgerin, denn die hatte genug damit zu tun, sich um ihre Klientin zu kümmern. Außerdem würde sie nicht die Möglichkeit gehabt haben, jemanden von denen ausfindig zu machen, die man als »nächste Angehörige« bezeichnet. Das war der Polizei gelungen. Das Telegramm war wenige Stunden, nachdem der Getötete gefunden und die Verdächtige festgenommen worden war, auf Borgland angekommen. Der Bericht war geschrieben, alles war in schönster Ordnung. Es handelte sich um eine Polizeiwache mit Routine.

Gunnhild hatte die Nachricht von Borgland zu den Galapagosinseln weitergeschickt – und ihre Hände in Unschuld gewaschen. Das eigentliche Telegramm hatte sie verbrannt. Natürlich hatte sie es nicht selbst geschickt, sondern bei der Polizei angerufen und angegeben, sie erfülle nicht mehr die Aufgabe der nächsten Angehörigen – das Wort fiel ihr gar nicht ein, denn so war Gunnhild nicht. Liv befand sich außerhalb ihres Lebens, als hätte es sie nie gegeben.

Georg, der Ehemann, war im Jahr zuvor bei einem Unfall im Silo umgekommen. Er lag unter der Erde und war nicht mehr imstande, irgendeinem Menschen Unrecht zu tun.

Deshalb wurde das tragische Geschehen ein weiteres Mal in Signale verwandelt und auf seine unbegreiflichen Wege über Land und Meer geschickt. Die Signale wurden aufgefangen und zur Großtante des verschwundenen Kindes gebracht.

Als Signe bei Livs Geburt starb, hatten sich Gerda und ihre Familie schon auf Galapagos eingelebt. Nach allerhand Mühen und Ärger hatten sie sich ein kleines Haus gebaut und angefangen, die fruchtbare Erde der Insel etwas weiter landeinwärts zu bestellen, die Versuche näher am Strand hatten keinen Erfolg gezeigt. Mit der Zeit hatten sie davon leben können. Als das erste Kind geboren wurde, lebten sie noch unten am Meer in einem bescheidenen Haus mit Wellblechdach, als das zweite kam, war die »Villa« gerade fertig geworden.

Das große Abenteuer und der unermeßliche Reichtum, die zu finden sie ausgezogen waren, hatten bisher durch ihre Abwesenheit geglänzt, wie es so schön heißt. Aber sowohl Gerda als auch ihr Mann stammten aus erdverbundenen Familien, in denen man wußte, nach Unerreichbarem zu streben war vergebliche Liebesmüh. Also nahmen sie die Situation hin, wie sie war, und fanden ihr Glück in einem erfüllten Alltag.

Reich wurden sie nicht. Geld für eine Reise nach Norwegen, um das kleine Mädchen zu holen, das ohne Mutter und – hier ist Gerdas aufgebrachte Stimme zu hören – Vater aufwachsen mußte, hatten sie nicht. Die Großeltern mußten sich des Kindes annehmen.

Es sollte viel Zeit vergehen, ehe Gerda dem Bruder verzieh, daß er sein neugeborenes Kind zurückgelassen hatte.

Aber die Zeit ließ auch sie milder werden, und als Håvard unerwartet in ihrem kleinen Inselreich erschien, empfing sie ihn mit offenen Armen. Er war nach acht Jahren der erste Verwandte, der erste Mensch aus ihrer Vergangenheit, den sie sah. Da waren Signes Eltern bereits gestorben, der hinfällige Onkel lebte im Pflegeheim und die kleine Liv wohnte seit mehr als drei Jahren auf Borgland bei Gunnhild.

»Bist du sicher, daß das richtig war?« hatte Gerda gefragt. Sie hatte Gunnhild nicht besonders gut gekannt – und schon gar nicht gemocht. Håvard hatte die Frage einfach ignoriert. Gunnhild würde für ihn immer die gleiche sein und bleiben. Er hatte eines von Gerdas Kindern auf dem Schoß und schenkte dem begeisterten Kind all die Aufmerksamkeit, die sein eigenes entbehren mußte. Dabei – und das war beinahe das schlimmste, fand Gerda – hatte ihr Bruder eine ungewöhnlich gute Hand mit Kindern.

»Du solltest dir eine Familie zulegen«, meinten Gerda und Arvid.

Håvard – Howard the coward – traute sich allmählich selbst auch, diesen Gedanken zu denken. Nein, bewußt dachte er das sicher nicht, aber beinahe unmerklich rutschte er in eine Beziehung, und zwar zur Nachbarin seiner Schwester, Dolores. Sie war zehn Jahre älter als er, eine übergewichtige Schönheit ecuadorianischer Herkunft. Dolores hatte ein Verhältnis mit einem Engländer gehabt, von dem sie drei Söhne in ebensovielen Jahren bekam, dann war ihm eingefallen, daß seine Frau zu Hause in Hull lange genug gewartet hatte. Er verkaufte, was zu verkaufen war, nahm das nächste Schiff nach England und ließ Dolores und die drei kleinen Jungen buchstäblich ohne Dach überm Kopf zurück.

Das alles lag bereits mehrere Jahre zurück. Dolores hatte sich mit Hilfe großherziger Nachbarn längst wieder eingerichtet. Aber einen Vater für ihre Kinder hatte sie nicht gefunden, so daß es Håvard übernahm, diesen Platz auszufüllen – wie auch den im wackeligen, selbstgezimmerten Doppelbett.

Bald fünfzehn Jahre lang – was für eine lange Zeit, Großvater! – blieb er der treue Ehemann, fürsorgliche Stiefvater, nette Onkel und geliebte Bruder. Und der Bauer, der Schweine und Hühner zog, der das Feld bestellte. Gelegentlich arbeitete er auf einem der Frachtschiffe, die höchst unregelmäßig zwischen den Inseln und dem Festland verkehrten. Dann wieder heuerte er auf einem Walfänger an und war monatelang unterwegs.

Aber er kam stets zurück. Ganz bis zum Schluß blieb er bei Dolores. Bis sie unter seinen Händen verwelkt war und starb, nur neunundfünfzig Jahre alt. Der Krebs hatte gestreut, und Leber, Nieren und Lungen waren befallen. Die drei Kinder waren da längst groß. Sie hatten die Insel verlassen, was die jüngere Generation immer häufiger tat, und sich in der südamerikanischen Pampa niedergelassen. Dort waren sie unter der brennenden Sonne unterwegs, wenn sie nicht mit einem Krug Bier in der örtlichen Kneipe saßen. Falls sie in dieser neuen Welt nicht gerade wohlhabende Herren geworden waren, wie es in der Rede des Pfarrers bei ›Peer Gynt‹ heißt, und ihren norwegischen Vater längst vergessen hatten.

Genau so hast du es ausgedrückt, Großvater. Du sagtest, sie hätten ihren norwegischen Vater längst vergessen. Warst du manchmal bitter, weil sie nie auf deine Briefe antworteten? Vermißtest du sie? Nein, sagtest du, als ich dich einmal fragte, viele Jahre nach diesem unserem entscheidenden Sommer, nein, du vermißtest sie nicht. »Denn ich habe doch dich, Perlenkönigin.«

Du sagtest auch nie, daß du Dolores vermißtest. Erst nach vielen Jahren erfuhr ich von ihr und den Jungen. Ist es tatsächlich möglich, mehrere ganz verschiedene Leben zu leben? Wenn ich als Kind bei den leeren Stellen in unserem Album fragte, was auf den Fotos zu sehen gewesen war, erfandest du Geschichten von merkwürdigen Tieren, die aus dem Buch gekrochen waren und sich in der Speisekammer versteckt hielten, oder von Vögeln mit blauen Beinen und grünen Schnäbeln, die nachts über meinem Kopf flogen und meinen Träumen Farbe verliehen. Ach, Großvater, wer wird ihnen jetzt Farbe verleihen?

»Das mußt du selbst tun«, antwortet mir dein Gesicht, das matt und regungslos auf den Kissen ruht. Du hast nichts mehr, das du mir geben kannst, keine Geschichten, keine Träume. Deshalb sitze ich hier an deinem Bett und versuche dir den Rest meiner Geschichte zu geben, ehe der Schlußpunkt gesetzt wird. Ein bißchen Zeit haben wir noch.

Großvater – Håvard – und Dolores hatten keine Zeit mehr. Der Tod hatte seinen Schlußpunkt gesetzt. Dolores hätte wohl die Grabrede eines Pfarrers verdient gehabt, aber sie bekam keine. Tieftraurig starrte Håvard ein letztes Mal in ihr totes Gesicht, dann gab der Pfarrer vom Festland Dolores der Erde zurück. Rastlos trieb es Håvard einige Wochen lang um, als suchte er immer noch nach ihr, so wie man unbeabsichtigt nach etwas suchen kann, von dem man vergessen hat, daß man es weggegeben hat. Dann wurde die Unrast überwältigend. Und Håvard ging mit seinem Schwager Arvid einen Tausch ein. Die beiden, Schwester und Schwager, durften alles übernehmen, was er an Erde bestellt hatte, alles, was er besaß, Haus, Haustiere und Gerätschaften, tatsächlich alles, was ihm und Dolores gehört hatte, denn nachdem sie etwas Geld bekommen hatten, waren ihre Erben zufrieden. Im Tausch erhielt Håvard den verlassenen kleinen Berghof im Ostland, der Arvid gehörte. Warum er nicht alles, was er auf den Galapagosinseln besaß, ohne eine Entschädigung hatte weitergeben können, war ihm selbst nicht recht klar, denn noch gab es in seinem Heimatland niemanden, der nach ihm rief, jedenfalls nicht so laut, daß er sich gestattet hätte, auf den Ruf zu hören.

Er machte sich zuversichtlich auf den Weg nach Dänemark, wo er bei einem Großbauern auf Fünen arbeitete. Dort war er auch, als die Schwester von den Galapagosinseln anrief.

Jetzt saß er im Taxi und dachte an etwas, das er bei Sigrid Undset gelesen hatte. Im Flugzeug hatte er in dem Buch ›Elf Jahre‹ geblättert. Seine Schwester hatte es ihm zum Abschied geschenkt, sie ließ sich hin und wieder aus Norwegen Bücher schicken. Er hatte das Buch in der Hand gehalten, außerstande, eine Zeile zu lesen, dazu war er zu erschüttert. Aber er hatte über das nachgedacht, was die bewunderte Schriftstellerin gesagt hatte: Vieles verändere sich, aber nicht die Herzen der Menschen, niemals.

Er fragte sich, ob das wohl wahr sei. Hatte sich sein Herz in all dieser Zeit nicht verändert, seit er seinem Kind den Rücken zugewandt hatte? Oder war es das Universelle, dieses Ein-Mensch-Sein, das sich nicht veränderte? War er deshalb unterwegs nach Hause? Weil er, mehr als fünfzig Jahre alt, endlich begriffen hatte, daß Trauer nicht etwas ist, was man durch einen Ortswechsel hinter sich lassen kann. Daß Trauer wie Verantwortung etwas ist, das man annimmt und mit sich trägt, wie schwer es sich auch anfühlen mag.

Er spürte das Klopfen des Herzens, aus Trauer und aus

Furcht, und er dachte, vielleicht war es verändert, vielleicht klopfte sein Herz in einem neuen Takt. Und vielleicht waren es seine unterschiedlichen Geschichten, die dem Herzen den Takt vorgaben.

40

Auf der Polizeiwache begegnete er der Fürsorgerin, die inzwischen nicht mehr in Tränen aufgelöst war, sondern erfüllt von neuer Tatkraft. Mit Genehmigung und Schlüsseln ausgestattet begaben sie sich zusammen zum Tatort. Natürlich dachten sie an diesen Ort nicht als – Tatort. Für die Fürsorgerin war es eine Wohnung, ein Zuhause, das sie über mehrere Jahre hin regelmäßig besucht hatte, eines von vielen. Dort klappt es besser als bei vielen anderen, hatte sie noch gedacht.

Im nachhinein machte sie sich nun Vorwürfe, die Zeichen nicht richtig gedeutet zu haben. Den scheuen Blick des Kindes, den noch scheueren der Mutter. Kein Augenkontakt, wie bei unterwürfigen Hunden. Die Jovialität des Mannes, seine Gesprächigkeit, einschmeichelnd, aber tief in der Kehle eine Art unhörbares Knurren. Ihr fällt die Fügsamkeit des Kindes ein, wie gelähmt schien es zu sein, sobald der Vater es auf den Schoß nahm, und der flackernde Blick der Mutter, auf und ab, ins Nichts hinaus und in diese unbestimmbare Ferne. Das war immer typisch für sie gewesen.

Es war gutgegangen. Nein, nicht gut, aber es war halt gegangen, so lange, bis der Vater sechs Monate zuvor aus dem Gefängnis kam. Mit etwas Unterstützung hatte Liv den Alltag gemeistert, das Kind hatte nicht den Eindruck gemacht, Schaden zu leiden. Woche für Woche hatte die Fürsorgerin der Mutter Aufgaben gestellt, die sie im großen und ganzen bewältigt hatte. Das Kind wurde gebadet, die Kleidung gewaschen und gebügelt, Lebensmittel wurden eingekauft. Mutter und Kind schienen eng verbunden zu sein. Wenn sich die Zuneigung der beiden auch nicht in körperlicher Nähe ausdrückte, so hatte es den Anschein gehabt, als fühle sich das Kind verhältnismäßig geborgen.

Bis der Vater zurückkam. Wer der Vater des Kindes war, wußte niemand. Liv hatte sich immer geweigert, den Namen des Kindsvaters anzugeben. Vermutlich war es einer aus ihrem Heimatdorf. Irgendwelche deutlichen äußerlichen Spuren hatte er nicht hinterlassen, denn das Kind sah seiner Mutter sehr ähnlich. Es war ein niedliches Mädchen mit einem braunen Lockenkopf. Bis der Vater ins Spiel kam, war das Kind lebhaft und zutraulich. Sein Wortschatz war gut entwickelt, es spielte allein auf dem Fußboden, suchte aber auch den Kontakt zu den Erwachsenen, zur Fürsorgerin.

Immer wieder wird die Fürsorgerin ihre Berichte lesen, um herauszufinden, ob sie etwas hätte anders machen können, anders machen *müssen*. Um jedesmal traurig festzustellen, daß man hinterher immer klüger ist.

Auch der Großvater des Kindes wird sich für den Rest seines Lebens mit denselben vollständig zwecklosen Gedanken plagen. Zwecklos, denn für ihn ist es definitiv zu spät. Er wird niemals eine Beziehung zur Tochter aufbauen, sie ist außerhalb seiner Reichweite und wird es bleiben. Ihre Welt ist jenseits allen Hier und Jetzts, jenseits erinnerlicher Zeiten, ja jenseits auch der unvordenklichen Zeiten. Und sie bevölkert sie mit anderen Märchenfiguren als denen, die ihm zur Verfügung stehen.

Aber für ihn und das Kind ist es nicht zu spät. Er steht hinter dem Polizisten, der den Tatort aufschließt, und sie betreten das, was mehrere Jahre lang das Zuhause seiner Tochter war und ihr Leben lang das der Enkeltochter. Hinter sich hört er die Fürsorgerin die Treppe nach oben keuchen. Sie ist stark übergewichtig. Und zu jenen, die ihr Gewicht mit dieser leichten, wiegenden Eleganz tragen, wie das manche dicke Menschen tun, gehört sie nicht. Wie Dolores. Die Fürsorgerin schleppt ihr Gewicht mit sich. Als sie endlich oben ist und sich auf einen Küchenstuhl sinken läßt, ist ihr Kopf von der Anstrengung hochrot.

Er sieht das Blut auf dem Fußboden und überlegt kurz, wer das wegwischen wird. Wer übernimmt die Aufgabe, anschließend sauberzumachen – nach so etwas. Die Polizei? Das Sozialamt? Und machen sie es dann selbst, oder beauftragen sie eine Reinigungsfirma? Wie werden gewöhnliche Menschen mit einer solchen Aufgabe fertig? Könnte er es? Liegt das Saubermachen womöglich in seiner Verantwortung als nächster Angehöriger?

Er starrt auf den dunklen Fleck getrockneten Bluts, und unbeschreibliche Trauer erfüllt ihn. Er trauert nicht um ihn, der hier gelegen hat. Er ist traurig wegen des Entsetzlichen, an dem auch er eine gewisse Schuld trägt. Daß es soweit kommen mußte. Dann wandert sein Blick weiter.

Das Zimmer ist ziemlich groß, und trotzdem wirkt es klein, weil das große, an der Wand befestigte Doppelbett so dominierend ist. Das Bett ist stümperhaft zusammengezimmert, aus groben Planken und mit langen Nägeln, vermutlich von dem Toten. An der anderen Wand steht ein ebenso dilettantisch gezimmertes kleines Bett. Das große Bett war gemacht, das kleine wirkt, als wäre es in aller Eile verlassen worden. Auf dem Laken ist ein gelber Fleck zu sehen. Das

Kopfkissen ist grau vom seltenen Waschen. Er berührt das Bettzeug, aber natürlich ist von der Wärme des Kindes nichts mehr zu spüren.

Dann tut er das Naheliegendste, so naheliegend, daß sich die anderen Beteiligten anschließend wundern werden, warum sie nicht selbst daran gedacht haben. Bei der Fürsorgerin wäre auf jeden Fall ihr Gewicht im Wege gewesen, aber für die Polizei gab es keine Entschuldigung. Es ist nur niemand darauf gekommen. Er kniet sich hin und schaut unter das große Bett.

41

Nach langer Zeit, als es wegen des mächtigen Gewichts kaum noch Luft bekam, ist das Kind darunter hervorgekrochen und hat sich unter dem großen Doppelbett im hintersten Winkel versteckt. An die Wand gedrückt liegt es dort und spürt, wie das Blut auf dem Rücken des Nachthemds trocknet. Auf Rücken und Oberarm brennen die Schnittwunden. Das Kind spürt den Schmerz, reagiert aber nicht darauf. Die Haare an Stirn und Schläfen sind naß und riechen nach Urin. Sie trocknen langsam, und der Geruch läßt nach. Jedenfalls merkt es nichts mehr davon. Auch nicht vom Blut auf dem Rücken.

Das Kind liegt ganz still, so still, daß nicht einmal das Wort unbeweglich ausreicht. Es atmet kaum. Das Herz schlägt gerade noch. Tief drinnen schlägt es mit weichen schnellen Schlägen, so weich und schnell, daß beim Druck des Daumens am Handgelenk der Puls kaum zu finden ist. Das Kind drückt sich gegen die Wand und starrt entsetzt zur Gestalt auf dem Fußboden wenige Meter entfernt. Hin und wieder verliert sich zwischen den schwarzen Punkten vor den Augen des Kindes das verzerrte Gesicht, aus dessen Mundwinkel Blut sickert, das auf dem Linoleum einen kleinen See bildet. Aber nach einer Weile erscheint es wieder.

Niemand hat dem Kind je vom Tod erzählt. Trotzdem erkennt es ihn. Es sieht ihn in den schwarzen Augen, in der weißen, gekrümmten Hand mit den flachen, kurzen Nägeln. Es sieht ihn in dem braunen, leblosen Bart um den offenstehenden Mund. Es sieht ihn im Blut auf dem Messer, das direkt neben dem Kopf auf dem Boden liegt.

Etwas in ihm weiß, dies ist endgültig, aus diesem Zustand kehrt niemand zurück. Trotzdem erwartet das Kind fast, daß er sich bewegen wird. Daß die Augen den Blick von ganz weit weg zurückholen, daß sich das schwarze Loch des Mundes, aus dem das Blut noch tropft und aus dem die Zunge wie eine bläuliche, schleimige Schnecke hängt, zu einer Grimasse verzerrt und daß die weiße Faust unter das Bett fährt und es packt. Das Kind erwartet, daß er, wie schon so oft, aus dem schweren Rausch auf dem Sofa im Wohnzimmer aufwacht, wenn es des Nachts zwischen dem nassen Bettzeug verängstigt wie ein Mäuschen kaum zu atmen wagt. Die zerstreuten Handgriffe, mit denen die Mutter versuchte, die nassen Laken wegzunehmen, ohne daß er es merkte. Das Kind starrt auf den Tod in seinen Augen und erkennt ihn, aber es begreift nicht, was sich darin ausdrückt.

Hätte es den Blick weiterwandern lassen, hätte das Kind die Füße der Mutter in den verschlissenen Pantoffeln sehen können, und die Beine des Stuhls, auf dem sie sitzt. Aber es läßt den Blick nicht weiterwandern. Es kommt dem Kind nicht in den Sinn, bei der zusammengesunkenen, unbeweglichen Gestalt Trost oder Schutz zu suchen.

Auch nicht, als andere Füße auftauchen, als andere Stimmen den unverständlichen Redefluß der Mutter übertönen, um schließlich alle zusammen zu verschwinden, oder als fremde Hände den Stiefvater packen und aus seinem Blickfeld ziehen, aus dem Zimmer, aus seinem Dasein, auch da kommt das Kind nicht auf die Idee, unter dem Bett hervorzukriechen, um Sicherheit und Trost zu suchen. Sicherheit gibt es nicht. Das wenige, was es an Sicherheit und Geborgenheit gab, wurde mit der Mutter und dem Toten entfernt.

Die Stille danach ist ein singendes Rauschen im Ohr. Zusammengekrümmt, mit dem Daumen im Mund liegt das Kind unter dem Bett. Nach einer Weile zittert es vor Kälte, fällt aber trotzdem in eine Art Starre, einen Schlaf, aus dem es zitternd bald wieder aufwacht. Vielleicht verspürt es Hunger und Durst, aber es kann unmöglich diese Gefühle des Unbehagens von der überwältigenden Angst trennen. Auch daß es vor Kälte zittert, erweckt in ihm nicht den Wunsch nach Wärme.

Das Kind ist jenseits von allem.

42

»Du, Großvater, woher kommen eigentlich die Kartoffeln?«

Wir haben auf dem kleinen Acker hinter der Scheune Kartoffeln gehäufelt. Sind mit unseren Hacken, seiner großen und meiner kleinen, nebeneinander hergegangen und haben rings um die Kartoffelpflanzen Erde angeschoben, damit die kleinen Pflanzen noch hübscher in Reih und Glied stehen können.

Es ist lange her, seit wir Kartoffeln gelegt haben. Aber nicht länger als daß ich noch weiß, wie wir ebenfalls nebeneinander hergegangen sind und immer eine Kartoffel vor unsere Stiefelspitze gelegt haben, bei Großvater eine Fußlänge Abstand dazwischen, bei mir zwei.

»Weil ich doch so kleine Füße habe.«

»Das stimmt, mein Kartoffelweiblein.«

»Aber werden die mal genausogroß wie deine?«

»Mm, nein. Nicht genausogroß. Aber größer als jetzt werden sie bestimmt.«

»Ja, weil alles wächst. Alles, nur du nicht, Großvater, weil du ja am allergrößten bist.«

»Ja-a, doch doch. Aber jetzt ist ja mein Eimer leer. Lauf und hol mir aus dem Sack Nachschub, du bist so flink zu Fuß.«

Ich kann mich gut erinnern, wie wir die Kartoffeln mit Erde bedeckt haben und wie ich in den ersten Tagen in jeder freien Minute nachgesehen habe, ob die Pflanzen aufgetaucht waren, wie er es versprochen hatte. So lange, bis ich auch diese Lektion in Geduld gelernt hatte, denn wie sagte Großvater: »Ein jegliches hat seine Zeit, auch das Kartoffelpflanzen.«

Ich erinnere sogar noch, wie wir den Sack mit den Pflanzkartoffeln aus der Scheune geholt haben. Großvater hatte mir erklärt, woher sie stammen. Nämlich von denen, die wir im Jahr davor gepflanzt hatten. Auch wenn ich mich nicht wirklich daran erinnern konnte, beim Kartoffellegen im Jahr zuvor mitgemacht zu haben, hatte ich die Erklärung akzeptiert. Vor meinem inneren Auge hatte ich lange Reihen mit Kartoffeln gesehen, die wir in die Erde gelegt hatten, wie sie wuchsen, zu großen Pflanzen wurden – Kartoffelkraut, was für ein komisches Wort, Großvater –, wie sie aufgelesen und in der Scheune gelagert und im nächsten Jahr in die Erde gelegt wurden. Diejenigen, die wir nicht gegessen hatten.

Zu begreifen, daß es nicht die gleichen Kartoffeln waren, die wir so ordentlich vor unsere Stiefelspitzen legten, sondern immer neue, fiel mir schwer. Es waren in gewisser Weise die Kinder der ersten Kartoffeln.

»Genau wie ich dein Kind bin!«

Damals hatte meine Neugier nur bis zu dem Punkt gereicht, vielleicht weil unterdessen etwas anderes meine Aufmerksamkeit beanspruchte. Aber diesmal bin ich hartnäckiger und will der Sache auf den Grund gehen. Die Diskussion vom Frühjahr habe ich mehr oder weniger vergessen, deshalb hat sie sich beim Anhäufeln wiederholt.

Jetzt liege ich im Bett, unter der gestreiften Bettdecke, und halte Großvaters Hand. Das übliche Abendritual mit Abendbrot und Waschen und Zähneputzen haben wir hinter uns. Zähneputzen ist in den letzten Tagen Quelle für Aufregungen gewesen, denn Großvater hat den Fehler gemacht und mir ein neues Buch gekauft. Die Geschichte von Karius und Baktus. Zusammen mit den Lebensmitteln aus dem Laden war es bis zum Gattertor gebracht worden. Er hat es mir einmal vorgelesen und dann weggelegt, denn sobald ich lesen gelernt habe, soll ich das Buch selbst lesen können.

Aber Großvater hat meine Fähigkeit unterschätzt, Geschichten zu lernen. Außerdem hat er meine bedingungslose Liebe grob unterschätzt und die daraus folgende Fürsorge für die beiden unschuldigen Kleinen, die meine Zahnbürste so herzlos behandelte. Wie sollte ich wünschen, ihnen ihr

Zuhause zu zerstören! Was ein Zahnarzt ist, weiß ich nicht, mit ihm zu drohen funktionierte also nicht. Der ist für mich weiter weg als irgendein neunköpfiger Troll.

Großvater hat, wie schon so oft, eine diplomatische Lösung für das Problem gefunden. Damals wußte ich nichts von der Welt, aber seit ich erwachsen bin, habe ich oft gedacht, daß sie besser wäre, wenn Großvater mehr zu sagen gehabt hätte. Oft braucht es nur so wenig, um Probleme zum Guten zu lösen. Und wie viele Tränen würde das ersparen!

Ich habe von Großvater Kaugummi bekommen, und dort hinein kaue ich begeistert die Zahntrolle, so daß sie die Nächte in Saus und Braus am Rand meines Zahnputzbechers zubringen. Am nächsten Morgen nach dem Zähneputzen kaue ich sie wieder an ihren Platz zwischen meinen Zähnen. Ach du lieber Großvater!

Aber an diesem Abend habe ich zu Großvaters Verwunderung das Kauritual ganz vergessen und die beiden Winzlinge mit dem Wasser weggespült. Stillschweigend entfernte er den gräulichen Klumpen am Zahnputzbecher, und vermutlich hoffte er, meine Sorge um Karius und Baktus habe damit ein Ende gefunden.

Und ich habe tatsächlich an anderes zu denken. Mich beschäftigt dieser unglaubliche Umstand, daß alles von irgendwoher kommen muß. Die Kartoffeln. Die Bäume. Das Gras. Die Wolken und der Himmel. Das Kalb und die Hühner. Alles. Jemand muß das alles ja gemacht haben.

Großvater antwortet unermüdlich, er antwortet wie der Narr, wenn zehn Weise fragen. Der Falte auf seiner Stirn sehe ich an, daß er sich schon beim Beantworten der gegenwärtigen meine nächste Frage überlegt. Vielleicht stärkt er sich für das zu erwartende »Und ich, Großvater . . .?«.

Aber es kommt anders. Nach dem Abendessen haben wir im Lesesessel die Geschichte von Murmel aus dem Gänseei gelesen. Anschließend hat er mir das Bild des Mannes mit dem braunen Bart gezeigt, so wie er das nun schon seit vielen Tagen macht. Das Bild beunruhigt mich nicht mehr. Gleichgültig und ernst betrachte ich es. Es sagt mir nichts, ich mache das Ritual auf Großvaters Schoß um seinetwillen mit. Aber trotzdem hat das Foto mich auf einen Gedanken gebracht.

»Aber das Schlechte, Großvater, woher kommt das?« frage ich und halte dabei seinen gewaltigen Daumen gut fest. Nicht einmal ein Troll hat so gewaltige Finger wie Großvater.

Er fragt nach, will wissen, was ich meine: Wenn es mir nicht gutgeht? Wenn mir schlecht wird ...? Einen Moment lang ist er eventuell versucht, die Drohung von den Zahnschmerzen aufzugreifen, besinnt sich aber, denn das Problem scheint eine für alle Partner zufriedenstellende Lösung gefunden zu haben – abgesehen von den Zahntrollen.

»So schlecht meine ich nicht«, sage ich, »ich meine das Böse, das Schlimme, das, was man nicht mit einem anderen machen darf. Ich meine ...« Ich zögere etwas, meine Augen sind auf Großvaters Hände gerichtet, ganz in Gedanken fingere ich an ihnen herum. »Ich meine wie das mit dem Kätzchen«, sage ich leise.

Am Tag vorher hat mich Großvater nämlich ausgeschimpft – und zwar richtig, und das kommt selten vor –, weil ich ein Katzenkind oben von der Scheunenauffahrt hinuntergeworfen habe. Er war wütend, richtig wütend auf mich. Das ist er so gut wie nie, so daß ich gespürt habe, wie ernst es ihm war. Und dabei weiß er das Schlimmste gar nicht.

Großvater hatte an dem Tag die Bemerkung gemacht, Katzen würden immer auf die Beine fallen.

»Du bist wie eine Katze«, hatte er lächelnd zu mir gesagt, als ich nach einem Purzelbaum über den Fahrradlenker wunderbarerweise auf Händen und Knien gelandet war. Bis auf Hautabschürfungen von der Fahrradklingel war ich mit dem Schrecken davongekommen.

Die Bemerkung über die Katze mußte selbstverständlich vertieft und – darauf kam ich am Nachmittag, als Großvater Mittagsschlaf hielt – nachgeprüft werden. Ich fing eine von Mohrles Kindern, kletterte auf den Tisch unter dem Ahorn und ließ das Kleine auf die Erde fallen. Ja genau, das Kätzchen drehte sich in der Luft elegant um die eigene Achse und landete auf allen vieren. Für einen Moment wirkte es verwirrt, lief aber willig und mit hochgerecktem Schwanz zu mir, als ich vom Tisch gesprungen war und es lockte. Wir wiederholten das Experiment, dieses Mal mit weniger Enthusiasmus von seiten des Versuchstiers. Aber es landete auf den Beinen, auch wenn ich es extra mit dem Rücken nach unten gehalten hatte, ehe ich es losließ. Ich versuchte es noch einmal. Und noch einmal. Die Katze landete auf ihren Pfoten.

Nun hätte die Forscherin eigentlich zufrieden sein müssen, besonders nachdem das Kätzchen inzwischen deutlich sein Mißtrauen zeigte – mir und dem Projekt gegenüber. Es lief nicht mehr auf meine wartenden Hände zu, sondern drückte sich flach unter die Scheune, so daß ich es nur mit Mühe und Not vorlocken konnte. Aber ich wollte nicht aufgeben. Etwas in mir wußte, daß das hier verkehrt war, vieles in mir wußte das. Alles in mir, der ganze Mensch. Das zappelnde, miauende Kätzchen schrieb mir das mit großen Buchstaben in mein Gewissen. Aber ich konnte nicht lesen.

Ich war zu neugierig, um kleinliche Rücksichten zu nehmen.

Wenn es weiter ist bis zur Erde, dachte ich, ob es dann auch auf den Pfoten landet? Hatte ich eine Vorstellung davon, was passieren würde, wenn es das nicht tat? Das weiß ich nicht. Aber ich hätte eine Vorstellung haben müssen, das weiß ich.

Hinterlistig wie Schneewittchens Stiefmutter hatte ich das Kätzchen unter der Scheune hervorgelockt und es beruhigend gestreichelt. Da fiel mein Blick auf die Scheunenauffahrt. Die war hoch. Von dort unten, wo ich stand, war sie riesenhaft hoch. Ich hatte lange geübt, von der Auffahrt in meinen Sandhaufen direkt darunter zu springen. Immer höher und höher war ich gegangen und hinuntergesprungen. Und war meistens auf den Füßen gelandet. Aber das durfte ich nur bis zu dem Übergang von Stein zu Holz tun, von weiter oben springen hatte Großvater mir verboten.

»Von höher oben soll niemand springen, der keine Flügel hat«, hatte Großvater gesagt.

Und das war das schlimmste. Das Kätzchen hatte keine Flügel, das wußte ich doch ganz genau. Trotzdem ging ich ruhig und gezielt die Auffahrt bis ganz nach oben und warf die Katze hinunter.

Und das sieht Großvater: Er wacht aus seinem Mittagsschlaf in der Hängematte auf und sieht, wie das Kätzchen, jämmerlich zappelnd und miauend, einen Bogen beschreibt, dann auf allen vieren landet und unter der Scheune verschwindet, als wäre ihm der Teufel auf den Fersen. Er sieht das Kind, bei dem er sich redlich Mühe gibt, damit ein anständiger Mensch aus ihm wird, sieht, wie es mit noch ausgestreckten Händen ganz oben auf der Auffahrt steht. Das erschrockene Tier hatte sich so an meine Hände geklammert, daß ich auf dem Handrücken brennende Kratzer habe.

Das geschieht dir recht, hatte Großvater später gesagt. Denn er war wirklich wütend, als er wie ein Racheengel aus der Hängematte sprang und über den Hof gerannt kam. Er schlug mich nicht. Aber mit beiden Händen umklammerte er meine Oberarme und schüttelte mich, daß die Zähne klapperten. Dann zwang er mich, ihm in die Augen zu sehen, und das war das allerschlimmste, denn ich sah direkt in meine eigene Scham.

Aber jetzt antwortet er zögernd, denn er ist nicht mehr wütend. Das Kätzchen liegt zusammen mit der Mutter und dem Bruder – oder ist das die Schwester? – in einem Pappkarton beim Ofen. Es hat das Geschehene verwunden und begegnet mir mit dem gleichen unvoreingenommenen Vertrauen wie vor seinem Salto. In gewisser Weise schäme ich mich deshalb noch mehr.

»So viele Sachen, die richtig böse sind, gibt es wohl nicht«, sagt Großvater, nachdem er lange genug überlegt hat. Und dann versucht er mir das zu erklären. Wenn ich das Kätzchen immer weiter von der Scheunenauffahrt geworfen hätte, auch nachdem ich wirklich begriffen hatte, wie verkehrt das war, und wenn ich nicht bereut und geweint hätte – »was du ausreichend getan hast«, sagt er lächelnd –, »erst dann könnten wir mal anzufangen, von dem Bösen zu sprechen«.

»Du hast es getan, weil du es nicht besser gewußt hast«, fährt Großvater fort, »nicht weil du böse bist oder schlecht.« Und wenn auch dieses Etwas-nicht-besser-Wissen nichts zum Angeben ist, bin ich diesmal darüber doch erleichtert.

Lange liege ich still und sehe Großvater in die Augen.

Ohne es zu bemerken, finde ich vieles in ihnen. Ich sehe seine Liebe und seine Zuversicht, daß aus mir mal ein anständiger Mensch wird. Ich sehe die Hoffnung und den Glauben, daß mir nichts Böses widerfahren wird, nie und nimmermehr. Und ich sehe in ihnen meinen eigenen Mut gespiegelt, als ich seinen großen Daumen noch fester packe und tapfer sage:

»Großvater, ich will, daß du mir erzählst, woher das Nachtbild kommt.«

43

»Weil mich die Krähen bei Großvater verpetzen, und dann gibt es keine Geschichte«, sage ich.

Das ist die Antwort auf die Frage, weshalb ich die Bank, auf der ich sitze, nicht verlasse, weshalb jederzeit ein Kontakt zwischen dem gestreiften Handtuch, das Großvater über die grüne Bank gebreitet hat, und dem geblümten Stoff meines frischgebügelten Sonntagskleids bestehen muß.

Der Junge, der die Frage gestellt hat, sitzt neben mir auf der Bank, neben dem Handtuch mit den blauen und gelben Streifen. Von dem Moment an, als Großvater es in seine Tasche packte, wußte ich, wofür es gebraucht wird. Die rechteckige braune Tasche mit den Messingschnallen, die so lustig aufspringen, wenn ich den runden Knopf mit dem Schlüsselloch für den kleinsten Schlüssel der Welt verschiebe. Das Handtuch ist nie zu etwas anderem benutzt worden, als um darauf zu sitzen und zu warten. Aber heute wird es zum ersten Mal woanders als zu Hause auf dem Treppenstein benutzt.

Die Tasche kenne ich gut. Sie hat oft eine Rolle gespielt. Großvater hatte im Lesesessel gesessen und beifällig gemurmelt, als sich der Schlüssel im Schloß drehte, die Tasche geöffnet wurde und der Inhalt zum Vorschein kam: mein Sprungseil aus Hanf mit dem Knoten an jedem Ende.

»Großvater, schau mal, ein Kälberschwänzchen!« Darauf hatte Großvater gehorsam geantwortet, wenn das Kälberschwänzchen länger gewesen wäre, dann wäre es die Geschichte auch gewesen, und sich dann wieder in sein Buch vertieft. Die kleine Falte zwischen den Augenbrauen signalisierte seine Hoffnung, eine Weile in Ruhe gelassen zu werden.

Oder die Tasche – richtig heißt sie Aktentasche – diente in dem Märchen ›Die Tochter des Mannes und die Tochter der Frau‹ als blauer Schrein. Da hat Großvater auf seinem Zweig im Sessel gesessen und, vielleicht ein bißchen geistesabwesend, seine Antworten als Vöglein gezwitschert: »Kleb mit Lehm, stopf mit Stroh!«, um das Sieb, den Durchschlag aus der Küchenschublade, abzudichten. Und dann hat er mir geraten wie das Vöglein: »Nimm nicht den grünen, nimm nicht den roten, den blauen nimm jetzt, auf welchen wir haben drei Kreuze gesetzt.« Ich selbst habe mal die Rolle der Tochter des Mannes gespielt, und dann wieder war ich die Tochter der Frau, während Mohrle geduldig die verschiedenen Nebenrollen übernommen hat. Der Inhalt der Tasche variierte von kostbarsten Schätzen bis hin zu Schlangen und Kröten, wie es geschrieben steht. Und Großvater wurde unbarmherzig von den Buchseiten weggezerrt, um hier etwas zu bewundern und dort vor etwas anderem gehörigen Abscheu zu zeigen. Ich muß ein anstrengendes Kind gewesen sein.

Jetzt hat Großvater die Tasche in das große Haus mitgenommen, in dieses burgähnliche, gewaltige Haus, das Schloß heißt. Ich sitze mit meinem Handtuch auf einer Bank in dem Park, der das Haus umgibt, und fühle mich schrecklich allein. Auch wenn es keinen Wallgraben gibt und keine Zugbrücke, auch wenn das Gebäude vor mir keinen Turm hat und keine Zinnen wie eine richtige Burg – ich kann nicht anders, sondern rechne damit, daß eine riesige, dicke Schneeflocke kommt und mich mitnimmt in den Blauen Berg, wie es den drei Königstöchtern ergangen ist.

Beim Anblick des Jungen, der wohl ein bißchen älter ist als ich, war ich bestimmt genauso erleichtert, wie es die Königtöchter gewesen sein müssen, als der Soldat auftauchte. Und auf seine Frage, warum ich auf der Bank sitze, antworte ich natürlich: Weil Großvater gesagt hat, ich soll dort sitzen. Und dann stellt er mir eine Frage, die ich ihm zu meiner Verwunderung nicht beantworten kann. Er fragt, einfach und neugierig:

»Und wer ist dein Großvater?«

Ich starre ihn an. Lange, denn es braucht Zeit, bis die Erkenntnis bei mir ankommt. Vor meinem inneren Auge entsteht das Bild von Großvater. Lieber guter Großvater. Ich sehe sein Gesicht, ich höre den Klang seiner Stimme, ich rieche den guten, vertrauten Großvatergeruch. Aber ich spüre, daß ich das alles diesem neugierig wartenden Menschen neben mir auf der Bank niemals vermitteln kann. Ich kann Großvaters Gesicht nicht weitergeben, nicht seinen Geruch, seine Stimme, und sonst habe ich doch nichts.

»Er ist – Großvater?« sage ich unsicher. Und merke verwundert, daß der Junge aus dieser Antwort nicht schlau wird. Bei dem Wort Großvater entsteht in seinem Kopf kein Bild, und meins kann ich ihm nicht geben. In seinem Kopf gibt es Großvater nicht.

Und da wird mir klar, daß die Welt voll von Menschen ist, die Großvater nicht kennen. Daß sie nicht von mir wissen, habe ich längst akzeptiert, denn nach und nach ist mir meine Rolle als das versteckte Findelkind klargeworden. Es wird noch einige Zeit vergehen, ehe ich entdecke, daß es dort draußen etliche gibt, die von mir wissen. Ich bin das Findelkind, das im Wald lebt, aber nicht, um dort eines langsamen Todes zu sterben, sondern um vor dem Entsetzlichen beschützt zu sein, das in Bilder und Worte zu fassen ich erst unlängst lernte. Daß meine Mutter meinen Stiefvater mit einem Messer umgebracht hat und darüber verrückt geworden ist. Daß ich selbst dabeigewesen bin und durch den Schock die Sprache verloren hatte, und daß mich Großvater deshalb mit zum Berg genommen hat. »Berg«, so heißt unser kleiner Hof. Dort sollte ich wieder gesund werden und die Sprache wiederfinden. Genauso wortgewaltig werden wie die Prinzessin, die niemand zum Schweigen bringen konnte. Und das bin ich ja nun auch, findet Großvater.

Aber im Moment hat mich die neuerworbene Kenntnis wieder verstummen lassen. Ich starre den Jungen an und versuche zu begreifen, daß es in der Welt Menschen gibt, vielleicht sogar viele Menschen, die nichts von Großvater wissen. Langsam wird mir klar, wie unbegreiflich groß die Welt ist, und ich fange an zu weinen.

Ich starre in dieses Jungengesicht, von dem ich noch nicht weiß, daß ich es für den Rest meines Lebens lieben werde. Nein, für den Rest meines Lebens stimmt nicht, denn erst werden einige Jahre kommen, in denen sein Gesicht vollständig aus meinem Gedächtnis gelöscht ist. Hätte mich jemand gebeten, den Sohn des Krankenhausdirektors zu beschreiben, mit dem ich im Park spielte, während Großvater und meine Mutter auf der Bank saßen und uns zusahen, hätte ich es nicht gekonnt. Vielleicht hätte ich mich undeutlich daran erinnert, daß er blond war und immer den Kopf auf die Seite neigte und ein Auge zukniff, weil ihn das Sonnenlicht blendete. Und seinen Namen hätte ich wohl noch gewußt. Ich weiß es nicht, denn in den Jahren, als er in Dublin Medizin studierte und ich meine eigene Ausbildung absolvierte, habe ich mich ganz einfach nicht an ihn erinnert. Meine Mutter wurde nach einigen Jahren in Privatpflege verlegt, näher bei Großvater und mir. Das ersparte uns die lange Fahrt, und wir konnten sie öfter besuchen. Und so verblaßten die Fahrt am Wasser entlang, die Enten, das imposante Institutsgebäude und der Spielkamerad immer mehr.

Aber dort, in meinen erinnerlichen Zeiten, sehe ich sein Gesicht, in dem ich inzwischen jede Linie kenne, jede Gefühlsregung, die sich darin spiegelt, jede neue Spur von Alter. Langsam verwischt das alles, weil mir die Tränen in die Augen steigen. Ich weine, weil die Welt so groß ist, ich weine, weil die Zeit der Märchen vorbei ist, ich weine um meine Mutter, die ich noch nicht getroffen habe, und um ihr großes Unglück. Ich weine, weil es das Märchenland nur allein mit Großvater und mir nicht mehr gibt.

Der Junge schaut mich ernst an. Er betrachtet mich aus einem Auge, das andere kneift er so komisch zusammen. Obwohl ich so traurig bin, muß ich an den Troll im Heddalswald denken, der nur ein Auge hatte. Das hilft mir ein bißchen.

»Warum bist du so traurig?« fragt mich der Junge, und als er eine Hand ausstreckt und meinen Arm berührt, erinnert nichts an einen Troll. Er ist der Soldat, der gekommen ist, die Königstochter zu befreien – die jüngste, die im

Berg sitzt und Goldfäden spinnt. Als er so dasitzt und mich neugierig betrachtet, ist er der Froschkönig, der einer schniefenden Prinzessin die goldene Kugel bringt. So gut es geht, wische ich mir mit dem Handrücken das Gesicht ab.

Ich sehe sein Gesicht, seinen anteilnehmenden, leicht bekümmerten Blick. Ich sehe das zusammengekniffene Auge und die schöne gerade Nase und den ernsten Mund darunter. Ich sehe die hohe Stirn, die nicht wie bei den Trollen aus dem Heddalswald ein Loch für das Auge hat, sondern die glatt und braungebrannt ist. Ich sehe seine runden Wangen, braungebrannt, und den weißen Pulli. Und es ist schlicht unmöglich für mich, in dem, was hier und jetzt ist, zu begreifen, daß dieses Gesicht nicht immer in meinem Gedächtnis zur Stelle gewesen ist. Viele Jahre später wird er sich über einen Tisch in einem Café beugen, um uns herum Stimmen und Gelächter, und erklären, daß er mein Gesicht nie vergessen habe.

Und auch da muß ich unglücklich ausgesehen haben, denn er stellte die gleiche Frage, nachdem wir uns wiedererkannt hatten und er sich zu einem Platz neben mir an dem überfüllten Tisch vorgekämpft hatte:

»Warum bist du so traurig?«

Und da antwortete ich, genau wie damals auf der Bank, fast zwanzig Jahre früher:

»Wegen meiner Mutter bin ich so traurig.«

Da war meine Mutter tot, aber damals auf der Bank, als ich dem Jungen zum ersten Mal begegnete – meinem Mann begegnete –, da lebte sie. Quicklebendig war sie nicht, das wurde sie nie mehr. Aber sie lebte. Sie kam zwischen Großvater und einer großen schlanken Frau im weißen Mantel auf mich zu. Als ich sie sah, vergaß ich den Jungen neben mir.

Zum ersten Mal sah ich das Gesicht meiner Mutter. Ja, ich sage zum ersten Mal, denn es gelang mir nie mehr, mich an ihr Gesicht vor dem Unglück zu erinnern.

Ich sehe das Gesicht meiner Mutter. Ich sehe seinen verschlossenen Ausdruck, ich sehe ihren unsicheren Blick, der zur gleichen Zeit viel zu weit weg und viel zu nahe ist. Das Gesicht erweckt kein Wiedererkennen, keine Erinnerungen. Ich werde aber so unruhig, daß ich mich zu Großvater flüchten möchte. Aber ich bleibe auf der Bank sitzen.

Sie bleiben vor mir stehen. Meine Mutter starrt mich mit diesem ganz eigenen, nah-fernen Blick an, den ich so gut kennenlernen werde. Es läßt sich unmöglich sagen, ob mein Gesicht in ihr eine Erinnerung weckt, ob sie ein inneres Bild von mir, ihrem Kind, hat. Aber sie streckt eine Hand aus und berührt meine Wange.

Und da passiert es. Meine Mutter sieht den Jungen neben mir und lächelt ihn an, als kennte sie ihn schon lange. Vielleicht war es ja so. Sie beugt sich vor und sagt leise und geheimnisvoll zu ihm: »Du hattest dich versteckt. Ja, das hattest du.«

Dann dreht sie sich um und geht zurück zu dem Gebäude, aus dem sie gekommen war. Sie bewegt sich steifbeinig und etwas zögernd, fast so, als fürchte sie, das, worauf sie tritt, könne zerbrechen. Sie sieht aus, als würde eine dichte Schneeflocke sie gleich mitnehmen.

Der Junge neben mir steht auf. Er läuft hinter meiner Mutter her, ruft ihren Namen, und meine Mutter dreht sich um und nimmt seine Hand, ganz vertraut. Sie lächelt ihn wieder an, ihr eigentümliches Lächeln, und sagt etwas, das klingt wie: »Ildermann, ilder.« Und er lächelt offen und voller Zutrauen zurück. Hand in Hand gehen sie durch den

Park. Die Pflegerin folgt ihnen eilig. Ehe sie durch die schwere Tür verschwinden, dreht sich der Junge um und winkt. Ich klettere auf Großvaters Schoß. Lange bleiben wir zwei so sitzen, ohne etwas zu sagen.

»Ich hab ja dich, Großvater«, sage ich, als die Trolle schließlich zu Ende geschwiegen haben.

»Und ich hab dich, mein Kleines«, sagt Großvater. Er zieht mich hoch und drückt mich so fest wie der größte Troll aus dem Heddal.

44

In der ersten Zeit bewegt sie sich, eingehüllt in kalten und sinnlosen Nebel, durch eine Landschaft, deren Konturen undeutlich sind. Er legt sich klamm auf ihr Gesicht und will gar kein Ende nehmen. Alles ist endlos. Die Tage habe keinen Anfang, die Nächte kein Ende. Daraus wird rastlose Ruhe.

Ringsum sitzen die Krähen in den Bäumen, die keine Bäume sind, aber den Begriff Baum verkörpern. Sie schreien ihr garstige Wörter hinterher, aber wegen des Nebels hört sie nichts. Nur hin und wieder dringen sie durch das Grau, das sie umgibt. Dann hört sie diese krächzenden Stimmen:

»Wir haben dich gesehen«, schreien sie heiser, »wir haben dich gesehen, wir waren da und haben dich gesehen.«

»Aber wo seid ihr gewesen?«

»Wie eine Taube flogen wir über dir«, krächzen die Krähen.

»Aber was habt ihr gesehen? Sagt, was ihr gesehen habt«, bittet sie.

Aber wenn die Krähen ihre Schnäbel öffnen und antworten wollen, wird sie wütend und wirft mit Steinen nach ihnen.

Dann und wann greifen Hände durch den Nebel nach ihr, die versuchen, Nacht von Tag zu unterscheiden, Morgen von Mittag und Abend. Manchmal lichtet sich der Nebel einen Augenblick, und die Arme werden zu Gesichtern und Namen. Sie wiederholt die Namen, und wenn sie sieht, wie das ein Lächeln hervorruft, wiederholt sie die Namen. Wieder und wieder. Namen sind Wörter ohne Bedeutung. Es sind sonderbar knorrige Auswüchse an einem Baum, seltene Pilze im Wald. Sie schmecken weder gut noch schlecht, aber manchmal spuckt sie sie trotzdem aus. Dann verschwindet das Lächeln, und der Nebel legt sich dichter um sie.

Skrakkel sitzt mit gestutzten Flügeln auf einem Ast, direkt über ihrem Kopf. Wegen des Nebels ist er blind und wagt nicht, aufzufliegen, aber seine Stimme ist dann und wann gefährlich nahe. Sie ritzt die Haut an ihren Armen auf, so daß Blut austritt. Dadurch begreift sie, daß Skrakkel gar keine gestutzten Flügel hat. Er sammelt nur Kräfte und krakeelt, er käme gnadenlos zurück. Da weint sie vor Angst und ruft nach Tildermann. Aber Tildermann, Hildermann oder bloß Tilder ist weit weggezogen. Das Kind hat er mitgenommen.

»Vergiß es einfach«, zischt Skrakkel böse. Speicheltropfen fallen auf ihre Haut und ritzen sie wie mit tausend Nadeln auf.

Tildermann, Hildermann haben das Kind an einen Ort gebracht, wo Skrakkel es nicht erreichen kann. Das macht

Skrakkel so zornig, daß er auf dem Ast über ihrem Kopf sitzt und Tag und Nacht schreit. Seine Stimme ritzt und kratzt, aber dann und wann greifen Arme ein und verscheuchen ihn. Dann fliegt er auf einen höheren Ast. Er ist böser denn je.

Aber der Nebel legt sich dicht um ihn, so daß er nirgendwo hinkommen kann. Blind und hilflos sitzt er auf dem Ast und schlägt mit den blutigen Flügeln.

»Ich werde das Kind finden!« wütet er, »ich werde es finden, denn ich weiß, wo es versteckt ist. Ich werde dein Kind finden und es fressen. Es ist böse, böse wie er, der es in deinen üblen Schoß gepflanzt hat«, psalmodiert Skrakkel biblisch. Er öffnet die Flügel zu einem Kreuz und läßt sich durch Feuer und Schwefel fallen.

Da flieht sie in den Garten mit dem Rosenstrauch. Sie legt sich ins weiche Gras und lauscht auf die Geräusche von vor langer Zeit. Vor den Nächten und der Angst. Vor dem windstillen Schweigen. Vor – die andere Wange auch. Sie sieht den weißen Jungen ganz unten im Garten, sieht die Ringeltaube im Apfelbaum und vernimmt den Geruch einer hellen, einer freundlichen Erinnerung. Unter dem Rosenstrauch liegt der Igel und schläft. An den Stacheln, die scharf und spitz wie Ahlen in alle Richtungen abstehen, klebt Blut. Aber darunter, an dem weichen Bauch, liegt mit offenen Augen das Kind.

»Also hier hast du es versteckt«, sagt sie erleichtert zu Tildermann. Er liegt neben ihr im Gras und ist schöner denn je.

»Hier ist es versteckt, hier ist es versteckt«, lächelt er.

Im Rosenstrauch raschelt es leise.

45

»Großvater«, frage ich verwundert, »Großvater, hast du gewußt, daß meine Mutter *bügeln* kann?«

Ich knie auf einem Schemel in der Küche und sehe Großvater zu, der sich unbeholfen abmüht, mein geblümtes Sonntagskleid zu bügeln. Es war in der Wäsche, denn am Tag zuvor, als Ragna und die Familie uns besucht hatten, war es ziemlich achtlos behandelt worden. Ein paar Stunden lang flatterte das Kleid auf der Wäscheleine, die zwischen zwei Birken neben der Scheune gespannt ist. Nun ist es bügeltrocken, hat Großvater entschieden. In der letzten Zeit ist er bei Knitterfalten pingeliger geworden.

Er hat eine dicke Wolldecke auf den Küchentisch gelegt. Das Bügeleisen war lange verschwunden, aber zu Beginn des Sommers, als das Problem mit den Knitterfalten akut wurde, tauchte das Bügeleisen nach einigem Suchen in Kammer und Abseite wieder auf. Es hatte ein vergessenes Dasein unter der Treppe zum Dachboden gefristet, zusammen mit einem leeren Beereneimer und zwei Paar Galoschen. Die Galoschen wurden bereits zu neuem Leben als Siebenmeilenstiefel erweckt, nachdem Großvater den gröbsten Staub mit einem feuchten Tuch abgewischt hat. Jeder bekommt ein Paar, habe ich beschlossen, und ich die glänzenderen.

»Ach so, du darfst als erste aussuchen? Wer hat das denn entschieden?« fragte Großvater mich, die Unterlippe hat er gekränkt vorgeschoben.

»Ich natürlich!« antwortete ich verblüfft. Aber nach einer Weile und unter Großvaters fragendem Blick gab ich nach und beschloß, jeder von uns sollte eine glänzende Galosche haben.

»So ist es gerecht«, stellte ich fest und war stolz auf

meine neue Erkenntnis. Mir war in der letzten Zeit schon aufgefallen, daß ich wohl ein sehr verwöhntes Kind war.

Die Siebenmeilenstiefel sind inzwischen nicht mehr neu und interessant, sondern liegen die meiste Zeit im Dunkel unter der Treppe – bis zum nächsten Mal. Mein Kleid ist gewaschen und muß ein weiteres Mal gebügelt werden. Großvater hat den Stecker des Bügeleisens deshalb in die Steckdose gesteckt und die Wolldecke auf den Küchentisch gelegt. Auf meine Frage, wofür die gut sei, antwortet er, der Tisch solle nicht zu warm werden. Oben auf die Decke kommt ein altes Laken – »das hat Mutter immer so gemacht«, sagt er. Weil es glatt ist und man gut darauf bügeln kann. Er legt das Kleid ordentlich zurecht und sagt, jetzt müsse ich aufpassen, denn nun sei das Eisen heiß.

Ich verschiebe meine Ellbogen bis an die Tischkante, gehörig weit genug weg von Decke und Laken. Immer verwunderter folge ich Großvaters Bewegungen. Voriges Mal rief der Anblick keine Erinnerungen in mir wach, aber diesmal weiß ich plötzlich, daß ich das schon früher erlebt habe. Nicht einmal, sondern richtig oft. Ich folge mit den Augen den Bewegungen von Großvaters Händen, aber mein inneres Auge wendet sich zurück, weg vom Hier und Jetzt, zurück in meine erinnerlichen Zeiten, aus denen inzwischen jeden Tag mehr Bilder auftauchen.

Ich sehe die Hände meiner Mutter und erinnere mich, wie sie ohne Rast und Ruhe hin und her wanderten, über die Tischplatte wischten oder verschüchtert an einem Saum zupften, an ihren oder meinen Sachen. Ich erinnere mich, wie ich manchmal abrupt auf den Fußboden gesetzt wurde und ihre Hände mir etwas zum Spielen in den Schoß drückten, um dann langsam in den glättenden, kreisenden Bewegungen des Bügeleisens zur Ruhe zu kommen.

Sie bügelte alles. Alles, was ihr in die Hände fiel, sogar die Spültücher und Scheuerlappen. Mit nach innen gekehrtem Blick bügelte sie Jacken und Hosen, Strümpfe und Socken, Hemden und Pullover. Laken, Kopfkissen- und Bettbezüge. Handtücher und Tischdecken. Alles wurde unter ihren Händen langsam und systematisch geglättet. Geglättet, gebügelt und zusammengefaltet. Zu zierlichen Stößen gestapelt, um wieder vorgenommen zu werden, geglättet, gebügelt, zusammengefaltet, um wieder gestapelt zu werden.

In der Einrichtung erlaubten sie ihr nicht, mit etwas so Gefährlichem wie einem Bügeleisen umzugehen, vermutlich gab es so etwas dort gar nicht. Aber als sie später in eine kleine Privatklinik mit fünf weiteren Patienten verlegt worden war, entdeckten die Menschen in ihrer Umgebung bald, welche Ruhe ihr die langsamen, gleichförmigen Bewegungen des Bügelns schenkten.

Meine Mutter sitzt nicht gefangen im Blauen Berg und muß ewig für einen schlechtgelaunten Troll spinnen, so wie ich das einmal geglaubt habe. Als sie starb, ich war sechsundzwanzig Jahre alt, hatte sie jahrelang in einer psychiatrischen Privatklinik gestanden und Sachen gebügelt – verurteilt zu lebenslangem Aufenthalt in ihrem eigenen Berg, weil sie zum Schwert gegriffen und dem scheußlichen Troll den Kopf abgeschlagen hatte. Die Schizophrenie, an der sie den Ärzten zufolge möglicherweise schon immer latent gelitten hatte, war nach dem traumatischen Geschehen akut geworden und aufgeflammt, aber mit den Jahren nahezu erloschen. Die Stimmen in ihrem Kopf sanken zu einem Flüstern, und immer seltener quälten sie Gesichte, die dann so überwältigend waren, daß sie mit ihnen nicht mehr umgehen konnte.

Ich habe eine Mutter. Ich habe nie eine Mutter gehabt.

46

Wir schwingen auf dem Gattertor. Ragna, Aksel und ich. Großvater hat mir beigebracht, es in dieser Reihenfolge zu sagen und zu denken: Ragna und Aksel und ich. Nicht ich und Ragna und Aksel.

»Das hat was mit Höflichkeit zu tun«, sagt er. Man soll sich nicht als erste nennen. Aber wir einigen uns darauf, daß ich weiter ich und Großvater sagen darf.

Ragna, Aksel und ich – oder Aksel, Ragna und ich – schwingen auf dem Gattertor. Großvater hat mir erlaubt, allein mit dem Fahrrad bis dorthin zu fahren. Er hat mir geholfen, Ragna anzurufen. Ich habe den Hörer abgehoben und die Scheibe des eckigen schwarzen Telefonapparats auf dem Büfett in der Stube gedreht und, als ich die Stimme der Frau vom Amt im Ohr hatte, um Vermittlung mit Ragnas Nummer gebeten.

»Bitte Nummer sechsundsiebzig a.«

»Einen Moment, bitte.«

Und dann die Stimme von Ragnas Mutter. Das ist aufregend. Das ist ein größeres Wunder als ›Tischlein deck dich‹ und ›Der Mann mit den Siebenmeilenstiefeln‹ auf einmal. Es ist unbegreiflich. Aber wir müssen es auch nicht begreifen, sagt Großvater, es klappt trotzdem.

Unsere Nummer ist sechsundsiebzig b. Es dauert gar nicht lange, da entdecken Ragna und ich, daß wir uns verabreden können, den Telefonhörer zu einer bestimmten Zeit gleichzeitig abzuheben, und dann lange Gespräche führen können, ohne die Vermittlung einschalten zu müssen. Natürlich wird das in wenigen Jahren automatisiert, aber noch ist das Zukunft.

Jetzt haben wir verabredet, uns am Gatter zu treffen. Wir

sind eine Zeitlang Paradies gehüpft, Ragna hat den Engel mit einem spitzen Stein auf den Weg geritzt. Sie macht schöne gerade Kästchen, und zwei Paar Flügel, die auf jeder Seite bis an den Graben reichen. Der Sand auf dem Weg ist trocken und körnig, aber Aksel zieht die Striche mit einem Stock, den er im Graben gefunden hat, immer wieder nach. Wir hüpfen auf einem Bein, beugen uns vor und heben den flachen Stein auf, spreizen die Beine in den Flügeln und hüpfen weiter bis zu den Rundungen an beiden Enden. Auch das ist aufregend. Ich bin wie verhext. Ich bin ins Paradies vorgerückt.

Aber Aksel verliert schon bald das Interesse an diesem Mädchenspiel. Er klettert auf das Gattertor, das ich mit dem Drahtring geschlossen habe, nachdem die beiden auf meine Seite des Zauns gekommen sind. So lautet die Verabredung zwischen Großvater und mir: Wir müssen auf meiner Seite des Gatters sein, noch darf ich nicht allein auf die andere Seite gehen.

»Aber bald, meine Kleine, sehr bald.«

Das Gatter ist groß und massiv und mit kräftigen Scharnieren an dem dicken Pfosten am Wegrand befestigt. Das hält ganz bestimmt sieben Sommer und acht Winter und den Nordwind obendrein aus. Wenn es unter Aksel ein bißchen knackt, dann lediglich, um kundzutun, wie schön es ist, Besuch zu haben. Aksel steht auf dem untersten Querbalken und hält sich am obersten fest. Und dann fällt ihm ein, den Drahtring abzunehmen und das Tor aufschwingen zu lassen. Die Scharniere quietschen gutmütig, worauf Ragna und ich dem Paradies den Rücken kehren, um an dem neuen Spiel teilzunehmen.

Weil sich der Weg neigt, schwingt das Gattertor zu ihrer Seite, und wir diskutieren eine ganze Weile allen Ernstes, inwieweit ich das Versprechen breche, wenn ich bei dem Spiel mitmache. Das gilt nur für die Erde, sagt Aksel, und rasch einigen wir uns darauf, daß ich nichts falsch mache, solange ich nur auf der falschen Seite des Gattertors nicht auf die Erde trete.

Deshalb bin ich diejenige, die am meisten von dem Spiel hat. Denn nachdem wir alle drei in einem großen Bogen hinübergeschwungen sind und jäh dort angehalten haben, wo das Gattertor auf den Grabenrand trifft, müssen die beiden anderen das Tor wieder an seinen Platz schwingen – mit mir als vergnügtem Passagier.

Nach einer Weile entdecken wir, daß das Tor so hoch am Pfosten angebracht ist, daß es sich bis zum Straßenrand auf meiner Seite schwingen läßt. Damit wird die Tour noch länger. Beim letzten Stück vom Weg, dem auf meiner Seite, ziehe ich auch das Gatter, während die Geschwister abwechselnd schieben und sich schieben lassen. So ist es gerecht.

Wir schwingen mit dem Gatter hin und her, vor und zurück und quietschen dabei mit den rostigen Scharnieren um die Wette. Wenn wir uns weiter von dem Pfosten entfernen, an dem das Gattertor befestigt ist, entdecken wir, daß der Bogen noch größer wird. Erst zanken wir uns ein bißchen um den besten Platz, bis wir da auch eine Reihenfolge und Ordnung hinbekommen.

Aksel ist aber nicht ganz zufrieden. Er mogelt, indem er sich ganz ans Ende des Gatters hängt, mit einem Bein auf jeder Seite. Er klammert sich dort fest wie einer der kleinen Koalabären, die Großvater mir auf einem Bild gezeigt hat.

Großvater hat in Australien Koalabären gesehen. Ja, er hat mir sogar beigebracht, zwei senkrechte Striche zu zeichnen mit je zwei kleinen Rundungen auf jeder Seite. Das ist ein Koalabär auf der Rückseite eines Baumstamms, von dem nur die Pfoten zu sehen sind.

»Aber Großvater, die haben ja gar keine Krallen!« sagte ich, als er mir zum ersten Mal die Zeichnung zeigte – beleidigt, weil ich nicht selbst auf die Lösung des Rätsels gekommen war. »Wie soll der Bär sich denn ohne Krallen festhalten!« Und dann stattete ich die vier Pfoten mit ordentlichen Krallen aus, und Großvater mußte mir beschämt recht geben: Er hatte die Krallen vergessen.

»Ja, aber jetzt ist es leicht zu erkennen!«

Aksel hat mit Sicherheit keine Krallen und beschreibt deshalb einen perfekten schwebenden Bogen – ehe er kopfüber in den Graben fliegt, als das Gattertor mit einem Ruck am Wegrand stoppt. Das heißt, nicht kopfüber, sondern auf dem Rücken, er rutscht auf dem Rücken erst durch Wiesenkerbel und Mädesüß und stößt dabei einen lauten Schrei aus. Schließlich kriecht er unbeschadet wieder aus dem Graben. Bei diesem Abstecher ist er mit dem Schrekken davongekommen.

Aber Spuren hat der hinterlassen, und sein Kopf ist über und über von dem weißen Staub der Blüten bedeckt, durch die er gesegelt ist.

»Haha, du sieht ja aus wie ein Engel!« lacht Ragna erleichtert. Denn als der kleine Bruder so im Grünen verschwand, war sie schon ziemlich entgeistert.

Ich weiß, was sie meint, auch wenn ich mit diesen überirdischen Wesen noch nichts zu tun hatte. Die tauchen in Großvaters Geschichten nicht gerade häufig auf. Er hält sich mehr an die Unterirdischen.

Aksel hat tatsächlich etwas von einem Engel, als er über dem Grabenrand auftaucht. In seinem runden Kindergesicht spiegelt sich noch die Verwunderung über die plötzliche Tour durch die Lüfte, und sein volles dunkles Haar ist von diesem feinen Blütenstaub bedeckt. Aber benehmen tut er sich absolut nicht wie ein Engel, denn er fühlt sich von der Schwester schrecklich beleidigt. Wenn er sich nicht sofort auf sie stürzt, dann nur, weil er immer noch so erschüttert ist.

»Engel sind *Mädchen*!« Er legt in dieses Wort so viel Verachtung, daß ich und Ragna – Entschuldigung, Ragna und ich – uns stellvertretend für alle Mädchen tief gekränkt fühlen. Aber mein Versprechen an Großvater hindert mich, meinen Platz auf dem Gattertor zu verlassen, um der Würde der Mädchen handgreiflich Nachdruck zu verleihen. Und Ragna gehört nicht zu denen, die zu so etwas Zuflucht nehmen. Das wird sie nie tun.

Die beiden schieben das Tor zurück in die Ausgangsposition, ich hake die Drahtschlinge an ihrem Platz ein und klettere herunter, nachdem die beiden wieder auf meine Seite gekommen sind.

»Engel können auch Jungen sein«, sage ich mit einer Überzeugung, die ich gar nicht fühle. Die wenigen Male, wo Großvaters Geschichten Engel dabeiwaren, hatten sie kein Geschlecht.

Aber ich bekomme augenblicklich Unterstützung durch Ragna, die zur Sonntagsschule geht. Das tut ihr Bruder auch, aber ohne große Wirkung – wie es aussieht.

»Engel können sowohl Jungen als auch Mädchen sein«, erklärt Ragna überzeugt. Sie erinnert Aksel an den Erzengel Gabriel, der zur Jungfrau Maria ging, er muß doch ein Junge gewesen sein.

»Der Name, du Dummkopf!« sagt sie herablassend zum Bruder, als der den Kopf schüttelt und wissen will, warum.

»Gabriel ist doch ein Jungenname! Denk an Gabriel aus Engrønningen, der immer so nach Kohl riecht.«

Widerstrebend läßt Aksel sich überzeugen. Aber die meisten sind Mädchen, behauptet er und erinnert Ragna an all die Engel in ihrer Glanzbildsammlung.

Am nächsten Tag bringt Ragna ihre Glanzbilder mit zu mir nach Hause. Nachdem ich sie gesehen habe, lasse ich Großvater gegenüber tadelnd eine Bemerkung fallen, er habe in meiner Erziehung versäumt, mich Glanzbilder sammeln zu lassen.

»Weißt du, Großvater, Mädchen sammeln Glanzbilder!«

Und tief beschämt verspricht Großvater, mehrere Bogen mit Glanzbildern im Geschäft zu bestellen, sowohl solche mit Duft als auch normale – und viele Engel. Und zwar auf der Stelle.

Hier am Wegrand fahren wir mit unserer Deutung fort. Über Geschlecht und Alter. Über Status und Würde. Über Bekleidung und Frisur. Ich habe ziemlich schnell ein inneres Bild des Phänomens Engel entwickelt: schöne geflügelte Wesen in langen weißen Kleidern. Denn ob Junge oder Mädchen, ein Kleid tragen sie, behauptet Ragna, was Aksel sehr bestürzt. Ragna tröstet ihn damit, es handele sich um Gewänder, und das sei etwas anderes als Kleider.

»Aber wenn sie fliegen, sind Gewänder dann nicht im Wege?«

»Und woher kommen Engel eigentlich?«

Ragna glaubt, daß es Menschen sind, die in den Himmel fahren und Engel werden, wenn sie sterben. Die netten. Die bösen kommen zu Satan in die Hölle. Ich merke mir, daß ich Großvater nach Satan ausfragen muß, sobald ich nach Hause komme. Aber als ich merke, daß er der gleiche ist wie der Teufel, sinkt mein Interesse wie ein gefallener Engel.

Wir verlassen Satan und sein Wesen und halten uns an die Engel. Ragnas Erklärung klingt gut, finde ich. Aksel ist skeptischer. Wenn es so wäre, daß Leute Engel würden, wenn sie sterben, dann gäbe es ja nur alte Engel. Weil doch die Leute, die sterben, alt sind.

»Ich weiß von einer, die jung war, als sie gestorben ist«, sage ich, plötzlich so ernst, daß die beiden anderen mich neugierig und verwundert anschauen.

»Das war meine Großmutter«, fahre ich fort und spüre, daß es fast so ein bißchen schön schade um mich ist, ohne daß ich sagen könnte, warum. Schließlich habe ich eine lebendige Großmutter nie vermißt. Aber ich erinnere mich an Großvaters Stimme, als er von ihr erzählte, und etwas von dieser Traurigkeit legt sich jetzt auf meine Stimmbänder, als ich sage: »Meine Großmutter starb, als meine Mutter geboren wurde.«

Die Traurigkeit ist nicht meine, denn noch habe ich keine Vorstellung von den üblichen Familienverhältnissen. Großmutter hat in Großvaters Leben keinen anderen Platz finden können als den einer etwas wehmütigen Märchenfigur. In meinem hat sie natürlich gar keinen Platz.

Aber hier und jetzt merke ich auf einmal den Zusammenhang. Mir wird klar, daß Großmutter Mutters Mutter ist. Meine Mutter ist nicht nur eine unglückliche Prinzessin, die im Blauen Berg sitzt und spinnt. Sie ist Aschenputtel, der es so schlecht erging, als ihre Mutter starb, sie ist die Tochter des Mannes, dessen zweite Frau immer auf ihr herumhackte. Und sie ist ganz allein, ohne gute Fee oder andere gute Geister, die ihr helfen.

»Deine Mutter ist auch tot?« Das ist eigentlich keine

Frage, sondern eine Feststellung. »Weil du doch sonst nicht zusammen mit deinem Großvater wohnen würdest, oder?«

Man kann an einem schönen Sommertag auf einem Gattertor schwingen, ohne an anderes als das Hier und Jetzt zu denken. Man kann am Wegrand sitzen und einen Grashalm auszupfen, den man gedankenlos in den Mund steckt, und wegen des grünen Geschmacks ein bißchen darauf herumkauen.

Ich sehe Aksel und Ragna, ohne sie zu sehen. Vor meinem inneren Auge, das hat mir Großvater beigebracht, sehe ich meine Mutter. Ich sehe die hängenden Schultern und den gesenkten Kopf. Ich sehe ihre steifen Bewegungen und den merkwürdig geistesabwesenden Blick. Ich spüre die schlaffe Berührung ihrer Hand an meiner Wange.

Ich sehe meine Mutter hinter der schweren Tür verschwinden, so wie sie es damals tat, als ich sie besuchte, von der ich denke, daß sie die Tür zum Blauen Berg ist, die Tür zu dem einsamen Turmzimmer im Schloß. Ich sehe den leeren Raum, als sie verschwunden war. Aber ich sehe noch mehr. Ich sehe den Jungen, der neben ihr geht, der sie an der Hand nimmt und mit ihr wie mit einer völlig normalen erwachsenen Frau redet, nicht wie mit einer verzauberten Prinzessin. Ich sehe das blonde Haar, den braungebrannten Nacken, die dünnen Arme. Und das Lächeln, als er sich umdreht und mir mit zur Seite geneigtem Kopf zunickt. Weil die Sonne ihn blendet, kneift er ein Auge zu.

»Meine Mutter ist nicht tot«, sage ich langsam. Ich stehe auf und nehme mein Fahrrad, das am Rand des Weges liegt. Jetzt will ich zu Großvater nach Hause.

Und ich denke, daß meine Mutter nicht tot ist, aber richtig lebendig ist sie auch nicht. Sie ist ein trauriges Aschenputtel ohne ein wundersames Haselbäumchen. Sie ist die

Schwester der sechs Schwäne, die zum Scheiterhaufen verurteilt wird, weil man glaubt, sie habe ihr eigenes Kind gegessen. Sie ist das kleine Mädchen mit den Zündhölzern, das ganz allein zwischen zwei Häusern sitzt und erfriert. Sie ist die drei Wünsche, die nie in Erfüllung gehen. Meine Mutter lebt ihr eigenes Leben irgendwo östlich der Sonne und westlich des Mondes. Trotzdem ist sie kein Märchen. Sie ist meine Mutter.

Ich stelle den Fuß auf die Pedale. Ragna ist aufgestanden, um mir beim Losfahren zu helfen, denn das fällt mir bergauf immer noch schwer. Ich drehe mich halb um und sehe sie an. Mit beiden Füßen steht sie in dem hellen Sand. Ihre Hände halten meinen Gepäckträger fest.

»Meine Mutter hat meinen Stiefvater mit einem Messer getötet«, sage ich laut. »Aber ich konnte nichts dafür.«

Dann strampele ich nach Hause. Wie einen lindernden Hauch spüre ich Ragnas Blick im Nacken. Meine Tränen wehen nach hinten und direkt in meine Ohren.

47

»Großvater«, sage ich, »kannst du dich an meinen ersten Schultag erinnern?«

Es geht nicht um erinnerliche Zeit, nicht um »Es war einmal«, es geht um hier und jetzt. Ich nehme seine magere Hand und erinnere mich daran, wie gewaltig die einmal gewesen ist. Ich erinnere mich daran, wie sie meine festhielt, als wir zur Schule gingen, er im weißen Hemd, ich im frisch gebügelten Kleid. Er hatte meine Haare geflochten und die Schleife des Kleides im Rücken gebunden. Ich hatte ihm geholfen, den obersten Knopf am Hals zuzuknöpfen, denn wenn ich inzwischen etwas gut konnte, dann Knöpfe zuknöpfen. Besonders kleine Knöpfe.

»Weil ich doch so kleine Hände hab, Großvater.«

»Das stimmt, meine Kleine.«

»Und du hast so große.«

Und dann messen wir unsere Hände, wie so oft. Ich sitze auf seinem Schoß und lege meine Hand gegen seine. Wenn ich die Finger spreize, bedeckt meine Hand fast seine Handfläche, meine Fingerspitzen reichen bis dahin, wo seine Finger anfangen. Er senkt den Kopf und legt seine Wange an meine. Und ich weiß, ohne daß einer von uns es aussprechen muß, daß mir heute nichts Böses geschehen wird. Also wenn es nach Großvater geht, und das tut es ja schließlich.

Ich erinnere mich an das Klassenzimmer. Natürlich kann ich mich an das Klassenzimmer erinnern. Seit ich sieben Jahre alt war, verbrachte ich dort dreimal pro Woche mehrere Stunden, bis ich vierzehn Jahre war. Eigentlich gab es drei Klassenzimmer, und als ich größer wurde, müssen sie gewechselt haben. Aber an dieses erinnere ich mich von meinem ersten Schultag her.

Ich erinnere mich an die hohen, an die riesigen Fenster und die blau und gelb gestreiften Vorhänge mit ihrem vertrauten Wartemuster des Handtuchs auf dem Treppenstein. Die großen Fensterscheiben hielten die Welt vollkommen draußen. Und die Vorhänge, ja, bei denen ließ es sich warten. Warten auf eine gute Geschichte, auf neues Wissen, die waren wie blaue und gelbe Wege zu Kenntnissen.

Unsere Lehrerin, oder das Fräulein, war weiß wie Schnee und rot wie Blut, und ich hätte mit Freuden zwölf Brüder für sie geopfert, wenn ich welche gehabt hätte. Ihre Stimme war hell und vorsichtig, und sie kam uns nie mit irgendwelchen polternden Tiraden, daß wir still sein sollten, wie Großvater das in den letzten Tagen zitiert hatte. Er hatte auf dem Treppenstein gesessen, als wäre er der Dichter höchstpersönlich, und Ragna und Aksel und mir die Geschichte von einem Jungen an seinem ersten Schultag vorgelesen.

Nach meinem Erlebnis auf dem schwingenden Gattertor waren Ragna und Aksel beinahe jeden Tag bei mir gewesen. Oft begleitete ihre Mutter sie. Aber nachdem wir unter dem Ahorn auf dem Hof Kaffee und Saft getrunken und uns wie anständige Leute benommen hatten, ging sie wieder nach Hause. Denn das geht – und das war vielleicht das wichtigste, was ich in diesem Sommer gelernt habe, vielleicht das wichtigste, was ich im Leben überhaupt gelernt habe – es geht, ein anständiger Mensch zu sein, auch wenn deine Mutter in einer geschlossenen Anstalt Lebenszeit verbüßt, weil sie deinen Stiefvater mit einem Küchenmesser getötet hat. Das hat mir Großvater beigebracht. Ragna und ihre Mutter haben mir das beigebracht.

48

Blaß, aber gefaßt sei ich. Das sagtest du, Großvater, als wir am ersten Schultag Hand in Hand den Hügel zur Schule hinaufgingen. Als ich fragte, was der Ausdruck bedeute, sagtest du, das bedeute genau das, wie mir zumute sei – feierlich und ängstlich zugleich, aber auch erwartungsvoll und willens, das Projekt in Angriff zu nehmen. So hast du das nicht ausgedrückt, natürlich nicht, denn dann hätte ich ja kein Wort verstanden. Aber so denke ich heute, nach Jahren, in denen ich Erfahrung und Wissen gesammelt habe, und nach Jahren, die mich gelehrt haben, Gedanken in anderen Worten als denen eines Kindes zu formen. Der kleine Mensch, der ich einmal war, existiert noch hier drinnen, aber er hat andere Möglichkeiten gefunden, sich auszudrücken. Und ich benutze sie, wenn ich zurückdenke.

Du hast einmal gesagt, Wörter seien das wichtigste, was ein Mensch in seinem Rucksack haben könne. Weil wir ohne Worte keine Gedanken formen können, und ohne Gedanken sind wir … sind wir vielleicht wie die Tiere. Bestimmt zögertest du bei letzterem ein wenig, tierlieb, wie du warst.

»Aber Großvater, ohne Gedanken können wir doch keine Wörter bilden!« protestierte ich und brachte uns damit in eine dieser eigenartigen Diskussionen, die wir so oft führten. Die es nur mit Kindern gibt.

»Außerdem«, fuhr ich fort, »*außerdem* …«

Das Wort außerdem hatte ich ganz neu gelernt und benutzte es deshalb, sobald sich eine Gelegenheit bot. Ich hatte es von Ragna gelernt, das heißt, sie hatte Großvater angeregt, es mir beizubringen. Ragna war zu Besuch gekommen und hatte wie versprochen ihre Glanzbilder mitgebracht. Das war an dem Tag nach dem schwingenden Gattertor, so habe ich seitdem immer an diesen Tag gedacht. Ragna kam mit dem Fahrrad, wie sie es angekündigt hatte, und meine Erleichterung, sie zu sehen, war noch größer als die Vorfreude auf den Inhalt der flachen Schachtel mit den Glanzbildern hinten auf dem Gepäckträger ihres Fahrrads.

Von den Glanzbildern war ich dann allerdings hin und weg. Es gab welche mit und welche ohne Glitzer. Es gab Hunde und Katzen, Füchse und dicke kleine Hasen in Hosen oder Kleidern. Lachende Jungen und Mädchen, Hirten und Hirtinnen, die kleine Lämmer im Arm hielten. Es gab Blumen in allen Farben und Formen. Manche von ihnen dufteten sogar. Die hießen duftende Glanzbilder und waren die allertollsten, vertraute Ragna mir an.

Aber sie kamen nicht gegen die Engel an. Ragna hatte eine kleine Schachtel nur für Engel. Manche waren rundliche kleine Cherubinen, die über eine graublaue Wolke schauten, auf eine Hand stützten sie kokett das Kinn, manche waren nur schöne Gesichter von Frauen mit gelben Locken drumherum und darunter Flügeln. Aber zwei Engel gab es, die waren in voller Größe zu sehen, mit langen weißen Gewändern, einer mit Glitzer auf den Flügeln, der andere ohne. Ich war sprachlos vor andächtiger Bewunderung, ich, die sonst nicht auf den Mund gefallen war.

Und dann schenkte sie mir einen von ihnen. Ragna reichte mir einen der beiden Engel, und es war sogar der mit Glitzer. Sie lächelte ein bißchen verlegen und sagte, den könnte ich haben – weil ich so lieb sei. Er muß der schönste gewesen sein, den sie besaß. Es muß sie unendlich viel gekostet haben, den wegzugeben, wenn auch nicht im materiellen Sinne. Und sie tauschte ihn nicht einmal gegen einen Butterkringel ein.

Einen Butterkringel bekam sie trotzdem, denn Großvater kam ganz ungebeten zu uns. Wir saßen auf dem Treppenstein, und er brachte uns Saft und Kekse mit Böcken. Vielleicht fand er, wir hätten das verdient. Nachdem er meinen Engel bewundert hatte, ging er über den Hof und verschwand bei der Scheune um die Ecke, wo er sich um irgend etwas Wichtiges zu kümmern hatte, vielleicht wollte er sehen, wie die Kartoffeln stehen. Ich sah ihm nicht einmal nach.

Mit dem Mund voller Kekskrümel brachte Ragna mir die Strophe von den Engeln bei, abends, wenn wir schlafen gehn, vierzehn Engel bei uns stehn. Sie wird den Text in der Sonntagsschule gelernt haben. Ich hatte niemals Bedarf an wachenden Engeln an meinem Bett, denn ich hatte ja Großvater, der mindestens so gut wie vierzehn von ihnen war. Aber die Strophe gefiel mir trotzdem. Ich war begierig auf neue Wörter und fand deshalb, die Formulierung zween zu meiner Rechten, zween zu meiner Linken sei es wert, sie sich zu merken.

Aber als ich, nachdem Ragna gegangen war, meine neuen Kenntnisse an Großvater ausprobieren wollte, indem ich zween Scheiben Brot zum Abendessen verlangte und dazu Milch, griff er prompt die feierliche Formulierung auf – weil er der Meinung war, wir hier auf Erden müßten uns so gut wie möglich allein zurechtfinden, ohne Engel. Die gehörten zum Himmel, und dort sollten sie bleiben. Wir hier unten hätten genug an Wichteln und Feen und Erdgeistern, fand er. Als Pflaster auf die Wunde bekam ich das Wort *außerdem*, was nicht halb so fein war, was aber reichen mußte, darauf einigten wir uns.

»Außerdem«, sage ich deshalb zu Großvater, der mich abwartend anschaut, nur im Augenwinkel steckt ein winziges Lächeln. »Außerdem können Hähne denken.«

»Ach ja?« sagt Großvater.

»Ja, weil – du weißt doch, in dem Vers, den die Mutter von Øyvind ihm vorliest, in dem Vers vom Hahn, da sagt sie, daß der Hahn auf einem Bein steht und denkt.«

»Genau«, sagt Großvater und zitiert: »*Darauf die Henne gluckt und die Flügel senkt, Der Hahn steht würdig auf einem Beine und denkt.*«

Ich habe draußen auf dem Hof in der großen Zinkwanne

gebadet, und jetzt sitze ich auf Großvaters Schoß auf dem Treppenstein und warte, daß meine Haare trocknen, ehe ich schlafen gehe. Hinten zwischen dem dichten Espengestrüpp trippeln und picken die Hühner. Die Katze liegt träge auf dem warmen Stein der Scheunenauffahrt, während sich die zwei Kätzchen unten im Gras balgen.

Und wahrhaftig kommt der Hahn wie bestellt anspaziert und stellt sich auf einem Bein vor uns hin. Er wirkt so nachdenklich, daß Großvater und ich laut lachen. Aber das scheint den Hahn zu kränken, und er flattert wieder zu seinen Hühnern.

»*Die Gans, ei seht, wie stolz sie geht! Doch nur der Hahn weiß, gebt gut acht, wie man Kratzfüße macht!*« nickt Großvater gespielt feierlich. »Ja, das ist wohl wahr, der Hahn ist ein vernünftiger Kerl. Und was sagt er am Schluß, Goldkönigin, Perlenkönigin?«

»Der sagt: *Hühner, Hühner, ins Haus hinein, die Sonne mag für heute beurlaubet sein*«, antworte ich. Wir stehen auf und jagen beide den Hahn und die Hennen in den Hühnerstall. Und dann trotte ich fügsam hinter Großvater zum Zähneputzen, und danach gehe ich ins Bett.

Denn morgen soll ich mit der Schule anfangen. Da bekomme ich ein Buch mit einem Hahn drauf, das hat Großvater mir versprochen.

Blaß, aber gefaßt. Blaß wie der Tod liegst du zwischen den Laken. Du übst sterben. Ob du gefaßt bist, weiß ich nicht, aber ich glaube es, denn wenn Menschen so alt geworden sind wie du, begegnen sie dem Tod, nicht freudig, auch nicht traurig, einfach nur ... gefaßt.

Deine gewaltigen Hände sind nur noch Knochen mit hauchdünner weißer Haut. Wenn ich versuche, vorsichtig meine Finger aus deiner Hand zu ziehen, um sie anders zu greifen, zucken deine Nerven, als wolltest du mich festhalten. Es ist wie ein Gruß aus weiter weiter Ferne. Ein Zeichen dafür, daß du noch da bist. Aber ich will dich festhalten, nicht umgekehrt.

Deine große Gestalt, die einst wie ein freundlicher Troll meine ganze Kinderwelt ausfüllte, liegt schmal und geschrumpft in dem weißen Bett, gekrümmt, als hättest du wie der siebte Vater im Haus jahrelang im Horn an der Wand gesessen. Du bist auf dem Weg zum Boden des Horns, und wie soll ich dich denn da wiederfinden?

Noch halten wir einander fest. Du klammerst dich ans Leben, und ich weigere mich, dich loszulassen. Denn ein jegliches hat seine Zeit, das hast du selbst gesagt. Aber es dauert nicht mehr lange.

Erinnerst du dich, wie du mich einmal mit auf den Berg genommen hast, den, der einfach nur der Berg genannt wurde und der unserem kleinen Hof den Namen gegeben hat? Du zeigtest mir die Herrlichkeit der ganzen Welt, und ich saß auf deinem Arm und weinte, weil alles so groß war, so weit weg und dennoch so nahe.

Erinnerst du dich, wie wir in der Kirche waren, in der ich später konfirmiert wurde, nicht als Nummer eins, wie es der fröhliche Bursch in Bjørnsons Geschichte gern sein will und es am Ende auch ist, sondern als die Nummer vier, weil das mein Platz im Alphabet ist.

In den romantischen Jugendjahren träumte ich davon, an deinem gewaltigen Arm in die Kirche geführt zu werden, aber daraus wurde nichts. Ich und Ragna – Verzeihung, Großvater, Ragna und ich – ließen uns von den neuen Trends fangen und von einem Standesbeamten den Segen geben, den wir brauchten. Du hattest für mich einen hübschen Strauß aus Wiesenblumen gebunden, und im Jahr drauf bekam Ragna auch so einen. Im Zusammenstellen von Wiesenblumen bist du immer ein Meister gewesen. Das habe dir Großmutter beigebracht, sagtest du einmal. Bist du je darüber hinweggekommen, daß du Großmutter verloren hast?

Erinnerst du dich an den langen Weg aus dem Berg? Der bis zu meinem ersten Schultag führte? Blaß, aber gefaßt stand ich zusammen mit den anderen Schülern im Klassenzimmer. Ringsum an den Wänden saßen die Eltern und bemühten sich verlegen, ihren Stolz zu verbergen. Die meisten waren Mütter, aber einige Väter waren auch gekommen. Und ein Großvater.

Niemand hätte stolzer sein können als du, sagtest du anschließend. Aber du bist auch erschüttert gewesen, das habe ich doch gemerkt. Denn als ich an meinem Tisch aufstehen und meinen Namen sagen sollte, wie es die anderen getan hatten, ging ich nach vorn und stellte mich vor die Klasse. Ich sah Ragna in die Augen und sagte dasselbe wie an dem Tag auf dem schwingenden Gattertor. Ich sagte:

»Ich heiße Signhild. Meine Mutter hat meinen Stiefvater mit einem Messer getötet, aber ich kann nichts dafür.«

Danach ging ich hinüber zu dir und setzte mich auf deinen Schoß. Ich durfte einen Moment dort sitzen bleiben, dann brachtest du mich zurück an meinen Platz.

Auf dem Heimweg – nicht in den Berg, sondern nach Berg, unserem Zuhause – sagtest du, du wärst stolz auf mich. Ich wäre stark wie zehn Mann und hätte den Verstand von zwölfen, sagtest du. Außerdem wäre ich die Prinzessin, die niemand zum Schweigen bringen kann. Und wen niemand zum Schweigen bringen kann, dem kann nichts Böses geschehen, nie und nimmermehr.

»Und außerdem«, ergänzte ich, das viele Lob war mir etwas peinlich, »außerdem – wer einen Großvater hat, dem wird nichts Böses geschehen, nie und nimmermehr. Nicht wahr, Großvater?«

»Nicht wahr, Großvater?« sage ich.

Aber dies sind keine erinnerlichen Zeiten und keine unvordenklichen Zeiten. Dies ist das Hier und Jetzt. Und in diesem Jetzt hört er mich nicht mehr.

Zitate nach:
Bjørnstjerne Bjørnson, ›Ein fröhlicher Bursch‹, Berlin 1914